烟雨湖山

李清明 著

南方出版传媒
花城出版社
中国·广州

图书在版编目（ＣＩＰ）数据

烟雨湖山 / 李清明著. -- 广州：花城出版社，
2018.2（2021.7 重印）
ISBN 978-7-5360-8490-2

Ⅰ．①烟… Ⅱ．①李… Ⅲ．①散文集－中国－当代
Ⅳ．①I267

中国版本图书馆CIP数据核字(2017)第269737号

出 版 人：肖延兵
责任编辑：欧阳蔚　李珊珊
技术编辑：凌春梅
书名题字：黄宏贵
封面设计：庄海萌

书　　　名　烟雨湖山
　　　　　　YANYU HUSHAN
出版发行　花城出版社
　　　　　　（广州市环市东路水荫路11号）
经　　　销　全国新华书店
印　　　刷　北京一鑫印务有限责任公司
　　　　　　（北京市顺义区北务镇政府西200米）
开　　　本　787毫米×1092毫米　16开
印　　　张　23.5　　2插页
字　　　数　300,000字
版　　　次　2018年2月第1版　2021年7月第2次印刷
定　　　价　98.00元

如发现印装质量问题，请直接与印刷厂联系调换。
购书热线：020－37604658　37602954
花城出版社网站：http://www.fcph.com.cn

每有空闲,我总想回到故乡,去寻找梦中遗失的家园,寻找丝丝能给予灵魂的抚慰和寄托。为此,只要我动了回故乡的念头,临行的前一夜,我总要失眠,有渴望,有激动,更有无法遏制的怀念……然而,现实的乡愁有时比心灵的乡愁更甚,竟成了我心头一阵又一阵隐隐的痛。

2017·10·10

目录

排鼓吟

在湘江与资江交汇流入洞庭湖的西岸，曾矗立着一座名叫临资口的千年古镇。古镇依江傍湖，水路交通方便，经由这里的船多、木排多、竹筏多，以驾驭其为生的排鼓佬也多。"日有排客千人，夜有明灯千盏"，便是古镇当时的风貌写照。

一代又一代身躯敦实、皮肤黝黑、性野豪放的排鼓佬们，整日肩背缆纤子，手撑爪钩子，驾着木排子，住着吊楼子、吃着吊锅子，提着酒篓子，抱着湘妹子，吼着船号子……在大江大湖中求温饱谋生存，曾经书写和演绎了诠释着勤劳、勇敢、智慧、刚烈、忠义、豪迈，乃至于神秘、悲壮等长达千年的水乡文明。

一

说起"排鼓佬"的称谓，许多地方大多叫"排客""排工"，也有的叫"排古佬"或"簰鼓佬"。至今仍在临资口古镇洞庭庙守庙的甘道长告诉我们，叫"排鼓佬"的只有资江和沅江，原因很简单，这两个江道放排须擂鼓。排客们闻鼓下篙，听鼓扳棹，以鼓助力。

始建于东晋年间的临资口古镇，自古便是南洞庭湖的水上交通枢纽与南来北往货物交易的重要码头，呈"丫"字形的地理位置十分便利与独特，右上方向西是资江，左上方往东是湘江，朝北是洞庭湖，往下便可以直通长江。

从桂北、川东、黔东、湘西、湘南等地源源不断的桐油、木料、楠竹、煤炭、牛皮、猪鬃毛，以及烟草、药材，甚至鸦片等山货须到此转口，一部分向北经由洞庭湖运往岳阳、武汉，甚至南京、上海；一部分往东转湘江运往长沙、株洲、湘潭、衡阳、永州，进入广东、广西。反之，从各大城市口岸用空船带回或专门运来的食盐、花纱、布匹、煤油、西药、肥皂、面粉、白糖等日用货物，以及机器、设备等工业品则须在此分流。其中，尤以从云、贵、川，湘南、湘西，以及两广等地顺江下漂的木排、竹筏以及毛板船（一种用不过刨子、不涂桐油的毛糙木板简单钉拼而成，达到目的地销完货物后，再直接将船板拆了卖掉的一次性板船）最为多见，每天均在百艘（排）以上。其百舸争流，千排云集之盛况，正如有诗所写："千只木排下湖湘，一路滔滔入洞庭。"

星横江水阔，月涌排筏流。每日只等船舶、排筏驶进古镇的船坞与排湾，雇用篙手与排工，聘请舵手和法师（会施法术的排鼓佬），以及喊箩脚子、挑夫，租用桅杆、帆具、舵桡的船主便会络绎不绝……生于斯长于斯，既熟知这大片江河湖泊的水文地理，又个个身怀驾船放排绝技与胆魄的古镇水手们，一会要将上游下来的小木排、小竹筏在进入洞庭湖之前归拢扎成大排大筏；一会还要把经由下游大江大湖航行而来的大船大驳，在进入内江内河时由大换小，将机械转换成人工……久而久之，便催生了古镇一个靠水吃水的新兴行业——排鼓佬。水乡习俗，凡吃"水上饭"的人，乡亲们皆以"排鼓佬"统称。

在近千年的历史长河中，临资口古镇的居住人口常在三千人以上，多时达到五千多人，其中排鼓佬、舵工、桨手，以及专门给船户排筏挑货运货的箩脚子们均在半数以上。其余诸如木匠、铁匠、篾匠、铜匠，以及茶楼、酒肆、乐坊、怡春院、销魂楼、潇湘馆等大部分男女从业人员，也均与水手们的生活息息相关。其时，古镇江边青墙黄瓦的洞庭庙前，除初五、十四、二十三几个不宜行船放排的忌日外，其他大多数的日子则锣声、鼓声、鞭炮声，还有法师们洪亮的祷告声，以及放排号子声不绝于耳……其间，总见众多的排鼓佬将《资江排工号子》吼得山响："天下山河不平凡，资江流水几多滩。鼓响三声立桅杆，锣响三声扯风帆。谁知排客苦与乐，妹砣等我下江南。暗礁险滩何所惧，千里洞庭一日还。……"

水乡自古宫观祠庙众多，宗教信仰浓厚，几乎家家都立神龛，户户都祭祖先。为此，古书也曾有"楚人性刚烈，喜祭祀。"的记载。受其影响，排鼓佬们的起排与放排仪式则更为讲究。起排前，为头的排鼓佬，也称法师，要观天象，测定黄道吉日与出发的最佳时辰。然后，在洞庭庙前的江边摆上神龛，众排客还要准备好香烛、神钱，以及一只煮熟的整鸡和一个猪头，还有鲜果、米酒、清茶等供品。供桌的四角和地下，法师还会依次插上五根檀香，点起五根白蜡烛，叫"请五方神"（即：茅山祖师李老君、排鼓佬祖师、铁牛仙师，还有河神及土地）。紧接着，法师亲自率领排客们表情严肃地面朝神位，喃喃祷告：今有××庙××地×××人，驾排（船）往××地，请诸神保佑一路平安，乘风相送，滩滩有水，路路有泓。敬完神，船工们则将熟鸡、熟猪头饱饱地吃上一餐，叫"打牙祭"或叫"呷起排饭"。吃鸡时，鸡头（也称凤凰头）献给头篙，鸡头为首，含把握方向，大吉大利之意；两只猪眼睛与两只猪耳朵则会敬给舵师下酒，愿其心明眼亮，能眼观六路、耳听八方，确保排筏往返平安顺利。

放排仪式过程中，为头的排鼓佬师傅见到看热闹的乡民和水手越聚越多，还会表演几个祖传的"排鼓佬施法"节目，以助兴邀彩。一曰：提无底水桶。只见一个十六七岁的小水手，先是提着两只没有底的大水桶缓缓走下河堤，来到众人面前站立。经过排鼓佬师傅用手指向天空摇摆画圈、念咒后，小徒弟走上河边停靠的木排，缓缓弯腰在河心装上满满两桶江水。然后又是缓缓回走，经过人群……两只盛满了江水的无底木桶竟然滴水未滴。二曰：定鸡。排师手提一只用来祭祀的大公鸡，先是对着鸡头烧三片神钱，然后扯下鸡头上的三根鸡毛，再念一道《超生咒》。咒语道："此鸡不是凡鸡，是皇后娘娘所赐的神鸡，可收邪神邪鬼，可定八方阴魂……"不一会，这只被施了"定身法"的公鸡便不叫不抖，连眼睛眨都不眨……很是听话；解开其缚在双脚和翅膀上的绳索，放在地上，任人吆喝起赶，也是不动不跑。

起排开始，须敲打铜锣，称"开头锣"，提醒泊于附近的船只注意，以免碰撞；待排筏启动顺资江下行时，常常擂鼓，以鼓传令，以鼓起势扬威，以鼓助力鼓劲。一般鼓声只从洞庭庙码头响至湖边的打鼓港趸船处后，便须息鼓，全程也就四百米左右。原因是再敲则害怕惊动了洞庭龙王，龙王发怒多会狂风暴雨，不利行船。后面的湖上行程，排鼓佬们只能以锣声替代鼓声进行指挥调度。

放排时，众排客纷纷都是几大口谷酒下肚，一声吆喝跳上排筏，十几把长篙同时用力，木排便离岸归流，缓缓前行。水上航行最怕散排沉船，故因排上舟中说话行事颇多忌讳。比如：不能随便说"翻""沉""散""打""倒""滚"等字眼或同音字；排上东西不能随便横放，排前排后不能晾晒女人衣物；不准用锅盖舀水，不准无故敲打碗碟等等。就连行排时，船工哼唱花鼓戏《打金枝》，有同伴问及唱何戏时，也不能说"打"，要改说《捶金枝》。待浪小排稳，排客们便会唱起熟悉的资江排工号子，用以排遣寂寞，消除疲劳。开始，一般是站排头的头篙起唱：

> 嗨哟喂来嗨哟咳，阳春三月哟好放排，头排去嗒二排来，

二排过后哟有三排。吊楼的妹砣遭人爱哟，好似春风哟扑我怀，好似春风哟扑我怀……

紧接着，尾排的排工便有回应："嗨哟喂来嗨哟咳，云闪开来哟雾闪开，一条青龙喂下江来，腾云驾雾呐放木排。吊楼的妹砣你好乖哟，别人敲门哟你不理睬，要等我哥哥哟把门开……"

洞庭湖浩浩荡荡，横无际涯，宽阔的湖面常起风暴，险象环生。其中《洞庭风暴歌》里记载，从"正月初九玉皇暴"开始，至"十二月二十扫江暴"结束，一年便有近二十次大的风暴。歌云："洞庭宽来洞庭长，水中起落无太阳。无风三尺浪，有风浪三丈。稍一不小心，排散船翻喂鱼秧。"初遇风暴险情时，船主（一般的船排均会随行一位业主）多会带头鸣锣磕头，焚香剁鸡头，求神灵保佑。险情过后，多不还愿，故有"小财迷过洞庭——歪许乱愿"之说。此时，真正紧张、辛苦、危险的还是为首的排鼓佬及众多的排客。一近险滩或暗涌漩涡，只见排鼓佬用棒槌猛击锣面，一声长喝："撑——篙！""扳——棹！"篙手们便个个怒目圆睁，分站于在巨浪间起伏摇摆的排筏的前后左右，举篙在肩做投镖状，齐声回应："撑——啊！""撑——啊！"……不一会，锣声骤响，吼声如雷："头篙——挺住！""二篙——钩住！""三篙——控死！"……锵！锵！锵！——嗬！嗬！嗬！……人人表情肃穆，个个全神贯注，均把功名利禄及爱恨情仇等尽抛脑后，摆在他们面前的只有生存与脱险，责任与尊严！

二

在过往的岁月里，临资口古镇的排鼓佬分有严格的等级，其出排一趟的"身价"会定期用红纸在洞庭庙前的墙壁上张榜公布，也算是童叟无欺。他们共分为金、银、铜、铁四等，金牌排鼓佬从临资口驾排经洞庭湖去一趟汉口，或从古镇逆江撑船到一趟湘西，时间两至三天，薪酬为一百块银元，银牌五十元，铜牌则只有三十元。铁牌也称桨手，或褡裢（拉纤人为减少缆绳与肩膀的摩擦，用长条细布做成褡裢布袋垫在肩上，故称褡裢人或纤工），其"出场费"也就六到十块银元不等。为此，便有人羡慕高级排鼓佬的钱多，说是："吊脚楼里的女子上得画，排鼓佬的银子砌得塔。"

常在水边生活的临资口古镇男人虽从小就熟知放排、驾船、泅渡、游水等谋生本领，但要从一个普通水手"升华"成一位众人敬仰、万人羡慕的金牌排鼓佬，仍要穷尽一生的努力，甚至生死磨难。他们不但要身强体壮，有过人的体力、毅力与耐力；要识水性，懂得放排驾船的全套技术；要上知天文，下知地理；要上观天相星相风向，下识风情雨情水情；甚至还要熟知医道、巫道、蛊道、神道；当然，其义道仁慈，以及强有力的组织、指挥与号召力也是少不了的……基于此，在现今虽是破旧，但仍不失幽森、古朴之风的古镇堤岸上，至今仍保留着为纪念智、勇、忠、义四位金牌排鼓佬的祠堂，即智者——甘公祠，勇者——刘公祠，忠者——易公祠，义者——万公祠。——颇有"请君暂上凌烟阁，若个书生万户侯"之意。

勇者刘公，全名刘湖生，从小习武，精于迷踪、梅山、太极拳术，刀、枪、耙、棍等软硬兵器也是样样精通。一次，他与排鼓佬师傅及十六位篙手在资江上游逆水撑排。途经一个名叫"狮子岩"的险滩时，刘公领队"爬"在队伍的最前面，一会前弓后箭，手攀脚顶；一会全身匍匐，寸步前移；后身负千斤，累得当场吐血，仍寸步未退，硬是坚持了整整两个时辰……因为只要当时领队拉纤的人后退，后面紧接着就会人仰舟翻，甚至排毁人亡。提及狮子岩的危险，有诗为证："排过狮子口，十人九摇头。狮子咬一口，头破鲜血流。"久传的《资江滩谣》也这样唱道："四脚落地牛拉纤，褡褙勒肩似针穿。寒暑裸体身体伤，助船上滩身代桩。撑排号子响四方，十曲纤歌九曲酸。"又一次，突遇山洪暴发，巨浪咆哮而至，眼看负责长排扳棹的船工支撑不住，长排立马便有散排的危险……刘公几个健步从排头跃至排尾，双手奋力扭棹，直至卷棹的缆绳压断了小手指也未松手……还有一次，几个散兵游勇在资江边的趸船闹事。刘公闻讯，从江边左右两手分别提起两个重达两百多斤的拴船石磴，健步如飞，手不抖、气不喘地将两个石磴往两个兵前一摆……当场便吓退了肇事者。

古镇的排鼓佬们大多识字有限，文化程度不高，平日也多是木讷寡言，难以说出更多的大道理，但他们都识大体、顾大局，颇具民族主义与爱国主义情怀。那是一九四一年九月，第二次长沙保卫战期间，日本海军陆战队的一个登陆艇中队由岳阳，经洞庭湖，直抵临资口镇，准备沿资江一路南侵。当时的金牌排鼓佬易大光闻讯，亲率五百多名排工与水手将他们自家的一百多艘货船、渔筏、艇船全部凿穿，沉入江口；同时将好几十个加长木排拆散封锁河道；易公甚至还将家住的百年吊脚楼也拆了，将用作楼基的粗长木柱锲入江心，挂放自制水雷及铁矛、竹箭等障碍物……结果是，侵略军的登陆艇中队硬是被阻滞在古镇前面的资江江口达一周之久，还有两艘登陆艇被易公自制的"土水雷"炸沉。为此，易公本人不但受邀参加了后来在县城举行的日本侵略军的受降仪式，还受到了主持受降仪式的国民党师长杨伯涛中将的亲自接见与表彰。不久，乡亲们便自发出钱出物，在古镇的中心地带为易公建起了一座生祠，是为忠也。

自古行船走排七分险，单是从宝庆府的新化至临资口古镇的近百里江道，便有七十二个险滩；县境内也是从樟树港的文泾岗开始，至湘江边的芦林潭，仅十几里的湘江就有九曲三十六湾。且湾湾迁回曲折，水流湍急，漩涡暗涌众多，行船放排能"十毁其七"。歌云："灵滩菱湾不种田，一年四季靠翻船。"它所道出的是这两个地方附近居民救人捞物，没时间种田，非有幸灾乐祸之意。为此，有人直接形容排鼓佬的职业是："挖窑的人埋了没有死，驾船的人死了没人埋。"大江大湖水流湍急，一旦遇险，尸骨难寻。还有人也是进一步引申附和道："人生三样苦，打铁放排磨豆腐。"

"会水的水上死，会刀的刀上亡。"……好在排鼓佬们天性乐观，从不被困难和危险所吓倒。有滩歌为证："船打滩心人不悔，艄公落水不怨天。舍下血肉喂鱼肚，拆落骨头再撑船。"有感于此，被临资口古镇的乡亲们称为"活菩萨"的金牌排鼓佬万有仁，深知吃水上饭的人危机四伏，生存不易，须抱团取暖，方能抵御灾难，齐保平安。早在万公父亲当家时，便卖掉了祖上积攒下来的四百亩湖田，成立了古镇第一个"箩脚子协会"，专济水上挑夫、桨手等弱势群体。万家仁义"衣钵"传至万公手上，他又将自己当金牌排鼓佬的全部积蓄作本，成立了一个受济者更多的"水乡排鼓佬之家"。于是，古镇的洞庭庙边又多了一个"万公祠"，是为义也。

　　说起智者甘公，水乡百里无人不知无人不晓。他不但是古镇金牌排鼓佬的"头牌"，既会主持放排行船仪式，表演法术；还会画水碗、念咒符，治病驱魔；以及用罗盘看风水、寻地脉，接通阴阳两界……记得小时候，我在水乡生活，一次不小心被鱼刺卡住喉咙，两天粒米未进。后父亲用船载着我找到甘公第三代传人，其时便开始在古镇洞庭庙中守庙的甘道长那里。只见留胡须、着道袍的甘道长面带微笑，似乎随意跟我父亲寒暄了几句，问清病由，转背便端来一碗清水，眯眼念叨几句，对碗烧了几张黄纸，叮嘱我连纸灰带水全部喝下。少顷，便问我饿了否？见我点头称是，一旁正在择菜的道长夫人连忙起身，从厨房里端来只倒了几滴酱油的半碗剩饭给我。见此，我饥饿感突至，几口便把剩饭吃了个精光。

三十年后，仍是临资口古镇，仍是洞庭庙，仍是守庙的甘道长，只是道长已是年近八十的老人了，但也仍是耳聪目明，且手不抖、背不驼，只是胡须更白更长了。道及古镇的排鼓佬画水碗，治病驱魔的传说，甘道长如数家珍，娓娓道来。老人说，符水治病实是属于道教的天医科，主要是靠法师诵念咒语，将宇宙间及法师本人的能量传递到纸符上，然后替人消灾治病。老人还引申，现代科学已经证明，水能聆听，水能观看，水能分辨，水能记忆。道家高道大德皆通"上善治水"之道，这就是中国古老而神秘的"符水咒法"。最后，老人归结道，无论画水碗也好，还是念咒画符也好，须有两个前提，一是要心存善念，二是法师须"脑中有料""肚里有货"。只有这样，才能把法师的信息反馈至"水"中，与"水"进行更好的交流与存储。

至于排鼓佬为何对此情有独钟，甘道长坦言，说是纯属职业所逼。过去洞庭湖少有淤积，比现时更为神秘和广阔，放排人经过洞庭湖时遇有风暴或中途迷路，常常会在湖中停滞十天半月，甚至更久。几十号排工桨手缺粮少药，有的还会突发疾病……真可谓叫天不应喊地不灵。——这时便是考验领头排鼓佬的时候。如此这般，他们就只能靠画水碗、念符咒来治病救人。好在每一个金牌排鼓佬都有一段充当"装香童"的经历。所谓装香童，其实就是充任排鼓佬师傅的学徒。每年从春天开始，徒儿们就须肩背装有干粮、罗盘、笔记本的布袋，沿湖溯江进行走访。一是在每个码头间询问、记录各处所需交易的木材、货物数量；二是记录沿途江河湖泊的潮汐水文变化及暗礁险滩情况；三是熟知沿途山林草地各种草药防病治病的功能与疗效；四是沿途寻找能人异士，进行拜师学艺。时间短则一年两载，长则三年五年，如此"功课"做细做强，徒弟们就离上排"起水"的机会不远了。为了传承，每个排鼓佬在开排做法事之前均有一道程序，俗称"观师父元神"。——排鼓佬们在祖师牌位前凝望师父神态，进行回忆联想及神传悟道，增强心灵信息的交汇与交流。

现实中，排鼓佬有本事、懂法术，但真正能得到"真传"的人却少之又少。究其原因，是因为所有的排鼓佬师傅都把"有钱无义切莫度，无钱有义度真传"奉为圭臬。小时候，老人给我们讲古，说是临资口古镇有位姓钱的排鼓佬师傅不但能画水碗、念符咒，还会飞檐走壁，甚至通晓奇门遁甲之术……钱公年过古稀后，想把本领传给后人。老人先是否定了唯一的儿子，认为儿子虽为人仗义，但却脾气暴躁，易惹祸灾。于是，他把目光投向了九岁的孙子。一日，爷爷想施展一下简单的法术，一来想让孙子见识一下排鼓佬法术的神奇；二是也想借机考验一下孙子的初心与诚意。于是，爷爷在房间内跟孙子说："孙儿你把房门锁好后出来，看爷爷不用钥匙能不能将房门打开？"孙儿应允将信将疑地把房门锁好后和爷爷一起退至房外。只见爷爷闭眼念动咒语，转眼间房门便真的悄然而开了。孙子大惊，随口即言道："爷爷本事真大，快教我，快教我，以后我去别人家偷东西就方便了！"爷爷闻言，只是摇头长叹了一声，不久便溘然而逝。——讲古的老人感慨道，如果人心不古，道德沦丧，再好的奇门法术也将难以传承，最终均会灰飞烟灭。

三

临资口古镇的排鼓佬深知放排驾船危险性大，故而十分讲究天时、地利、人和。在这三者当中，他们似乎更加注重"天时"二字。"靠天神助，靠天放排，靠水吃饭"便成了许多排鼓佬们的共识。这也是为什么当时在水乡供奉的排鼓佬祖师爷既多又杂的根本原因。比如，他们供奉的有太上老君、南海观音、杨泗爷（杨幺）、丁将军（丁奉）、柳公子（柳毅）、关帝爷、南岳大帝、洞庭龙王、天后娘娘、吕洞宾等，有佛有道、有人有神、有兵有将，莫衷一是，但似乎又都与水牵上点关系。与水乡别处稍有不同的是，临资口古镇的排鼓佬们却自始至终只是信奉和祭祀洞庭王爷——柳毅。原因有三：他们首先认可柳毅是本地人。唐代《通志》云："柳毅也，今沅江湘阴间人也，其故乡在湘滨。"十分巧合的是，水乡的湘滨镇曾直辖临资口镇，而湘阴则正是古镇所在的县治也。其次是认为柳毅为人真诚，有义道。唐仪凤年间，柳毅赴京赶考，途中遇一牧羊女，自述是洞庭湖龙王女儿，嫁泾河小龙王为妻受虐，托柳公子传书。柳公子弃舍功名，冒着生命危险，不负所托……后柳公子与小龙女终成眷属。再就是感觉柳公子重感情，接地气。相传柳毅白天戴着青面獠牙的假面具到洞庭水府庙升堂问案，主持公道，接受香火。下班后便卸下面具，恢复俊俏的书生模样，回到洞庭湖中与小龙女温存恩爱。

基于柳公子"榜样"的力量，临资口古镇的排鼓佬们也个个都是敢爱敢恨、重情重义的汉子。他们行排背纤时，稍遇滩干水浅，多会脱光身上的衣服，恣意前行。排鼓佬们个个肌肉发达，周身漆黑，唯有光腚雪白……这时，如遇浣衣洗菜的姑娘媳妇，便会故意撩拨水响，扭动屁股，扯开喉咙狂吼情歌："妹在河边洗衣裳，棒槌打在手指上。哥哥知你好心肠，待我回来把你抢。"遇上胆小羞涩的村姑与小媳妇，此时定会掉转脊背，低头闭眼，置之不理。如果是碰上大胆豪放的大姐大嫂，则多会仰头扬脖，大声回击："嫁人莫嫁水上漂，十个排工九个骚。岳阳汉口走一趟，身上钱财打水漂！"如见排鼓佬们仍不收敛，她们便会直接开启骂腔："难怪今日乌鸦叫，江中漂来排鼓佬。不是老娘夸海口，给我做儿都嫌老！"……当然，也有偶遇男子有情、女子有意的，此时女人的情歌便会慢慢柔情起来："日头出水一点黄，妹砣出门洗衣裳。手拿擂槌轻轻打，下下打在麻石上，一心想着我情郎。哎哟——哎哟——哎哟哟……"

时光如资江流水不舍昼夜。转眼至二十世纪五十年代末，由于资江上游柘溪水电站建成，资江流水骤减；加之几年前三峡大坝正式蓄水，由长江进入洞庭湖的江水也日趋减少……缺少了水的滋养，临资口古镇的排鼓佬们便渐失"用武之地"。后又因洞庭湖区"平垸行洪"的需要，临资口古镇的原居民们只好无奈全部迁移。在资江流入洞庭湖边的堤岸上，一行行一排排的千年吊脚楼不见了，曾经一眼也望不到头尾的木排与竹筏也没有了，传唱了千年的《资江滩谣》与《资江排工号子》更是悄无声息……让人无限感叹感动感怀的是，乡亲们把楼拆了，把家搬了，把船卖了……却唯有坚持把洞庭庙，把甘公祠、刘公祠、易公祠、万公祠等远古建筑还留在了原处！

如今，古老的江堤上，每个祠庙里都有一位专职的守护人。问他们，谁指派的？回答是：自己来的。问他们，有报酬否？回答也皆是：没有。问他们是哪里人？回答也同样是惊人地相似：我们都是排鼓佬的后人。

身为洞庭子民，水乡过客，闲暇之时，我还是喜欢常到越发有些破旧的临资口古镇的洞庭庙里走走停停，摸摸看看……不但喜欢柳毅有情有义的优美传说，更喜欢其塑像"皆以手遮额而远视"的神态。——道者释义，柳公子抚额远视，是因为天将漆黑，江河湖泊中还有许多水客没有回来，故神恒望之。

辣椒记

湘江北流的南洞庭湖边，有一个名叫樟树港的千年古镇。每年四月，这里仅有方圆不到五公里的地方，收获一种看似十分普通，实则特殊的辣椒。物因地域而名，此地生产的名椒，久而久之便被人们称之为樟树港辣椒。

先不说它是如何的美味，如何影响人的性格与味觉，让嗜辣成性的湖南人认可，让一经食用便念念不忘的外地人认可……单说它的价格，便让人狂张大嘴，顿觉无限惊悚与诧异！——两百或三百元一斤是它的常价，2016年的一天，在网上居然拍到了520元一斤的天价。价格与品质相关，价格更是体现价值。

由此，我便开始了与一枚辣椒的相遇相识相知，也开启了一段说走就走，说留就留，关乎辣椒与土地、辣椒与气候，辣椒与性格、辣椒与人生，以及辣椒与政治、辣椒与经济、辣椒与历史、辣椒与文化的超级旅行。

一

辣椒，又名番椒、胡椒、海椒。产地原在美洲热带地区，始为印第安人种植。大航海时代，欧洲殖民者掠其种子，途经海上丝绸之路，将其扩散到了亚洲。直到明末清初方从海路传入江浙，至清朝中叶才慢慢进入我国的内陆地区。

辣椒初入中国时，并不食用，仅做花卉观赏。戏曲家汤显祖在其所著的昆曲《牡丹亭》中，有一段关于辣椒花的唱段："凌霄花，阳壮的怠。辣椒花，把阴热窄……"这段花神与判官的对唱，是用各种花来比喻一个女子从约会、恋爱、定亲、结婚、洞房、生子，直至衰老……原来，辣椒的"椒"与"交"相通相合，它有着别致的性意味，代表着男交女合，也喻示着火辣的爱情。

汤显祖时代正值明朝末期，当时官僚腐败，民风奢靡，尤以南梁、南唐、南宋故地更盛。一枚枚本为火热、辛辣，颇富"革命气息"的辣椒，从江浙甫一登陆，经苏杭、过秦淮，顿跌温柔之乡……一朵朵米白与米黄的辣椒花成了十足的"玉树后庭花"。正所谓"商女不知亡国恨，隔江犹唱后庭花"是也。

继南明朝灭亡之后，一枚枚辣椒种子被清廷蒙古军马的铁蹄陆续带入了内地。《湖南省地方品种志》《湘阴县志》等史书记载，辣椒是清道光年间才传入湖南的。许多专家在研究辣椒的发展历史时，洞悉了一个规律：辣椒在越穷的地方越容易扎根。比如当时的湖南，还有四川、重庆、贵州、江西等地，莫不如此。由此，坊间有传：四川人是不怕辣，贵州人是怕不辣，江西人是辣不怕，湖南人是辣了还想辣。究其原因，贫困地区的老百姓在日常生活中，大都能创造性地以辣代粮，以辣代盐，以辣代药，以辣调味，以辣取暖，还能以辣麻醉与麻痹自我，又能以辣椒之火点燃希望之光……

现今的辣椒，光在湖南一省的种植面积便超过200万亩，品种达600多种，均居全国之冠。在过往很长一段时光中，有人形容湖南人一生只做三件事，那便是：吃辣、读书、打天下。

湖南人喜欢辣椒，是一种相见恨晚，气味相投，不离不弃，性格相合的喜欢与热爱，也是一种融入性格，融入血液的相交相融相守。对此，与其说是辣椒选择了湖南人，倒不如说是湖南人选择了辣椒。

就这样，一枚辣椒种子历经漂洋过海及跋山涉水般的旅行，抑或寄生于征服者骑兵的铁蹄之隙，落户到了位于南洞庭湖边的樟树港古镇，开始了其华丽的蜕变与重生。

二

俗话说，一方水土养一方人，一方水土同样也养一方植物。樟树港辣椒之所以美味与名贵，重要之处在于其有着一个十分独特的地理生长环境。

纵观湖南省的地形，是三山夹一湖，幕阜山与罗霄山脉绵亘于东，五岭山脉屏障于南，武陵山和雪峰山脉则逶迤于西，北面是烟波浩渺的洞庭湖。整个地形呈马蹄状，像一只当地老百姓常用的畚箕，更像一把经时光烛照，有些古色古香的太师椅。

具体到樟树港镇的地形，几乎是大湖南地形的翻版，只是朝向有所不同。大省的地形是东西南三面高，北面低；小镇的地形则是东南北三面高，西面低。位于湖南省湘阴县东南部的樟树港古镇，处于南洞庭湖平原与鹅形山脉交接的过渡地带，东靠鹅形山脉，西临湘江，南有铁炉湖，北有文泾港，中有阳雀湖。其地形特征是一江一港两湖一山相夹，形成了一个小小的盆地。俯看千年古镇，有人说她像一个被母亲环抱的孩子，还有人说她更像一枚镶嵌在湘江尾闾处的金色辣椒。

据勘测，樟树港镇所在地土壤，成土母质主要为第四纪红土红壤，植物生长所需的锌、硒、铁、钙、锰、硼、镁、钼、硫等微量元素丰富。加之湘江与南洞庭湖常年的浪涌波推，淤积化醇，土地更加肥沃深厚。十分幸运的是，该地域未经任何工业污染，地表与地下水既丰沛又清纯，堪称植物生长的富壤与宝地。

还有，颇富神奇的是属地独有的气候条件。樟树港镇处于亚热带季风性温湿气候区，四季分明，雨量充沛，阳光充足，平均气温为17.1℃。比对周边及同一县域的其他地方，冬天要高1.2℃，夏天低1.3℃，冬暖夏凉特征十分明显。老百姓形容，他们脚下的这片土地栽什么长什么，播什么成什么，真正的撒种能收金，插棍也成林。

一枚辣椒在刚进入中国，被打上舶来品烙印时，其特征是树高叶阔，果实体长弯曲，辣味火爆。自从在樟树港古镇落地扎根后，经这里特有的风雨雷电、水土阳光、气流气候等特有境遇的影响与浸润，不但其树身、叶面、果长均是成半地缩小，且味道更是由先前的辣、麻、涩、酸，慢慢蜕变成了现时的辣、软、糯、香。其书面描述如下：樟树港辣椒植株矮小，分枝密集；果皮半光滑，油亮有皱褶。果实前期微辣香甜，既软又糯；中期中辣香脆，醇糯绵长，后期脆亮微甘，椒香浓烈；清炒时皮肉不分离，味道十分鲜美。

走进千年古镇，走近樟树港辣椒，我还十分惊讶地发现，该物成名居然具有较强的哲学意味与贵族气质……比如，从量变到质变，以时间换空间，由气候改变气质等。普通辣椒的栽培，一般都是当年的三月份播种，当年六月份采摘，培育期也就三个月左右。而樟树港辣椒，须从头年的10月份开始育种，到来年的四月份头批辣椒上市，培育周期长达200多天，是普通辣椒培育时间的一倍还多。又如，樟树港辣椒要精心选种，要施纯有机肥，要灌施无污染的纯地下水，不能喷施农药，土地须轮换种植，种苗越冬要像服侍老牛过冬一样，铺偎棉絮草被，适时保持温度等。用当地老百姓的话说，好风能生好水，好地必长好苗；泡桐木廉生长时间短，檀树木贵成材时间长。

樟树港辣椒的核心种植区域，均集中在该镇的荻新、文泾、亲爱、友谊等五个村庄，面积约 3000 亩左右。有道是，一家有女百家求。该椒成为名椒后，慕名移种移栽与借种嫁接者不在少数。先是与上述核心村一埂之隔的邻村村民，将樟树港辣椒种苗移栽过去，一样地浇水施肥，一样地除草驱虫，一样地间苗保墒等等，结果均是南橘北枳。

后来，在樟树港镇蹲点近三年，做辣椒专题研究的湖南省蔬菜研究所的张建仁教授更是别出心裁。第一次，他试验将种苗移植于古镇附近的长沙、益阳、湘潭三个地区，反复比对进行试验性种植，无论是辣椒的外形还是品质，结果皆是相差甚远；第二次，他又专门开车拖走本地的熟土异地移植，同样也是铩羽而归……张教授得出的结论是，樟树港辣椒的成因与当地的环境有关、种子有关、土地有关、水质有关，更与该地区独有的气候有关。

此曲只应天上有，人间能得几回闻。樟树港辣椒的成因，其情形情况与国酒茅台，同有许多相同相近相似之处。同样的酒料，同样的赤水河河水，同样的配制方法，甚至同样的酿酒师傅，但只要离开茅台镇，酿制出的酒质便大打折扣，原因是该镇核心区域飘散的空气里有酿造名酒需要的特殊分子……人能搬走与移动许多东西，但总难搬走飘浮不定，变幻莫测的空气吧？

在涉猎与樟树港辣椒关联的资料中，我还得知，地球上除了分布一些诸如石油、煤炭、森林、黄金、宝石等相对集中的纬带外，还有一个较为明显的辣椒带，且大都分布在世界各地的北纬 30 度地区。——我仅知道北纬 30 度是一个神秘的区域，它贯穿四大文明古国，充满着神秘、恐怖、怪异、迷幻、诡异等现象，给人类思绪的尽头写满了问号。但它能生长出樟树港辣椒这样的味中珍品，这是我连想都不敢想的。

辣椒如此，同是从海上漂泊而来的洋葱、洋芋、番茄、番薯、黄瓜（也称胡瓜）等落户樟树港古镇后，也是风味迥异，均为此地独有的舌尖美味。其中，犹以该地所产的白颜色黄瓜、三月黄土豆（三月份成熟，颗粒小）最为著名。两者与樟树港辣椒一道，成了最为著名的"古镇三宝"。

由此，一枚初看普通的辣椒，在樟树港古镇发芽生根之后，其果实便很快让老百姓认可，让市场认可，还得到了国家权威部门的认可。早在 2012 年，樟树港辣椒便荣获"国家地理标志证明商标"；2013 年，又入选国家名特优新农产品目录；2014 年，还荣获湖南省著名商标。何为地理标志？我尚不十分清楚，但我知道一点，去商场购物，只要扫一扫粘贴的条形码，此物的前世今生便会一目了然。

一枚辣椒虽小，却又让远方的游子平添许多新的乡愁。

三

一部中国近代史，从很大程度上讲，湖南人既是重要的参与者，也是重要的缔造者。更有激进者放言：一部近代史，也是一部"辣椒史"。其中，一些名人与说法，想必世人早已耳熟能详。

比如：曾国藩、左宗棠，黄兴、蔡锷、宋教仁，毛泽东、任弼时、彭德怀、贺龙等；又如："能吃辣椒会打仗。""不吃辣椒不革命。""革命人都爱吃辣椒。"……在这些名人与名言仍久传不衰的当下，有个人不能不提，那便是左宗棠。因为左宗棠与辣椒有关，与读书有关，与打天下有关，更与樟树港古镇有关！

1843 年，出生于湖南省湘阴县金龙镇左家塅的左宗棠，十分留恋邻镇樟树港辣椒的美味与该地神奇美妙的风水，他用自己当私塾先生的 900 两白银的积蓄，在樟树港镇巡山柳家冲置地 70 亩，开始了其长达 14 年的读书、植柳、栽桑、种辣椒的"湘上农人"的耕读生涯。

左宗棠隐巡山，居柳庄，在其撰写的《朴存阁农书》中对自己如何学种樟树港辣椒，如何探究辣椒与地理，辣椒与性格，辣椒与人生之间的微妙关系等，多有独到的分析与认识。

比如，左宗棠特别喜欢辣香浓烈，处在成熟期的樟树港辣椒。认为辣椒之所以在湖南能扎根与普及，与其独特的"凹"字形地形相关。因地形特别，使得北来气流灌入，形成冷湿天气，人们需要发汗去湿，生津开胃，抵御风寒……刚好前人所著《食物宜民》中介绍辣椒："治呕道，疗噎嗝，止泻泄。"《药性考》一书里也提及辣椒能："除风发汗，去冷癖，行痰祛湿。"

左宗棠还认为，辣椒与人的性格有一条秘密通道，常常潜移默化，相生相连。人生五味杂陈，辣椒也是穷极五味。以至于他自己，长住柳庄，长期与樟树港辣椒打交道，长期食用樟树港的青辣椒、红辣椒、白辣椒，还有剁辣椒、干辣椒、腌辣椒……也是深受辣椒的影响。故此，左公也常称自己为"左骡子"，性格是"左脾气"与"左辣椒"，凡他认准的道理，别人向右，他偏执拗地坚持往左，且不屈不挠，坚持到底。

史书中也有记载左公性格的评语，称他："性端严，少忤之，必遭呵斥"；还有人则谓其："秉性刚正，不能与世和"……由此，左宗棠因与樟树港辣椒结缘，是辣椒改变了其文人性格，继而由文人而武将，开启了其波澜壮阔，名垂青史的辣椒人生。

那是左宗棠率军收复新疆后不久，奉旨上调京城，入值军机。不久，恰逢光绪帝亲政大典。在群臣朝拜过程中，左公因年近70，长年征战多处负伤；加之可能是"机关"生活的不适应，抑或对年轻的皇帝未能产生更多信任感……在跪倒一片的朝臣中，独有左公未曾下跪朝拜。结果遭言官奏本，视大不敬，按清律应处斩首之罪。事后，一直垂帘听政，实操权柄的慈禧太后非但未给左公治罪，还传懿旨：三十年不许参左！

"朝拜风波"之后，左公拜折，言称自己有"辣椒之思"，想辞官继续归隐柳庄。慈禧太后闻讯，非但没有同意左公所奏，还新任命他为两江总督兼南洋通商大臣。时值法国人正从东南沿海入侵中国，慈禧太后言称左公："尔向来办事认真，外国人惧尔声威。"……史书有载，临赴任江南之前，慈禧为安抚左公，特意与之有一段"奏对称旨"。

仁寿殿，慈禧太后端坐珠帘后。她边享受着太监李莲英用超大的留声机轻轻播放着的《华尔兹》舞曲，边用右手抚摸着左手那套在无名指与小手指上，长达五六寸的黄金护指（又名护甲），有些漫不经心地询问左公："卿老家在湖广何处？"

左答："湘江水远洞庭山，渔舟唱晚不须还。柳庄新柳蒙雨露，阳雀湖边子归啼。"

面对"知己"，左公"士心"初现，除用"新柳蒙雨露"之句感念皇恩之外，也用子归鸟"不如归去"的啼声，不屈不挠地表达了其"归隐田园"的去意与心境。

慈禧接着又问："卿住柳庄，平日里喜吃何物呀？"

左答："鱼子桃花饭，韭菜辣椒香。白黄瓜煮笔杆鳝，阳春三月土豆黄。"

韭菜、白黄瓜、三月黄土豆与樟树港辣椒同为古镇舌尖上的美味；而用四两重的阳雀湖野生鲫鱼籽，焗上新碾的稻米饭，再在上面撒上几瓣鲜艳的桃花，估计听者不流口水都难；至于"马蹄团鱼笔杆鳝"，则出自洞庭湖水乡的食谚，言称野生的团鱼与鳝鱼不要吃大的，八两至一斤左右重的马蹄般大小的团鱼，与毛笔笔杆一般粗壮的鳝鱼，味道正好。不经意间，聪明的左公便把湖湘美味推介到了皇宫，也始为天下人所耳闻。

据史料记载，慈禧太后曾对左公介绍的樟树港辣椒特感兴趣……后因旗人不善辣，加之路途遥远，货运不畅，还有水土不服等原因，传至清廷的名椒，也仅是变成了一盆盆皇宫里的观赏性花卉。

在湘阴县城"左宗棠纪念公园"尘封的史料中，我还有幸看到了好几处记述左公与樟树港辣椒相关的资料。一是西北行辕的中军帐里，每有战斗胜利的消息传来，左公必定是一边烤火，一边手拈一枚枚盐腌的樟树港辣椒下酒……这也成了左公庆祝胜利的招牌性动作。

其次是在收复新疆的战争中，所有湘军楚勇的后勤供给食物里，樟树港的剁辣椒与盐腌辣椒，以及经开水滤泡晒干后的白辣椒等均为必备军需。以至于当时在樟树港古镇因往新疆运输与储存辣椒有功，经左公保荐，获得军功的村民不下百人。至今，在古镇村民有些凋敝的坟场仍见许多对先祖冠以："记名道员""记名提督""记名参将"等头衔的墓碑。"记名"乃虚职，属"旌表"及"荣誉"性质。

三是左公在指令将柳庄的柳树运至新疆栽种的过程中，还一同命人带去了大量的樟树港辣椒种子。只是"三千杨柳"吹绿了新疆全境，而樟树港辣椒到了茫茫戈壁滩后，其果实则由短变长，由微辣变酷辣，又被打回了胡椒的原形。

一个人的成名与成功，除了自身的学习、刻苦与磨砺之外，其天时、地利、人和的外部条件也非常重要。同理，一枚有着优秀品质的辣椒，在同样优秀的内部与外部环境下，还有"名人效应"的推波助澜，自身不想成为名椒都难。

继左宗棠之后，又一位名人来到了樟树港古镇，来到了位于樟树港辣椒核心产区的阳雀湖边的法华古寺。他便是清末著名诗僧，曾出任中华佛教第一任会长的"八指头陀"。

"八指头陀"俗名黄读山，生于1852年，16岁出家后，在佛舍塔前烧残二指，并剜臂肉燃灯供佛，故自号八指头陀。

诗僧是18岁来到樟树港法华古寺的。他边念经打坐边写诗歌，边把种植樟树港辣椒为主的农业劳动与修禅结合起来，首创"农禅双修"。诗僧前后写诗1900多首，如今的法华古寺仍留有高僧所著的《八指头陀诗集》《白梅集》等颜色泛黄的诗集。著名的"洞庭波送一僧来"的名句，便系八指头陀所创。

据传，后来一位法华寺的小沙弥，也是边敲木鱼边念经；又边回味樟树港辣椒的美味，还边童心未泯地将刻在寺院墙壁上的诗僧名句"洞庭波送一僧来"，戏改为"洞庭波送一椒来"。过去运输几乎全靠水路，大部分辣椒从江浙传入内陆，便是沿长江进入洞庭湖，方才落户樟树港的。从这个意义上来讲，小沙弥的改法倒也有几分妥帖。

入住法华寺，取法号敬安的八指头陀，一直认为劳动是修为，辣椒是禅果。坚持"一日不作，一日不食"，在大自然中耕种大地，需感恩天地所赐。后来，诗僧又以法华寺为"根据地"，带着佛经与自创的"法华寺牌"剁辣椒，时而杭州、时而南京、时而武汉、时而北京……去到许多佛教名山名寺参禅传道，将他首创的"农禅双修"经验与樟树港美味辣椒传遍了大半个中国。

现在的三十一代法华寺住持，法号早国。他全力继承八指头陀的"衣钵"，每至辣椒栽培季节，早课之后，必亲率众僧进行农禅双修。三年前，早国大师又与多位佛门弟子一道，集体创作了一首名为《辣椒缘》的禅修曲："一花一叶一如来，心到佛到椒花开。农禅双修方法好，劳动澄净祖师来。……"歌词主要在于礼赞祖师八指头陀的功德，歌颂辣椒与佛修有缘，劳动与禅修可以相得益彰等等。

海上生明月，天涯共此时。樟树港辣椒成为一代名椒后，不经意间，又横跨海峡，传至宝岛，香飘美国。1952年，美太平洋第七舰队司令雷德福特访台，台湾"海军司令"梁序昭设宴招待，掌厨的是"新湘菜大师"彭长贵。宴会的第一道主菜是辣椒炒鸡丁，因配料特殊，做工精细，味道脆辣醇香。"红鼻子"客人在竖起大拇指称赞的同时，询问翻译："这是一道什么菜？"彭长贵从厨房出来回答道："此菜叫左宗棠鸡……因为这是左帅最爱吃的鸡的做法。"后来，彭长贵在与美国客人进一步交流时，曾不无遗憾地说道："现在鸡和辣椒的原料都是替代品，如果用左宗棠家乡樟树港正宗的土鸡，还有正宗的樟树港辣椒，味道肯定会更好！"

原来彭长贵出生于湖南，祖辈彭玉麟曾是湘军长江水师的创始人，也是湘军领袖曾国藩与左宗棠十分倚重的心腹爱将。彭长贵12岁师从当时的湘菜大佬，有着"天下第一厨"之称的曹荩臣，20岁时被抓壮丁，1949年退去台湾，由军队伙夫渐渐做到了蒋介石与蒋经国的家厨。

1973年彭长贵赴美国发展，他又将"左宗棠鸡"带到了大洋彼岸。此时，彭长贵通过特殊关系，时常能收到一些海运而来的

"阳雀湖牌"正宗樟树港剁辣椒。位于曼哈顿中心城区的新湘菜连锁店"彭园餐厅"开业不久，贝聿铭便慕名来餐厅宴请基辛格。他们点的主菜也是"左宗棠鸡"，吃后也是赞不绝口。从此，基辛格嗜辣不疲，常在"彭园"流连忘返。后经美国传媒报道，用"阳雀湖牌"剁辣椒做的"左宗棠鸡"从此红遍美国，至今长盛不衰。

彭长贵在20世纪80年代几经辗转周折，终于回到了湖南。在距离樟树港镇不到30公里的长沙市长城宾馆经营彭园餐厅，硬是让正宗的"左宗棠鸡"回到了故乡。至此，大师整日喜上眉梢，笑声不断，因为他再也不愁餐厅缺少正宗的樟树港土鸡与正宗的樟树港辣椒了。2016年12月，大师走完了他97岁的人生长路。消息传出，不少湘人为之叹息：以后再也难吃到正宗的"左宗棠鸡"了……

彭长贵大师走了，他如同一枚神奇的辣椒，从湖南的圆点出发，到台湾岛，经美国，在地球上画了一个大大的圆圈，又回归圆点，回归故乡。老人追寻与传承的既是辣椒的味道，家的味道，爱的味道，更是乡愁的味道。

四

有道是："莲舟同宿浦，柳岸向家山。"为了追踪一枚辣椒的旅行……我像一名行者，在"名椒传人"曾立宇、周鑫、张怀玉等人的帮助下，曾目睹了樟树港辣椒核心产区乡亲们精心种植名椒的全部过程。

名椒的种植土地，均是每年7月份开始休养，停下所有的种植开垦，休息60天；之后晒土闷棚进行高温消毒，夏末秋初的艳阳下晒土30天，让其充分与大自然亲密融合。当土地得到充足的休养生息后，接着整理苗床。施用的肥料，也全部来自农家的鸡鸭粪与草木灰等有机肥，经过自然升温化酵后，精工细撒……从辣椒的下种、育苗、移栽、除草等，到最后采摘都由椒农手工完成，推行真正的"纯绿色"与"纯手工"种植。

2016年5月的一天，笔者又有幸参加了樟树港镇举办的一个以辣椒为媒，以辣椒为爱的"辣椒节"。节目既有"辣椒花鼓戏""辣椒快板""辣椒相声""辣椒知识抢答"，还有美味辣椒烹饪展示、辣椒商标授权仪式、辣椒农商现场签约等。整个樟树港古镇一时成了彩旗的海洋，人的海洋，辣椒的海洋。

其中，有台名为《小宝宝快出来呷辣椒》的"辣椒双簧戏"，我与现场观众的印象尤为深刻。一位辣椒老婆，怀孕待产很长一段时间，小宝宝就是不见出来。家人不是叫医生打催产剂，而是沿袭当地乡亲们一直传承下来的做法，叫丈夫手捏一枚樟树港辣椒，在外面连呼带叫："小宝宝，我们家乡的辣椒好呷，辣椒好呷呀，快出来呷辣椒，快出来呷辣椒哦……"果然，一位憨态可掬的"辣椒崽"，不久便呱呱坠地了。

其后，"美味辣椒烹饪展示"更是将活动推向了高潮。一位辣椒大嫂展示的是传统的樟树港辣椒烹饪方法。第一步，保留辣椒柄，将辣椒清洗干净后沥干；第二步，把带柄辣椒倒入锅中，中火煸炒，炒干表皮水分；第三步，加入些许油盐及少量豆豉与碎蒜籽中火快炒，炒制过程中不断用锅铲拍压辣椒，让其渗透油盐味；第四步，等待火候，适时将辣椒炒熟又感觉生脆时出锅。

另一位新当选的"辣椒仙子"的炒法则不尽相同，只见她在辣椒田埂边架起铁锅，用晒干的辣椒树将铁锅烧红，只放些许盐粒，顺手从辣椒树上扯上一二十只辣椒丢进锅里，煸炒，待椒蔫后起锅……然后用一些切成小方块或长条的猪膘肉炼油至半熟，放入豆豉及碎蒜籽，再将起锅的辣椒趁火旺倒入铁锅猛炒，炒熟后连铁锅一起直接端上餐桌。

这位辣椒妹妹边炒还边强调，猪肉一定要用本地樟树港不喂饲料的黑猪猪肉，菜油须用"阳雀湖牌"纯自然茶籽油；然后植物食材用动物油炒，动物肉则用植物油烹，响应动植物烹饪过程中的互补生香之理；其次是在田间用辣椒树做柴，爆炒辣椒，既环保又自然相生，与河水煮河鱼，稻草煮稻米的道理如出一辙。

好一个河水煮河鱼，稻草煮稻米，辣椒树炒辣椒果……个中滋味又怎能不会烧煮出自然的味道，和谐的味道，香醇的味道，家的味道，爱的味道，乡愁的味道呢？

辣椒节上，随着椒农们与来自北京、天津、武汉、南昌、广州、深圳等几十家餐饮企业有关名椒供销合同的签订，一枚枚樟树港辣椒又开始了新的一轮旅行……

千年古渡

　　桃花渡坐落在故乡临资口古镇的资江岸边，因渡口长有几株古老的桃树而得名。五六个大人都抱不过来的桃树主干多已枯死，旁边发出的新枝也有水桶般粗。老人们说，有树的时候人们便在此渡河，乡野古渡距今已有一千六百多年的历史。

　　渡口水面平常宽约四五百米，只有桃花汛期的时候，江面才增宽许多。一江春水，漂流着许许多多一浮一沉的芦花、柳絮，红色、白色、紫色的桃花花瓣点缀其中；间或有团团簇簇的水草、柳枝和芦苇，自西向东随波逐流，栖居在上面的长嘴长腿、红眼翠羽的水鸟向岸边轻盈张望，活像一个个检阅部队的将军。千年桃树下方的江边还长有一排高大的百年曲柳，树上筑有好几个鸟们用树枝、柴棍垒搭而成，足有洗脸盆大小的鹊巢。远远望去，古树上边迎风摇曳的那一团青黛的鸟巢，成了乡野古渡的标志物。一群长着一身黑白相间羽毛的花喜鹊，常常随船飞渡，整日在渡河人的头顶上方"叽叽——叽叽"地欢叫不停，一会儿从渡口此岸飞向彼岸，一会儿又从彼岸飞向此岸，徒增野渡沧桑古朴、自然和谐的气息。

湘江和资江在渡口前的江面交汇后，静静地向北流淌，然后才依依不舍地涌向洞庭湖慈母般的怀抱。也许是常年流动的缘故，古渡边的江水干净、清冽，常被人们称"活（合）水"之地。夕阳西下，当炊烟在江面雾霭般袅袅升腾的时候，古渡码头上就会行走着许多扎着长辫、剪着提篮式短发，挑着一对水桶，来江边挑"活水"的年轻姑娘和小媳妇。当她们在用整条麻石铺就的码头边弯腰汲水，被江风掀起衣裙，露出雪白耀眼的腰身和苹果般臀部的时候，常常会引来一大帮只露出一个个黑色的脑袋，藏在江水中游水的年轻小伙子戏谑而欢快的"吆喝喝——吆喝喝"喊叫声……年轻女人们被惹恼后，多数会随手捡起码头边的鹅卵石向江中投掷，或用挑水的桑木扁担猛击江水，欢叫声、击水声连成一片，搅碎一湾江水。

间或在古渡边的江中还可以见到一两位头戴竹笠、身穿蓑衣，撒网垂钓、任舟自横的白发渔翁。有时，独自划船渡江的汉子，面对古渡边杵衣、挑水的大姑娘、小媳妇，也会忘情地扯开嗓子吼几句撩情的山歌：

月亮大哎，照粉墙哎，穿了白衣白裤进不了妹的房……娘骂女哎，你这个妖精婆哎，你为何不洗衣来听山歌？……

其后果：轻者，会被女人们回敬以一顿乡野十足的笑骂；重者，就在其唱完歌跃上码头的那刻，十有八九会被女人们团团揪住，手脚并用撕扯捶打一番后，再舀上凉透的江水将其淋成一个活脱脱的"落汤鸡"。

自我记事开始，总见古渡两边的曲柳上用绳索拴着的一只或两只渡船。谁要过河，只需解下树上船绳，架起双桨，独自划过；到岸后，也只需将双桨卸放好，拴上绳索，跳上码头便可。木制渡船也就四五米长的样子，两头尖尖，两条长长的木桨架在船体后部，渡河人在船舱内套装好双桨，立着马步，一点头、一拱背向前摇动起来，清澈的江水便被犁起阵阵涟漪……活像一只燕子在宽阔的江面上轻盈地飞过。

此时，柳树青、水草绿、桃花红，天是蓝的、云是白的、水是流动的……一群飞鸟掠过江面，引得无数小鱼儿惊恐乱跳；如果是夜晚野渡，还可以见到渔火闪烁，萤光乱飞，星星和月亮倒挂江中……船桨吱呀吱呀划过，打破一江平静，也引来满江璀璨。宛若一派"野旷天低树，江清月近人"的古韵景色。

小时候，我们总以古渡边"吱呀——吱呀"的摇橹声和"嘭嘭嘭——嘭嘭嘭"年轻女人们的杵衣声作为起床的铃声，背着书包，跟在大人们的屁股后面，坐船到对面江边的学校上学。放学了，我们则提着一把家中母亲筛米用的竹筛或做饭用的竹撮箕，带些吃剩的饭粒，跑到渡口的码头边，卷起裤腿，混迹于洗菜、挑水、杵衣的女人们中间，将饭粒放在竹器内沉入清澈的江水中，守株待兔般地捕捉小鱼、小虾。成群的细小鱼虾，经常会把我们白嫩嫩的小手、小腿戏啄得酥痒酥痒的。有时饭粒用完了，我们就会跑到渡口岸边爬上桃树，撸来一大把桃花花瓣揉碎撒落水中作为诱饵，照样逗戏得鱼虾们晕头转向，尽入筛中。夏日炎热的夜晚，我们则会背着竹椅、抬着竹床，结伴来到江风习习的古渡码头边，或缠着乘凉的大人们讲故事、唱花鼓戏，或听蛙鸣、数星星、追月亮、抓萤火虫……常常流连忘返，夜不思归。

人民公社化的时候，大人们整日忙着炼钢炼铁、围湖造田，小孩们过江读书摇不动双桨，自那时起古渡边便多了一幢茅屋、一户人家、一只花狗。主人三十多岁，从小便在江中弯腰驼背摇橹捕鱼，继而积劳成疾，腰身便一直直不起来。特别是在驾船摇桨护送我们过江的时候，形态像极了一只在茫茫沙漠中点头行进的鸵鸟。

驼叔摆渡不收费，统一由生产队记工。他整日以渡口为家，晴天戴一顶尖尖的竹笠遮阳，雨天穿一件自制的蓑衣避雨，晚上则用一盏亮如豆光的老式马灯照明。日常生活当中，驼叔最忌讳"翻"和"沉"两字。因为江中行舟，最惊骇的就是沉船和翻船了。吃鱼吃完一面，要翻过来吃另一面，不能说"翻"，要讲"顺"。驼叔老婆恰好姓陈，别人问及"嫂子贵姓？"驼叔总以"耳"和"东"两字搪塞。乡亲们得知驼叔的禁忌，后来则均以驼嫂或驼婶相称。每日驼叔摆渡，驼婶便在渡口边的小卖部内忙来忙去，帮大队的供销社代售些煤油、酱油、瓜子、花生等日常生活用品，以贴补家用。有时我们路过，时常会被茅草屋内面向渡口边的橱窗中那花花绿绿的糖果、花生、兰花豆等馋得直流口水。这时，善解人意的驼婶或驼叔多会慈眉善目地掰开我们脏脏的小手，塞上几颗瓜子花生或一两粒糖果。

平日里，渡口的小花狗总爱摇着尾巴，上蹦下跳追逐着我们举在手上当早餐用的饭团或锅巴，但只要听到驼叔"吼——吼"两声，小花狗便会立马扭头朝主人跑去。即使是驼叔正在驾船摇桨，小花狗也会静卧船舱，眼睛一眨也不眨地盯着主人。间或半夜有人要从对面过河办事，特别是打雷刮风、落雪下雨时叫人不应，这时听觉和视觉都十分灵敏的小花狗便会跑到主人房门前伸出前爪，连抓带叫，"汪汪——汪汪"地狂吠不止，催人夜渡。

驼叔和驼嫂膝下只有一个小我们一两岁，名叫桃花的女儿。小桃花平日最爱领着小花狗走到清凉的江边用花手帕洗脸，追逐、打捞漂散在江面上鲜艳的桃花花瓣，将它们集拢一处，晾晒在码头的麻石板上。一日夏日午后，小桃花不小心滑落江中，再也没有起来。驼婶和驼叔发疯似的哭喊、打捞，仍不见踪迹。水乡习俗，凡有小孩溺水，沉入江底，不浮出水面，只有母亲拿着小孩穿过的贴身衣服在河边摆上香烛，喊拜一番才能见效。可怜的驼婶嗓子都喊哑了，双膝也跪得鲜血淋漓……滔滔江水仍不见有任何回应。后来，驼叔和驼婶只好在古渡江边的桃树下替桃花堆起了一个衣冠冢。每到小桃花的生日和忌日，驼叔和驼婶总是会来到小孩的坟前铲上几锹土、撒上一些桃花、烧些纸钱，祭奠良久

——被江风卷起的纸钱灰片散落江中，与漂流的桃花花瓣汇合一处，默然苍凉地流向远方……

不久，水乡包产到户，古渡两边也建通了水泥公路。桃花古渡的渡船先是由小木船换成了大木船，后又由大木船换成了机动船，最后机动船又被能装载机动车辆的铁驳船所取代；渡河收费也是越来越贵，开始不要钱，后来是每人一角两角……一元两元，最贵时涨到了五元十元。古渡码头上曾被渡河的人们用双脚踏成了一个个凹窝的千年麻石也统统被人撬起，抬回家中垒猪圈、砌厕所去了；渡口边的百年曲柳和千年桃树都被砍掉，丢进了黑黢黢的炼钢炉中；历来被乡亲们称作报喜鸟的花喜鹊，还有被称作益虫的青蛙，以及萤火虫、知了、麻鹰等，再也难觅踪影，彻底从人们的视野中消失了。

再后来，一座新建的水泥桥梁最终将千年古渡彻底送入了末路，只剩一湾瘦水还在默默地流淌……江水似乎带走了我儿时的全部记忆和欢乐，也带走了远方游子行囊中那绵绵古朴、蒹葭自然的故乡。

水车谣

水乡多水车。

水乡的稻田多与水塘、水沟、水港、湖汊处在同一水平线，春天排涝、秋天抗旱、冬天车水捕鱼都需用到水车。

水乡一眼也难以望到边际的田畴沃野，天边白云朵朵，地上绿意盎然，一架架"吱呀——吱呀"余韵悠长的水车，搅动着碧绿的河水，也搅动着静谧的水乡大地，像一幅动静相宜的山水画卷，更像一位不知疲倦的老人在反复吟唱着一首古老的歌谣。

水乡常用的水车多为"龙骨水车"，由车架、车轴、车轮、车叶、车筒、车槽和龙骨链组成。车筒为木制盒状水箱，分上下两层，下层三面密封，不透水，供上行的车叶将水带到高处；龙骨链为长串短木一节节连缀而成，有几十上百个，像鸦雀般等距离地连接在一起，形成龙脊椎状链，踩动车架中间的大车轮，由龙骨链再带动车筒下方的小车轮，通过车叶将水提调上来……车水时人是坐着的，有个专用名词叫"坐扁担"。水乡最大的龙骨水车上可坐十多人，输水的筒子一般的有三四米，长的达七八米。

春夏之交的雨季，只要老天多下得大半天的雨，刚才还是迎风招展、绿色茵茵的禾苗，转眼便只剩下一根根若隐若现的绿色叶尖，在风浪之中向人们求救似的点头招手；如果大雨再持续一会，田野与沟渠、内湖便都会变成白茫茫的一片，分不清哪是稻田哪是湖泊。这时，村头便会在风、雨、雷、电之间骤然响起一阵紧过一阵的哨音。只见早已戴好竹笠、穿好蓑衣的生产队长扯着嘶哑的嗓音一阵狂呼大喊："全体男女劳力注意了，注意了——准备好水车，全力排涝啦！"不一会，生产队的男女社员便会抬的抬、扛的扛，冒雨在田埂和堤坝间安装好水车，开始了紧张而又艰辛的车水排涝工作。

水田排涝须昼夜不停地进行，水车上方有时还会支起遮雨防晒的草蓬和油布。小时候，我们常见田头的堤坝上一字排开几台，甚至上十台水车集中作业，场面蔚为壮观。车轴旋转，龙骨链便上下抖动，仿若一条条蛟龙自由游走，一会龙尾吸进满肚浑水，一会又从龙嘴中喷涌而出。

车水的人们光着脚板，像平地走路似的踏动车轴，时而用劲慢踩，时而快步如飞，车口水花飞溅如玉。夜晚车水尤为热闹，"一勾残月潮初生，曲港咿呀踏水声"，此起彼伏的号子声，伴随着哗哗的流水声，响彻夜空。车水是力气活无捷径可走，车轮连着车轴在乡亲们的脚下不停地吱吱呀呀转动，像一条耕田的老牛不停地喘着粗气——沉重而又艰辛。时间长了，乡亲们就会感觉"磨断轴心，车断脚筋"，脚下有如踏着棉花，一点力气都没有，晚上睡觉也是全身疼痛得难以入眠。这种"头一伸脚一蹬，白天车水夜里哼"的滋味，今人均难以体会。

坐着车水，久了就会有些疲倦，这时有人便唱起了山歌：

> 一哎一更鼓儿响，一芽残月出苇塘，蛙声咯咯如雨点，露水落得肩脊湿，不见汗水见盐霜……

负责派工的生产队长深知"男女搭配，干活不累"的道理。在一字排开的水车阵上，有男女混搭的，也有一边全是男的，一边全是女的。疲惫困乏之时，车水的男女便开始对唱山歌。什么《十送郎》《十送妹》，还有《望郎歌》《思妻歌》等表达爱情，歌唱生活的歌声此起彼伏。

女唱："……二送郎，天井边，一朵乌云遮西边。求起老天落大雨，留我情郎住一天。哥哥听妹话，住了一夜胜一年。……五送郎，大路边，叮嘱我郎事一件。赚到铜钱早早归，莫吃烟酒莫赌钱。哥哥要听妹砣话，孤单妹子好可怜。"

男和："……八送妹，送汗巾，剪来绸纱色色新。汗巾暗藏七个字，'千年万载不断情'。妹妹听歌话，生同罗帐死同坟。九送妹，送丝袜，从头送到妹脚下。大红日子做喜事，妹坐轿来郎骑马。妹妹听哥话，吹吹打打好出嫁。……"

歌声伴随着"吱呀——吱呀"的水车声，合着稻田里水渠边一阵紧似一阵"呱呱——呱呱"青蛙们的鸣叫声，还有从薄雾朦胧、夜灯如豆的村庄中传来的阵阵牛哞犬吠声……合成了一首夏日夜晚充满野性、热辣、豁达、乐观、浪漫、古朴、自然的乡野夜曲。

秋日车水，多为汲水抗旱。时间要求不是十分紧急，水渠的水平面与稻田高差相对平缓，车水不需要花太多的力气，安排的劳力多是老年人，以及年轻的姑娘和小媳妇们。这时水车"吱呀呀——吱呀呀"的声音，听起来便感格外绵长、悠扬……往往引得车水的老人们兴起睡意，他们脚在底下不停地踩，头却伏在车架上像鸡啄米似的——一上一下地打起了瞌睡。年轻的姑娘和小媳妇们，则一边车水一边交头接耳，说起了悄悄话，时常传出一阵阵嘻嘻哈哈开怀的野笑，引得在附近田地间劳作的年轻小伙子们不停地扭头张望，神飞心痒。

在那些穿着花衣服、撑着遮阳伞，一边车水一边甩着长长辫子的年轻姑娘们看来，只知整日猫在田地里使力气活的小伙子出息不大，那些穿着鞋袜，上衣口袋里插着钢笔，有一技之长的年轻人才是她们心中的白马王子，比如木匠、篾匠、拖拉机手、民办教师等等。其中，能单独打造出像龙骨水车这样既复杂、又巧妙的年轻木匠特别受青睐。她们认为，龙骨水车的制造不仅牵涉到圆周率，还涉及平面、角度等几何原理……一个年纪轻轻的小伙子能在短短的一两年时间内掌握龙骨水车制造的全套本领，肯定是"窍心开了窍"，以后组成家庭也不愁没饭吃，不愁过不上好日子。

这样一来，闲时车水的年轻姑娘们不知是有意还是无意，所驾驳的水车一天总会坏掉好几次。水车坏了，姑娘们便会高声尖叫，指名道姓地请年轻的木匠师傅来现场修理。不久，远处田野边便会有年轻木匠的情歌随风飘来：

　　龙骨水车哟拴尾鸦，翻起河水哟起浪花。车水姑娘哟几多美，你不想我哟我想她。小小木匠哟干活累，艺高心细哟人人夸。妹有情来哟哥有意，年轻后生哟想成家……

　　这时年轻的姑娘们大都会变得特别文静、矜持，她们像众星捧月般地蹲围在小木匠周围，或端茶递水，或用竹笠及丝巾帮其扇风擦汗……两颊还不时飞起朵朵红云。见此情景，我们一大帮看热闹的半大小伙子们便会一边用手刮着脸颊和鼻梁，一边哄笑地叫着"羞——羞——羞，羞啊——羞"……引来姑娘们恼怒得像驱逐牲畜一般，舞手跺脚，把我们赶出老远老远。

　　有时，我们还会有意地将水牛赶至水车旁边放牧，有些要挟般地缠着姑娘们利用车水中间休息的时机，教我们车水。我们在美女们的帮扶下，坐上横木扁担，双手紧紧地攀着车架上的横木，眼睛低头盯着脚下滚动的车拐，因身体不够高，明明感觉看准了，但一脚下去，十有八九会踩空，屁股则会脱离扁担，身子立马像"吊田鸡"一样被悬挂在水车架上，吓得"呜呜哇哇——呜呜哇哇"怪叫不止，也引得姑娘们一阵阵开怀大笑。

　　水乡的冬日也要车水，这时大都是干塘捉鱼，准备过年。水乡有一句俗语，叫作"干大塘、死老牛，人人有份"。有时，遇上几十米深的大鱼塘，就得呈梯状架起二三十部龙骨水车，像传递"接力棒"一样，层层车水。第一层将水车到一定程度了，乡亲们紧接着又会挑来成捆的稻草，或铲来成片成砣连着草根的大块干泥，铺垫在露出水面的淤泥上，架设第二层水车……如此这般，要将深水鱼塘里的水彻底车干，往往要架设五六层龙骨水车。随着车水扬程的提高，水车车轴也要不断调换更长的……三四个人的力量无法将水提吊上来，往往需要五六人同车，更多的时候甚至须八九个人同坐在一部水车扁担上，共同发力……扁担被压得"咯吱——咯吱"的声响，以及水车"吱呀——吱呀"的低吟；还有长年不曾捕获，已长得有一二十斤重的青鱼、草鱼、鲤鱼、鳙鱼等淡水鱼们受到惊吓后，在鱼塘里到处乱蹿乱跳，引来看热闹的乡亲们大呼小叫的声音汇合一处，组成了一支乡村原野上最富感染力的丰收交响曲。

时光如水，总是无言，等到曼舞的雪花飘落水乡的原野，乡亲们就会将水车反复清洗擦拭后，小心翼翼地抬到祠堂或生产队队部的院子里，搬来高脚板凳架起来晾干，再用干爽的抹布一遍又一遍地涂上黄澄澄的桐油，然后用绳索将它们吊挂在院墙后的屋檐下风干，以待来年再用。

——仿佛只等春天的到来，小鸟们婉转的鸣叫……才能唤醒沉睡的水车，开始它们集体"吱呀——吱呀"的吟唱。

岳州窑记

我的家乡坐落在南洞庭湖边，资江与湘江两条著名的河流从县境内缓缓流过，自古便有"万窑之乡"的美誉。据专家考证，家乡方圆百里的窑城是中国最早烧制青瓷与官窑的地方，曾创造了中国陶瓷业界的"七个之最"，距今已有近两千年的历史。

少小离家老大回，我穿着乡愁的草鞋，走遍了洞庭水乡的山山水水。开始了对湘阴窑，也称岳州窑前世今生的追寻与考证。

儿时记忆

小时候生活在洞庭湖水乡，总见有一位或几位身体敦实，面容黢黑，皱褶苍茫，头戴毡帽或草帽，走村串户贩卖各种窑货的中老年人。他们肩挑一副用竹子或芦苇，也有的用柳条编制的平底担子，上面垒放着各种各样的大小窑货，有碗，有碟，有钵，有壶，有罐，有加盖或敞口的水缸与坛子，有人俑，牛俑，马俑，有栩栩如生的神、鬼、道及戏曲人物，甚至还有造型怪异的各种马桶与尿壶……虽是交易，但他们大都不高声吆喝与叫卖，只是拿着一根长长的竹片，边走边敲击窑货，其"叮叮——当当"，或"梆梆——嗡嗡"的声响，有些与寺庙和尚们击钟与敲磬的声音相近，给空旷、寂寥的水乡村庄平添了几许古朴与禅意，清亮与悠远。

听到陶瓷的敲击声，乡亲们多会闻声而动。他们用卷了毛边的钞票，或一小捧叮叮当当的硬币，或几升大米、几个鸡蛋等物品与早就熟悉的货郎们进行交换。用这些普通，甚至有些粗糙的陶瓷产品把贫穷、苦涩、单调的乡村生活过得有声有色与有滋有味。比如，母亲们用大肚端罐深埋于燃而未烬的草木灰中，煨制香喷喷、软绵绵的糯米、粳米、红薯、绿豆稀饭，回味起来至今仍口齿留香；用素胎或酱釉印纹的双唇坛子腌制的黄瓜、生姜、紫苏、藠头、湖葱等各种泡菜与腌菜，健脾开胃，长年不坏；用敞口茶罐熬制的大叶茶（也叫粗茶，或"三皮罐"），味道醇厚解渴，即使炎热的夏季，露天储存，放上几天几夜也不会变质变味。至于水乡的姑娘、媳妇们用素胎或施了酱釉的端罐煎制的"姜盐豆子芝麻茶"，不但能强身健体、医治感冒，还能充饥饱肚，堪称水乡一绝。水乡新娘第一次上夫家待客，还能将整罐装有 80 粒花生、80 粒黄豆的姜盐茶，顺时针与逆时针地将罐体转上三圈后，倒出来的 10 碗茶内，每碗居然均是数量相等的 8 粒花生与 8 粒黄豆！

令乡亲们有些不解的是，此种筛茶方法与效果只能适用于本地窑城，即湘阴岳州窑生产的大肚端罐（又名大化罐），异地窑货则难以产生如此奇妙的效果。

还有，但凡水乡姑娘出嫁，其陪嫁品中必有一只或数只不等的装有祖传浸水的泡菜坛子。此物为湘阴岳州窑中的"下窑"（也称大货窑或平窑）的主打产品。形似水桶，两头小，中间大，上露双唇的顶部配以状如蒸钵一样的陶盖；常以素胎为主，也有的略施酱釉或青釉；内置的浸水以煮熟的白醋及开水为主，再在双唇的间隙里倒上一碗清水便可较好的自然密封。被乡亲们视为祖传之物的浸水坛子只要使用得当，不让生水或脏物进入坛内，能百年不坏。更为神奇的是，乡亲们不但可以用浸水坛子预测天气，而且还可以通过其好坏的质变预测其家庭运程的好坏。哪日如果发现浸水坛子双唇里储存的清水不断地冒泡，且顶击坛盖发出"咕咕——咕咕"的响声，第二天多会刮风下雨；如果突然发现坛内的浸水无故变味或变坏了，家庭个别成员多会突发急病，或仕途受阻……不久前，九十高龄的邻居彭娭毑，一日一坛陪嫁且辗转跟着老人搬了六次家的浸水突然坏了。老人忧心忡忡过了两天，第三天便传来了在邻县做官的二儿子被"双规"的消息。

尤记初中上历史课时，老师还告诉我们，在离家乡不远处的长沙发掘的马王堆汉墓中，也惊现22个标注有"鱼脂一资（瓷）""肉酱一资（瓷）""雀酱一资（瓷）"等文字的泡菜与浸水坛子。后据陶瓷专家考证，出现在长沙侯辛追夫人墓室中的坛罐均为湘阴岳州窑西汉初期的产品。

也许是过去销往乡村"歪瓜裂枣"般的陶器制品较为常见的缘故，就连平日里乡亲们调侃骂人，也是离不开"窑货"二字。比如，遇有个别顽皮的小孩，大人们常会戏骂成："这个窑货哟，好调皮哪。""你这个歪嘴夜壶哟，真是该死！"如果是一帮小伙子调皮捣蛋，则多会调侃成"你们这一窑烧的"，或说是"窑货担子摔跟头——一个好的都有得"；就连偶见一位容貌姣好的女人，也多会咂嘴点头，称其"漂亮得像一个窑姐"；甚至，乡亲们概括家里的家财产业，也多会用"坛坛罐罐"四字替代……

那时，水乡汉子一年的工作均只有三种选择：一是在家种植水稻，饲养家禽；二是到洞庭湖里打鱼、驾排、砍芦苇，简称"渔樵"；三就是去到相距不远，位于县城边的窑城打工了。也有春夏两季打鱼，秋冬季节里忙着拉坯烧窑的，则多会被简称为"陶渔"。大人们常说，从古至今位于县城边的窑场很多、很大、很长，并形容为"县城有个万窑窝，要进城门过窑坡"。还说，我们日常生活里使用的窑货均出自窑城的大货窑，简称"下窑"，以湘江下游的乌龙窑、芦林潭窑、白泥湖窑为主；还有专出青瓷、白瓷、黑瓷的"中窑"与"上窑"，以位于湘江中游的马王塝窑、青竹寺窑、白梅窑、铁角嘴窑最为著名。

也是从那时开始，我们便知晓，大货窑（也称平窑）生产的产品只能叫陶器，其烧焙温度在900℃左右；专产瓷器的叫官窑或上窑，其烧焙温度须在1300℃以上。它们均被统称为岳州窑，又名湘阴窑。

这些窑场明明都集中在家乡的县城边，为何又叫岳州窑呢？大人们的解释是，在窑场最为鼎盛时期的唐代，家乡属岳州辖地，故称岳州窑。

官窑血泪

纵观湘阴岳州窑的发展过程，近两千年的创烧历史，其实就是既简单而又复杂的三个阶段，先是平窑，顶峰期为官窑，然后又回归漫长的平窑烧制期。湘阴窑的烧制，据传殷商之前，舜帝就率先民在湘江一带开始了制陶之业，进行原始的手工制作。后又从西汉、东汉开始，经三国、东晋、西晋，南北朝，这一时期主要是以烧制老百姓日常生活的陶制品为主，也称大货窑或平窑。真正开始烧制官窑，即精美的瓷器则是从隋朝开始的。

1997年6月，家乡的县政府在县城一个叫马王墈的地方兴建宿舍楼，挖地基时，发现了大量的青瓷片堆积层。只见工作人员在约6米深的文化层中取出了大量的青瓷器物和匣体，较多的有碗、盅、洗、杯及高足盘、四系罐、檐口坛、多足砚、莲花樽等。釉色以豆青、虾青为主，色泽晶莹光洁，纹饰有划纹、印纹及釉下点彩等。后经专家考证，这是一座隋代青瓷窑址。

谁承想，马王墈窑址这一挖，竟挖出了湘阴岳州窑在中国陶瓷史上的"七个之最"。即：最早的青瓷，最早的白瓷，最早的官窑，最早的釉下点彩，最早使用匣钵腹烧，最早在瓷器上开始压纹技术，最早有准确年代记载的窑址（公元143年）。也是从这时开始，人们发现岳州窑当时沿湘江两岸的湖、港、沟边建窑烧制，各个窑址均以马王坳窑址为中心沿湘江向上下流域延伸。顺江水而下的主要有三峰窑、乌龙嘴窑、芦林潭窑、营田窑，一直与岳阳的鹿角窑相连；逆水而上的则有八甲窑、白梅窑、青竹寺窑、洋沙湖窑、铁角嘴窑，并直接与长沙窑的代表铜官窑对接。目前光发掘与勘探得知的便有三十多处，其间还有许多的窑址尚处"养在深闺人未识"之境地，其创烧年代可上溯至西汉时期。

马王坳的发掘，其中最为引人注目的莫过于从中发现了一座长8米、宽2米，里面布满了每排8个，共计25排匣钵的龙窑。说起时越东晋的匣钵腹烧法，岳州窑的传人吴军平先生拉开了话匣，说起了其先祖发明此种烧窑方法的一段十分优美的传说。

很久以前的湘阴窑，其窑体都是平顶的方形与菱形，容量很小，难以批量生产，且一遇窑内高温及窑外大水，便会常常引发窑体垮塌，以致窑毁人亡。吴军平的先祖尝试着用加高窑体、增厚窑壁，用铁制品炉桥相隔等许多办法，仍是屡试屡败……一日，吴老窑师累得在塌窑边昏昏欲睡，忽见老人以前经常在洞庭庙中祭祀过的洞庭龙王的三女儿飘然而至，手里还提着一个精美的梳妆匣。小龙女目光如炬地紧盯着老人，先是用右手，指指左手提着的梳妆匣；然后又缓缓解开自己的衣襟，也是用右手，指指自己的乳房……在一阵轻烟腾起之际便消失得无影无踪。老窑师醒后，冥思许久……仿若突然顿悟。老人先是按龙女指点，将过去方形与菱形的窑体改砌成小龙女乳房模样的圆拱形大窑，再在主窑两边分别砌上一个内空相连的小奶窑……如此这般，不但使大小相连的窑体能充分利用热能，降低成本，增加产量；而且使窑体更加牢固可靠，遇高温与水患少有垮塌。因大小窑体一个个连绵相延，窑体的火口与烟囱极像龙口与龙角，加之又系龙女指点，乡亲们便把这一形状的窑体称为龙窑。

还有，过去先辈们烧窑，大都是将制作好的素坯直接放进窑体内进行烧制，既容易粘连，受热不均，还易被炭灰直接污染……以至于歪嘴裂口、压扁压裂的残次品窑货很多。史书有载，当时的湘阴岳州窑便有"质甚粗，体甚厚，釉色浅而糙"，"只供迩俗粗用之"等描述。这也是乡亲们发生口角，常以"窑货"二字相骂的直接原因。

几天后，吴窑师回到家中又想起了小龙女指点随身携带的梳妆匣的奇妙举动。于是老人又急切找来老伴年轻时从娘家陪嫁过来的梳妆匣子，也是一番左摸右看，仔细琢磨起来……受此启发，回到窑场的老窑师将待烧的陶窑制品，装进经高温焙烧过的匣钵中装窑升火，反复试验，使改用的匣钵体腹烧法一举成功。后人们总结，其发明的匣钵体烧窑法，不但防止了陶窑制品与窑火的直接接触，避免了污染、粘连；匣体成排垒砌，反复使用，陶瓷的产量也成倍增长；并且受热均匀，釉色更加光洁精美……被称作是陶瓷界的一次革命，也是湘阴窑在中国陶瓷发展史上最大的贡献。

后来，窑城的先辈们又采用高硅瓷胎，使用高钙釉面，湘阴窑所烧器物温度均衡，釉面光洁，胎质坚硬，且瓷化极好。也许是受窑城周边洞庭湖自然景色的影响，还有窑师们大都曾是渔猎出身的缘故，湘阴窑的釉色均以豆青、虾青为主，绿中泛青，间或有淡黄、淡白作为点缀，由此也成就了湘阴岳州窑的古朴与大方，自然与精美。

我曾在马王塝隋代青瓷窑址中，反复观看并用戴着手套的手指细心摩挲过两件印刻有"官"字的物品。一件是底部印有"官"字的钵体，另一件为内底印有"大官"阳文的南朝时期的圆饼底碗残片。该碗片釉色绿中泛黄，莹光闪烁，晶莹如玉，成器高雅华贵。后又在湖南省博物馆见到了该馆收藏的一件也是出自湘阴岳州窑，底部印有"大官"字样的茶杯，其品相与质地也同样是釉薄而质细，垂釉如泪，玻璃质感强。这一特点，正是湘阴岳州窑自发明匣钵装烧法后的重要特色。后经专家考证，"大官"即官名，秦汉时期便封有"太官令"，又称"大官"，为掌管皇帝膳食和宴会的官员。由此也印证了故乡湘阴的窑城曾有四十八座皇窑的说法。也是从那时开始，湘阴岳州窑开始跻身中国六大名窑之列。

据史书记载，从两晋至清朝的一千多年间，当时还设在洞庭湖边一个叫琴棋望古镇的县衙边便多了一处"皇家官窑采办处"，其品秩与规格与州府平级。黄马褂们的到来，除了给当地的陶瓷产品增添了一些虚有的名气外，对于广大的窑民来说却无丁点实质性的好处。采办处与本地县衙内的官员们多内外勾结，沆瀣一气，以欺上瞒下，鱼肉当地百姓为能事。但凡哪个窑庄接到了"皇命"，轻则身遭杖责，重则倾家荡产，甚至家破人亡。民谣云：天不怕地不怕，就怕采办处的皇马褂。还有：皇榜高悬不敢揭，揭了多是催命符；烧件官窑脱层皮，领份皇差送条命；窑工碗中泡苦水，官差贪敛把命催。

一个窑工由学徒开始，直至成为一名出色的窑师多为不易，他们须10年至12年的磨砺，甚至连何种工艺学习多久都有严格的时间与技术规定。即淘泥、摞泥、拉坯、捺水、画坯、修补分别为一年时间，装窑、烧窑及外出游历与参师均为两年。湘阴百里窑城内曾有两位最为著名的窑师，素有"上张中吴"之说。即上窑的张窑师，大名张义军；另一位是中窑的吴窑师，名叫吴大年。

吴窑师的出场正值南宋年间，当时的宋高宗赵构为向金主乞和，下令湘阴岳州窑须在一个月之内烧制四对青釉龙首壶作为贡品。要求龙壶长高各两尺，且须外绕龙鳞，下饰海水。其时正值当朝左丞相秦桧六十寿辰之际，采办太监又假借圣旨，在原有"皇命"的基础上增添了六十套底部标注有"福禄寿"字样的官窑暗花碗碟，准备以此作为寿礼向权臣献媚。采办太监把"催命符"交到了当时的三峰窑窑主吴大年手中。吴窑师亲率一百多名徒弟日夜加班，赶紧选泥、淘泥、制坯、上釉、装窑、升火……无奈工期太紧，且工程繁复巨大，眼看皇家规定的期限马上就要到了，而任务却只完成三分之二……一日，吴窑师在受到官窑监工及主事太监的一顿鞭笞之后，只得含泪跳进正在熊熊燃烧窑火的官窑，化成了一缕青烟……

时至清朝，主持青竹寺窑的窑主张老三精心烧制出了一件官窑神器——紫陶。其色如紫、薄如纸、声如瓷，据说用其煲制燕窝，能看到母燕的舞影，能听到乳燕的呢喃。当时的湖南巡抚端方闻讯，准备上奏朝廷，责令湘阴岳州窑烧制一批紫陶，作为贡品献给慈禧太后。张老三得知消息后惊吓得夜不能寐，因有无数的前车之鉴，为了保住窑庄，保住自己及全家人的性命，他连夜喝下一小口水乡毒草"草莽水"，先让自己变成哑巴，然后再狠狠剁下自己一截小手指……第二天，负责皇家官窑采办的官员见到张老三变成了一个口不能说、手不能动的残废，"皇命"之事也就不了了之。

事后，众窑工为感念张老三的义举，特意在青竹寺旁专为张老三造了一座生祠。祠堂的名字就叫"断指祠"。从此，整个湘阴岳州窑的窑工们似乎都有一种默契与盟约：从此再不碰官窑，改烧平窑。这也是为什么湘阴岳州窑自清代后，其官窑的焙烧日渐式微，而平窑制作却越发兴旺的重要原因。

又后来，断了小手指的张老三更是再也不碰官窑，改为专制陶埙。

张老三制作的九孔"岳州窑牌"陶埙，音质古朴浑厚，空灵优美，低沉悲壮。有时，张老三自己也能吹奏几首，其中《楚歌》

《离骚》及《窑工怨》是其必选的曲目。间或在夜深人静之时，他还自己作词谱曲，常常吹奏一首名叫《燕儿飞》的曲子："燕儿飞，燕儿飞，官府黑暗把命催。燕儿飞，燕儿飞，到处草黄花枯萎，窑工个个心儿碎。……"

水乡黑夜里的埙声如泣如诉，充满了无尽的惆怅、哀婉与忧伤。

平窑风云

悠悠岁月，漫漫窑路。湘阴岳州窑城的先辈中自唐代以后有些人为地终止了官窑的制作之后，他们把心思又用回到锅、碗、瓢、盘，以及钵、洗、壶、杯等老百姓日常生活中必不可少的陶瓷器皿的制作上来了。

他们改革陶瓷的制坯与拉坯工具，发明了一种"御板工艺"。所谓的御板，即为一块宽一寸、长约三寸的普通竹板。窑师先将一团揉好的陶泥固定在用脚踏使其转动的陶车上，双手握住御板削刮陶泥，使陶坯不断变薄变巧，变轻变美。从而大大提高了陶瓷制作的生产力，是为湘阴岳州窑改进拉坯制作方法的一大创举。

湖湘之地自古人文璀璨，既使是窑货挑夫及淘泥、洗泥、摞泥等卖苦力的窑工兄弟也大多读过两至三年的私塾，具有基本的文化基础。加之，每个窑庄几乎都办有自己的"陶瓷夜校"（即"瓷庠"）。内容包括全套陶瓷工艺的制作技能知识，还附有篆刻、绘画、雕塑、古诗词等文学艺术课程。这也是让开始从事挖泥、摞泥、挑货、装船等"外八行"苦力活的窑工们，通过学习培训，逐步上升过渡到从事制坯、装窑、煅烧、绘画等"内八行"技术工种的重要途径。有此作为基础，窑工们开始将从"瓷庠"培训当中学到的技能运用到工作实践当中。比如，开始他们只是在陶瓷的素胎上刻字、刻画；后来发展为制作专门的字画及篆刻印章，直接印盖在陶坯上；再后来，又发明将陶瓷坯具经过绘画、雕刻与雕塑后，再进行二次煅烧，其观赏性及艺术性则更为独特与精美。其中，最为引人注目的是湘阴岳州窑的先辈们还将风情诗、感怀诗、闺情诗、饮酒诗、边塞诗以及格言、谚语、家训等文字刻印在陶瓷器皿上。常见的有："家财万贯，不如一技在身。""要求子顺，先孝爹娘"。"天天来客不穷，夜夜做贼不富。""不种今年竹，哪有来年笋。"还如戏改的情诗："君住湘江头，我住湘江尾。梦里思君不见君，共饮一江水。"等等，从而使古老的湖湘陶瓷文化越发炫目多彩。

我曾有幸见到几个从湘阴岳州窑出土的唐代的碗碟与茶具，即使在这些日常器皿的制作上，先辈们也是耗足了心思，用足了智慧。其一，岳州窑茶碗。其唇口微敛，扁圆腹外罩鱼子状青黄色开片满釉，太平底，器底平整留有三颗工整的支钉痕。其二，岳州窑茶杯。其深腹圆收，施青黄色满釉，杯心及内壁刻莲瓣纹饰。后有专家总结，这一时期的湘阴岳州窑产品所施青釉与酱釉莹洁闪光，呈透明或半透明状，在当时国内所有的陶瓷产品中处于领先地位。

岳州窑日常生活制品的美妙绝伦，从湖湘走向全国，乃至世界，则源于唐代一项十分兴盛的社会活动——斗茶。唐代茶圣陆羽曾在《茶经》中写道："岳州瓷皆青，青则益茶。"陆羽细举了不同材质的瓷碗对泡茶与品茶的影响，尤以对岳州窑茶具如何对茶有着独特的影响，专门做了较为详尽的介绍和述说。

唐代诗人刘言史有诗云："湘瓷泛轻花。"其"泛轻花"三字便是描绘唐代煮茶法中所出现的一种茶花景色。陆羽在《茶经》中进一步介绍道，"煮茶法"是直接将茶放进岳州窑烧制的瓷瓮中烹煮。大意是，先将饼茶研碎待用，然后开始烧水，但不能全沸，待水泡微露时加入茶末。二沸时方出现沫饽，沫为细小茶花，饽为大花，皆为茶之精华，"轻花"当指沫花中的细小茶花而言。岳州窑在唐代以生产青瓷茶具为主，湖湘陶瓷研究专家庄小章先生在其所著的《岳州窑·藏珍》一书中认为，"湘瓷"当专指唐代岳州窑生产的特有茶具瓷器。茶具虽小，见证的则正是湘阴岳州窑的先民们勤劳与智慧的无限荣光。

每次翻开湘阴岳州窑的历史，我的心情总是特别沉重。窑城的先辈们虽有一技在身，又具勤劳、勇敢、智慧、仁爱等优良品质，但他们一代又一代总是受尽了官府的压榨，奸商的蒙骗，以及地痞流氓的骚扰……一部湘阴岳州窑窑史，便是一部窑民们的血泪史。

过往岁月里的窑民们几乎均是靠天吃饭，凭运气养家。洞庭湖区春季雨水多，无法生产，每年都要等到农历四月初八以后才能正式开工；夏季炎热虽是制陶晒坯的好季节，却是窑货销售的淡季，不少窑场因窑货滞销发不出工资，只好关掉作坊停止生产。这段难熬的日子正是西域雪山上的冰雪大量融化，引起内陆江河涨水的时候，陶窑人便管这段困苦的时间段为"熬西水"。没有了收入来源，陶工们只好向钱庄的资本家或贩卖窑货的商人借钱赊米，等窑场开工生产后再从工钱中扣还。其中的高利贷，年息高达30%或50%不等。有些黑心的窑场资本家，预测第二天会有窑工前来打工赊米，当晚便会安排家丁将大米用水泡发，简称"化水米"。一斤大米，往往能"化"至一斤半，甚至两斤的重量。

当时，在湘阴岳州窑的窑工中一直流传着一句形象生动的顺口溜："窑工学徒，铁脚、马腿、神仙肚。"其中的铁脚，是指窑工须长时间地踩踏在污泥及烧烫的瓦砾与碎石当中；马腿是指多站少睡，窑工们每天工作时间均在15个小时以上；神仙肚则指他们的生活差，什么热汤冷水、残羹剩饭都得无条件地下咽。一首《陶工苦》的歌谣这样唱道：

"装窑烧窑心打鼓，汗水伴泥土。好货交官府，要钱遭拘捕。茅草当被铺，衣服补又补。餐餐无油水，谁知陶工苦？"还有一首《窑工怨》的民谣，更是如泣如诉："窑烟子往上冲，年年扯不清；窑烟子往下盖，年年还旧债；锅里冒米煮，顿顿熬野菜；天冷无寒衣，半床水絮盖；五黄六月熬西水，十冬腊月餐搞餐。"

窑工们虽生活艰辛，但每年临近春节，他们还是会十分认真地把各自的窑场打扫得干干净净，在窑庄的神龛上面贴上用黄表纸书写的"风火仙师"四个大字，再在左右两边分别粘贴好"风助火力"与"火借风威"的对联。春节那天，他们还会在窑门前的供桌上摆上供品，燃起香烛，个别富裕点的窑庄还会宰头水牛……用以祭祀窑神。祈求神仙能保佑行业兴旺，赐福禳灾。正月里，窑工们还会你一块、我两块地集资筹款，在窑场上放火铳、耍龙灯、舞旱船、踩高跷、跳蚌壳舞、唱地花鼓戏……其目的还是想借此冲散旧年的阴霾与霉运，让新年窑场的日子过得热热闹闹、红红火火。湘阴岳州窑的窑庄供奉的窑神，先前是舜帝，中间一段时间是老子，后来是雷公。《湘阴县志》有云："属民多陶，悉资神佑。"窑工们认为，舜帝和老子均是文官形象，难以镇住窑城日益增多的牛鬼蛇神。后请的"佑陶之神"雷公则是面黑目炯，内着皂袍，身披铠甲，手执钢鞭，脚踏火轮……其形象非常适合降妖除魔，保一方平安。

哪里有压迫哪里就有反抗，早在南宋建炎四年（1130年），家乡人钟相、杨幺便发动了一场声势浩大的"洞庭湖农民起义"。起义军破州县、焚官府、杀贪官，等贵贱、均贫富，对"渔樵"与"渔陶"等穷苦之人不收课税，实施保护。先后占领了整个洞庭湖区的十九个州县，持续时间长达二十余年。见此，窑城的窑工们纷纷加入起义军队伍，他们战时参战，平时则抓紧时间加倍烧制窑货，为起义军提供强大的后勤支援及军饷供给。这也为后来代表朝廷前来镇压起义军的岳飞，下令切断所有窑城销售窑货的水陆交通，放火焚烧整个岳州窑城的举措埋下了伏笔。由此，湘阴岳州窑也遭受到了一次堪称毁灭性的打击。

湘阴岳州窑另一次有规模的"窑工起义"是一位名叫蓝义林的窑工发动起来的。出生于光绪年间的蓝义林其先祖便是湘阴城里有名的"武秀才"。他自己也是自幼习武，粗通文墨，且侠肝义胆，专爱替人打抱不平，在百里窑城颇有名气。一日，蓝义林随窑庄的货船来到湖北新堤贩卖岳州窑货。当地陶瓷老板曹洪发买下窑货后，欺负蓝义林他们是外地人，故意拖欠货款，甚至还恶语相向……见此，蓝义林挥笔在曹老板的钱筒上留下打油诗一首："可恨关羽不斩曹，留下奸商害客陶。借得青龙刀一把，定来新堤走一遭。"后来，曹老板了解到写诗的蓝义林是湘阴岳州窑城中一个个性强悍、敢作敢当、眼里揉不下沙子的"狠角色"等情况后，越想越是害怕……不几日，便亲备礼品，携带欠款，来到三峰窑窑庄找蓝义林登门谢罪。由此，蓝义林在"江湖"中的影响越来越大，在窑工们中的号召力也越来越强。

此时袁世凯卖国称帝，改"民国"为"洪宪"，湘人蔡锷组织护国军，通电反袁。岳州窑城又值水旱连年，百业萧条，窑城的资本家与窑货奸商则趁机巧取豪夺，广大窑民妻啼子哭，生活难以为继。于是蓝义林振臂一挥，组织了有两千多名窑工参加的"湘阴岳州窑护国军"，号称"一旅"，自任旅长。霎时，整个湘阴岳州窑城红旗招展，梭镖猎枪林立；奸商与恶霸闻风丧胆，个个甘愿捐献财产，人人自愿赈济贫苦窑民……最后，虽然蓝义林和他所领导的窑工护国军还是遭到了反动军阀的残酷扑杀，但百里窑城的"红色火种"从此再也未曾熄灭……

人杰地灵

又见岳州窑是今年的元旦，我们一帮家乡的陶瓷收藏与研究爱好者来到古朴而现代的三峰窑窑区，受邀观看岳州窑四十二代传人吴军平先生申报省级"非物质文化遗产传承人"的汇报预演。

一块小竹片、一根铁丝、一根木棍、一个泥做的圆盘，这便是吴军平展示湘阴岳州窑"拉坯技艺"演示的全部工具。只见吴师傅先将一团揉好的窑泥放在圆盘上（也称古窑车），用力将木棍搅动圆盘，使其转动飞快。紧接着老吴双手握住窑泥，一提一拉一捏，陶泥便初具杯形。然后，他右手又拿起一块小竹片（也称玉片，或御板）轻轻一挂一削，双手再用绷直的铁丝从泥坯底部一切，一只完整的岳州窑茶杯便大功告成，整个演示时间不到两分钟。

见围观的大伙个个跃跃欲试，吴师傅边示范，边手把手耐心地教着……不一会，看到一些灵敏的新手稍有手感了，制作的陶坯也像模像样，老吴又背诵起了祖传的"拉坯口诀"："俩手腕抵圆，拇指插中间。俩手匀数往外走，中指带泥往上旋。三尖对三尖，御板捏成圆。挤泥成鼓状，托手中指巅，金鸡叨米式，起板在二肩。二肩应托手，托手在二肩。鹅头达背腰撑直，陶泥往上旋。"

最后，吴师傅还进一步总结道，凡学习技艺，一是要热爱，二是必用心，三是须勤快。

在古窑场，我们重读《三峰窑志·吴窑师传》得知，吴军平师傅的先祖自古便定居三峰窑庄，元朝末年一为逃避战乱，二为拜师学艺，曾举家迁往江西的瓷都景德镇。后于明朝的洪武年间，又从江西重返三峰窑。有此经历，吴师傅的祖先不断尝试着将景德镇的"白如玉，明如镜"的白瓷技术与湘阴岳州窑早已成熟的"青翠欲滴，幽静雅致"的青瓷技术进行融汇，使岳州窑的青瓷烧制技艺日臻完美。后来，吴家先祖又创造性地开发出了釉里红器的烧制技术，使岳州窑在原来只能烧制青瓷、白瓷、黑瓷的基础上，又烧制出了红瓷。因明朝禁止民间使用青、黄、红、白四种瓷器，红瓷技艺未能在湘阴岳州窑的发展史上得到更好的展现。

在还原历史的叙述中，吴军平先生的父亲，现已80岁高龄的吴秋明老人提及最多的仍是他们吴家先祖发明"御板拉坯工艺"的过程与传说。明洪武年初，朱元璋率部重返洞庭湖，准备彻底肃清陈友谅残部。正当陈部设在南洞庭湖中的水寨久攻不下之时，明皇微服私访，途经三峰窑吴家先祖的窑坊。吴家老人见来者气宇不凡，便随手递给其茶壶一把，让其自斟自饮。来者见茶壶有嘴无盖，底部有一个漏斗形大空。问之缘由，老人道：此壶（湖）乃瞒天过海壶。来者闻言，似乎若有所悟……在后面的闲聊过程中，来者见老人挑灯夜作，用双手反复揉坯、拉坯，极其辛苦，于是也是顺手递来一块小竹板。老人接过竹板，发现其在拉坯制作过程中既能挤泥，还能刮泥，什么奇形异状的陶坯制作都能事半功倍……第二天天明，洞庭湖上便传来了朱元璋用"瞒天过海"之计剿平了陈友谅残部的消息。吴家后人于是将朱元璋所赐竹板，称作"御板"。

有道是，家史连国史，十分健谈的吴秋明老人还指着他家客厅的神龛对我们说，就连吴氏家族里的女人也是岳州窑技艺的传人。原来在吴家的"家神台"上摆着一位身着清朝服饰的老婆婆的遗像，是为吴军平的祖奶奶。先祖姓徐，原为江苏昆山苏绣大户人家的千金，随家人逃难至南洞庭湖边的窑城后，嫁给了吴军平的祖父。老奶奶综合苏绣与当地湘绣的绘制技艺，用青花粉在岳州窑的素胎上绘画，经溜火、紧火、净火至高温烧制后，后人发现凡经老奶奶绘制的青花瓷画，不但有苏绣的"精细雅洁"的亮色，还兼有湘绣"绣花能生香，绣鸟能出声，绣虎能奔跑，绣人能传神"的特点……由此，老奶奶也被岳州窑的窑师与画师们尊为窑城唯一的"女窑神"。

现年72岁的退休老人胡保民从1995年开始便对湘阴岳州窑的陶瓷进行收藏与研究，20多年来共收集了300多件珍贵的岳州窑珍品。走进胡保民的家，卧室及厅堂的柜子、床头、地板，到处都堆放着各种各样的陶瓷器皿，大小不同，造型各异，其中有西汉时期的青釉布纹盒、有东汉王莽时期大钱五十陶形残片、有三国两晋时期青釉圆周饼底碗、有南朝时期的青釉刻画莲花洗，还有盛唐时期的酱釉底碟，其中不乏湘阴岳州窑陶瓷的佳品与孤品。

胡保民老人不但热衷于湘阴岳州窑陶瓷器物的收藏，同时还潜心于对湘阴岳州窑的历史与发展进行深入独到的研究。先后撰写出了《岳州窑青瓷文化研究》《岳州窑匣钵腹烧法浅见》等十几篇陶瓷专业的研究论文，还与人合著出版了《岳州窑新议》一书。胡保民老人由此也被家乡陶瓷界尊称为"湘阴岳州窑收藏与研究的第一人"。提及湘阴岳州窑为什么有着如此辉煌的历史与贡献，胡保民老人介绍道，一个地方的人物或器皿成名，不外乎"天时、地利、人和"三个条件。纵观湘阴岳州窑的发展与传承，莫不如此。

湘阴岳州窑的百里窑城东靠大山，西临湘水，北连洞庭湖，地理位置十分优美与独特。一望无际的洞庭湖湖洲生长的芦苇与千万年来淤积形成的一片又一片取之不尽的白膏泥，均为岳州窑的烧制提供了较为丰厚的原材料及燃料支持。内行人都知道，要烧制好的陶瓷制品，其陶土材质非常重要。正好，在湘阴"万窑窝"的下游，就有一个专产优质白泥（又称"高岭土"）的地方，有方圆44平方公里，从洞庭湖边围湖造田后，过去叫"白泥湖公社"，现为"白泥湖乡"。这个地方出产的白泥，又叫"钵子泥"与"白膏泥"，不但嫩白嫩白，软软和和，粘粘连连；而且其含铁与含钙量适中，是一种制作陶瓷的上好原料。至于燃料来源，则是依靠洞庭湖面积达一百多万亩，年产近百万吨的芦苇。芦苇不但素有"第二森林"的美誉，还具有净化污水、美化环境、维护湿地生物多样性、防洪固堤等多种功能。同时也是烧制陶瓷制品取之不尽的燃料。芦苇，古称蒹葭，分为荻苇与芦泡两种，即洞庭湖区人们习惯称呼的"杠材"与"泡材"。两者最大的区别在于：杠材为实心，泡材为空心。杠材既灰少耐烧，火质又高，是烧窑材料的首选。由此，湘阴岳州窑便天天呈现"炉炉火候到，窑窑出精品"的盛况与美景。

走进文学，我曾十分惊讶地发现，历代文人骚客也曾不惜笔墨，留下过许多倾情描绘湘阴岳州窑的优美诗句。如，唐代诗云："焰红湘江口，烟烛洞庭云。"清朝则有诗言："岳州窑色青，遍地生黄金。"还有："九秋风露万窑开，夺得洞庭翠色来。"……原来，洞庭湖历来就是湖湘文化中的山水文化、流放文化及神鬼文化（也称巫文化或楚文化）的发祥地。湘阴岳州窑城又在南洞庭湖边，屈原、杜甫等许多文人骚客就曾在此纵情吟哦；北方战乱频仍，又将东西南北中的许多瓷银工匠们逼至窑城谋生定居。正如《湘中记》所言："楚地不知秦地乱，南人空怪北人多。"《岳州窑史》也有载：中原逐鹿，北人南迁，遂成"西京衣冠尽投江湖"的局面。这些均为湘阴岳州窑在发展过程中，积淀更深的陶瓷文化底蕴，进行制作技艺的南北融合与提高等等，起到了很大的促进作用。再者，无数次的中原战火致使北方丝绸之路受阻，更是刺激了海上陶瓷之路的发展。湘阴岳州窑又正临湘江，早有"十二省码头"的美誉。其通洞庭、入长江、下扬州之便利，尽显借江出海的优势……

胡保民老人为了岳州窑的研究与收藏，二十多年来未买房、买车，未添置一件像样的衣物，还将所有家中的积蓄与每月 1600 多元的退休工资，几乎全部用到湘阴岳州窑的收藏与研究上来了，现还负债十多万元。一直以来，胡保民老人坚持对自己的岳州窑藏品不租、不借、不卖的"三不原则"，他甚至还想自办一个专门的岳州窑陶瓷博物馆。老人说，他不图名、不图利，目的只有一个，就是想还原一段湘阴岳州窑辉煌的历史！

如今，由于科学技术的发展，陶瓷产品的生产机械化程度越来越高，销售渠道也越来越便捷；加之土地增值、原材料采掘受限、人工费用成倍提高等诸多原因，现从事瓷器产品的生产与销售已难以赚钱，甚至想以此盈利来维持正常的生活都较为困难。胡保民老人如此，前面提到的岳州窑传人吴军平先生也是如此。还有我们后期接触到的岳州窑收藏与研究爱好者，80、90 后青年陈阿彬、徐日升更是如此。

吴军平先生自己开了一家广告公司，他作为岳州窑的传人，其收藏、研究、发展湘阴岳州窑日常的开支费用均是靠平日里的广告公司的收入来维持的。吴军平常说，撤去谋生的潮水，能坦露出理想与情怀的，才是你离不开的追求与热爱。

历时一个多月的有关湘阴岳州窑的研究、采访与书写即将接近尾声。我深感这是一次较为艰苦的过程，其陶瓷专业研究的苦涩与真实还原岳州窑历史的难度等，让我的书写几次都想停顿。但我一想到窑工先辈们，在岳州窑的制作与传承过程中所体现出的艰辛与执着，悲壮与豪迈，仁义与善良，勇敢与担当，勤劳与智慧……联想到人类由爬行到站立，第一件事情很有可能先是烧制一两件用于煮饭、吃饭的陶器用品的细节……我又不由自主地拿起了手中的钢笔。因为，前者所展现的几乎全部囊括了水乡人民的优良品性；后者所揭示出的则正是一个地方政治、经济、文化的发展历史。陶瓷虽小，它恰恰正是和人们对生活质量的要求与追求成正比。什么时候生活好了，人们对陶瓷的需求与质量便增多了、提高了。

还有，记得中学时代学英文，老师教我们学习的第一个英文单词便是"中国"（China），并告诉我们它与中国"瓷器"的英译文一样。也就是说，在外国人对中国的认知世界中，中国即瓷器，瓷器也是中国。老师释疑，说早在东汉时期，中国的瓷器便通过水陆丝绸之路远销欧美、南亚等地。因中国销售的瓷器十分精美，久而久之，外国人便把"瓷器"与"中国"画等号了……于是，我又开始了我特有的叙述与倾诉……但愿我笨拙的文字，能给读者诸君留下对水乡、对岳州窑些许思索与印象，我便乐矣，足矣。

夕照洞庭，古窑城烟囱重影、孤鹜惊寒、碎瓦闪烁……一片苍茫。

怀
念

叔叔死于十多年前的一个冬日。

他是因突发性疾病死亡的。死时身边无一个亲人和朋友。地点是在浩渺的洞庭湖中一处长满着芦苇和柳树的湖洲上。其时，他正为公家负责看管上万亩待收割的芦苇。

当好心的收苇工人辗转将音讯传到我家时，已离叔叔死亡半月之久了。其时，叔叔已被好心的民工们用芦席卷着草草地浅葬了。

当父亲和亲人们带着棺材，驾着机船赶到叔叔的死亡之地时，已是第三日的深夜。

父亲后来告诉我，就在他睡意蒙胧之时，叔叔竟满脸痛苦地走进了父亲的梦中：叔叔说，明日你们装棺时，一定要将我的右手从我胸口上拿开，民工们在葬我时没注意，让手压着我的胸口，我很不舒服……原谅我不跟你们回老家了，我就留在原地……据说，父亲当时就汗淋淋地醒来了，叫醒了同睡在一个房间的大哥和一个年纪只比我大哥大十多岁的叔祖父，将梦况告诉了他们。开始他们都不相信，最后还是叔祖父说，情况如何，等明日移棺就清楚了。

次日，父亲扒开覆盖在叔叔身上的草席之后，果然发现叔叔的右手压着胸口……

父亲和叔祖父原打算将叔叔的遗体运回老家，归葬在祖坟一起的。见此情景，大家也都不再言语，只好遵照叔叔的梦嘱，将他老人家就地安葬了。叔父的安葬之地，正处苍茫的洞庭湖中两条流水的交汇之处，由于湖水常年的冲积而形成了一个高出水平面许多的自然湖丘。

父亲为了将来方便寻找，顺手砍来一根手臂大小的柳枝，扞插在叔父的坟前。

光阴荏苒。我无时不在思念着曾经疼爱我的叔父。十年后的冬日，我在叔祖父、父亲和大哥的陪伴下终于来到了叔父的坟前。

叔父的长眠之地已是芳草萋萋，苇林萧瑟，唯有当初父亲随意栽插的柳枝，已长成了蔽日大树，树干竟有脸盆般粗壮。

祭祀过后，我叫父亲他们上船休息，留下我一人静静端坐在坟前。我点燃了一支香烟，思绪随着袅袅的烟雾，跨山越水，绵绵不尽……

叔叔和父亲从小相依为命。父亲三岁死娘，七岁死爹。祖母病逝时，叔叔尚在襁褓。据说，就在祖母装殓之时，叔叔饥饿得哭趴在祖母的跟前，扯扒祖母的上衣吸奶。那一幕，让在场的乡亲们纷纷转过身子，不忍卒看……

从此，叔叔和父亲开始了吃百家饭，穿百家衣的辛酸人生。

也许是生计所迫，加之常年生活在洞庭湖边，近山识鸟音近水知鱼性的缘故，叔叔从小就练就了一手抓鱼捉鳖的绝技。

二十世纪八十年代以前，八百里洞庭水乡到处都是野生的水鱼、乌龟和黄鳝。叔叔只要随意从水塘、湖泊边走过，便能辨别此地有多少鱼鳖，甚至连大小、公母都能说个八九不离十。他还能徒手从几米深的湖水中将十多斤重的野生水鱼捉拿进篓。上初中时，我中途因故辍学，曾挑着一担装鱼的竹篓跟着叔叔生活过一段时日。叔叔在前面抓，我便在后面捡，常常是不到半日，我便挑不动满篓的鳖爷、龟孙和滑溜溜的黄鳝了。

但是，叔叔抓来的水产品从不独享。每次，叔叔总是要将收获所得，几乎全部用来帮助当时尚未完全解决温饱的乡里乡亲。叔叔总有自己的理由：水中所获水上花，既然我的技艺和收获都是上苍所赐，我必须取之于水而用之于民。基于此，叔叔虽然身怀绝技，常常却是居无定所，袋无隔夜之粮。这也是叔叔一辈子孤身一人的重要原因。

从小，在我众多的兄弟姊妹当中，叔叔对我最好。他也曾想收我为徒，将其抓鱼捉鳖的绝技传授给我。后来，当他发现我对看书写字的兴趣远超鱼鳖之时，也就只好作罢。尽管如此，每次碰到叔叔，只要我伸出脏脏的小手，叔叔总会左掏右摸，从身上或篓底找出残留的二分五分的钢镚儿，或一角两角卷起了毛边的纸币给我，让我到小食店买一小包兰花豆、几块红姜或两根棒棒糖，让我解馋。

记得，严寒的冬日我常因双脚冰凉无法入睡。这时叔叔总会让我将双脚伸进他温暖的怀中。叔叔的体温，至今仍无法让我忘怀。为此，在我为数不多亲戚中还曾引发过一段小小的插曲。那是我刚拿工资不久，每到逢年过节我总会给叔叔、舅舅等至亲们寄去一百两百元不等的孝敬钱。每次，我寄给叔叔的钱总会比别的亲戚要多。时间一久，便有亲戚把情况反映到了父母耳中。当父母几次提及之后，我便说起了小时候叔叔经常给我零花钱，以及疼我爱我的点点滴滴……亲戚们在听了母亲的细说之后，便再也不吱声了。当然，随着自己慢慢地长大和思想境界的不断进步和提升，我也曾为自己的行为和小心眼不安和自责过。

转瞬……对叔叔的报答竟是那么短暂，叔叔便悄无声息地离开了我们。

孤帆远影，沙鸥低吟。叔叔，侄儿来看您了，您听到我的呼唤了吗？您的慈爱，您那质朴的人生观，您的点点滴滴，就如同您坟前的柳树，一直根植在我的心田……

长天无语，江水默然……

我噙满泪水用力地捶打着叔叔坟前的树干，撒下的只是一片片枯黄的树叶，留给我的却是悠然的悲悯与惆怅，以及那无穷尽的怀念。

牛铃叮当

水乡多水牛。

从我记事开始，直到成年走出水乡之前，多与水牛为伴。不但寒暑假期要整天放牛，即使开学了每天也须带上镰刀和竹筐，在放学的路上割上满满一筐青草，回去喂食和照顾水牛。

俗话说，一方水土养一方人。套用到动物界，也是一方水土养一方牲畜。水乡一个个垸落均是从洞庭湖多年淤积的湖洲上围垦而成，湖汊内港沟渠水塘星罗棋布，到处都长满了茂盛的青草和野生的芦苇及蒿草。这些都是水牛们上好的饲料。水牛生命力强，极易饲养，春、夏、秋三季均以自然生长的青草为食，万物枯萎的冬日每天也只需一捆干草。

以农耕经济为主的水乡人们，从古至今都把水牛视作自家的命根子，精心照顾，须臾不离。每当有小牛犊出生，在它们学会走路的那天起，乡亲们都会精心地在其脖子上挂上一串铜制的牛铃。

在过往的年代，凡偷窃水牛都属"情节特别严重"，须重罪治理，甚至判处死刑。乡亲们在农忙季节要用水牛犁田、耙田、磟田；即使到了农闲的秋冬时分，也要把水牛牵进碾坊，帮助拉磨，碾轧菜籽、稻谷，将它们变成食油和大米。记得二十世纪七十年代初期，村里就购买了东方红牌拖拉机，还配备了犁、耙、磟等成套的耕田机械。按说"铁牛"进村，农田的耕作完全可以不用水牛了。可水乡的稻田多是从河汊、淤塘、沟渠等围垦改造过来的，几吨重的拖拉机开进去，常常会被淤泥淹得只看见伸在顶部的烟囱，最后还须用十头、八头水牛合力，才能拖拉出来。如此一来，水牛耕田的作用无可取代，在乡亲们生活中的分量也愈发加重。

也许是长期生活在水边的缘故，水牛天生就能游泳，还是长距离泅渡的高手，也是我们乡野少年最为实用有效的游水老师。水牛在浅水区域游泳非常缓慢，一边游还一边不忘啃食水中的荷叶、蒿草和野生水稻；唯有穿越深水区域时才特别快捷，一边不断地用力来划动四肢，一边还把头角抬得高高的，"哞哞"得意地叫唤不停。跟着水牛学游泳时，我们先是将水牛用柳条鞭子赶至河边，双手死死地拽住水牛尾巴，在水牛飞速抢渡的过程中，我们使劲用双脚拍击水面，这样一来既锻炼了涉水的胆量，也掌握了双脚游水的方法。有了水牛的传帮带，我们紧接着又从水草中抓来一两只青蛙，抛入水中，观察和模仿其划动四肢，在水中前行的动作要领……不消两日，我们便掌握了"牛刨""蛙泳"等全套的游泳本领。

长期和水牛在一起，我们便慢慢地摸透了其全部的喜好和习性。水牛温驯、勤劳、质朴、善良，只要你往牛头前一站，哪怕是水牛正在吞食草料，也会赶紧把头一低，让你爬上头部，待你扶着两角站稳了，它又会很通人性地将头部向后慢慢抬起，方便你顺着其粗壮的脖子，爬到背上。待你坐好，水牛还不忘摆动着头部，"哞哞"撒娇般地叫唤几声，牛铃也会"叮当，叮当"地响个不停。这时的我们，头扎柳条帽，腰间别着把打鸟的弹弓，右手将柳条制成的牛鞭高高地扬起，大声吆喝着水牛们急驰在一望无际的湖洲上，活像一个个舞长剑骑战马，披挂出征的大将军。

常在水边玩耍，我们会经常遭遇到比水牛不知小多少倍的鹅的追啄（鹅会啄人，在我们幼小的记忆中便根深蒂固；鹅也很警觉，古时候两方交战，常常会用鹅来充任哨兵），水牛却从不欺负人。为这事，我们还煞有介事地请教过读过私塾的刘爹。老人告诉我们：鹅小欺人，是因为它的眼睛是缩小的，见人就像见到一只蚊子那样渺小，所以它才敢于追赶啄击；牛大敬人，是因为它的眼睛是放大的，见到人就像见到一座山一样庞大，所以它就特别地敬畏和驯服。别看水牛平日温驯，互相打起架来非常勇猛，尤以处于发情期的公牛为甚。为了争取到母牛的交配权，公牛们的双眼都是红的，一旦攻击开始，它们便会抵足弓背，将头缩至两条前腿中间，亮出早已被我们用石头片磨得尖尖的双角，竭力挑击碰撞……继而牛铃骤响、沙飞石跳、响声震天。往往需要我们用一捆捆干草燃成火把，投掷到牛角交织在一起的头部中间，方能将它们分开。

水牛索之甚少，干的却全是最苦最脏最累的活，死了还要奉献一切。老了的水牛，乡亲们因害怕掉膘，往往都会提前宰杀。许多次我们见到，被用牛绳绑囚在树下的水牛，看到屠夫磨刀霍霍，都会掉下好大好大一粒粒的眼泪，让人感觉既有留恋和不舍，也有委屈和无尽的悲戚……引得我等小的们站在旁边也是泪眼婆娑。这时屠夫大都会顺手解下身上的围裙，将牛眼蒙住……这也成了水乡人们宰杀动物的特例。因为，在我所有的成长记忆中，人们在屠宰猪羊、鸡鸭时是从不将其眼睛蒙住的。比如肥猪，临宰前哪怕是它们"嗷嗷、嗷嗷"地叫得地动山摇、声嘶力竭，乡亲们也不会有半点恻隐之心。

岁月流逝，牧童牛笛，仿佛一夜之间便成了绝响。现时的水乡，乡亲们早已不用水牛对过去视为命根子般的肥田沃土进行精耕细作了，他们大部分都是直接往稻田里抛撒谷种，靠天收粮、等天吃饭。

水乡的湖洲沃野，唯有水草疯长，久而久之便成了乡亲们放牧水牛的天然牧场。春天里，人们在水牛的脖子上换上新的铃铛赶至湖洲，直到冬天才各自牵回。湖洲沃野，牛铃叮当，自然和谐，到处是一片风吹草低见牛羊的美景。这时，处于发情期的公牛和母牛就会自然产下许多小牛犊。过去，乡亲们一直立下一条牵牛规矩：在广袤的湖洲上，将各家的大牛小牛赶至一处，看哪条初生牛犊跟谁的大牛走，小水牛就算是谁家的。现在，由于利益的驱动，沿古至今的牵牛方法却面临挑战。

邻居何家与胡家的水牛们在湖洲上自然产下了六条小牛犊，两家都说是自己的，互不相让。其中一家提出要把大牛小牛统统用船装到省城去做 DNA 检测（动物亲子鉴定）。后来，两家的水牛虽只采了血样没有去省城，又虽然科学鉴定解决了两家的纠纷，但花去的检测费、差旅费、诉讼费等，加起来远远超出了几条小水牛的价值，一时成了水乡人们茶余饭后谈论最多的黑色幽默。

打这以后，水乡的水牛们大都由放养改成了圈养，没有了广阔湖洲绿草茵茵的映衬，少了和风的吹拂，牛铃叮当依旧，但总让人感觉缺少了往昔的悦耳和悠扬。

江豚缘

在南洞庭湖中有一个名叫青山岛的渔村，村里有一位名叫江花的渔姑。江花人美歌甜，平日最喜欢与素有水中精灵、长江大熊猫、东方美人鱼之称的江豚为伴。因长期养护、救助江豚有功，乡亲们总是亲切地称呼江花为"江豚姐姐"与"江豚天使"。

说起江花名字的来历，不了解内情的单是从字面上理解，似乎很容易找到答案，江花也即浪花是也；后来，听了她母亲的解释，给人感觉则多少富有些传奇色彩。老人回忆说，江花临出生时她梦见了一群十分可爱的江豚在渔村边的湘江中游弋嬉戏，其中一头臀部有着一朵浪花纹斑记的江豚还不停地向她一边微笑，一边乐此不疲地表演着360度翻滚跃水的动作……她家原本姓江，又有浪花与江豚微笑的梦兆，江花的芳名也就由此而来。

青山岛四面环水，南有资江对冲，北有荆江缓流；西有沅水拍岸，东有湘江与汨罗江缠绕。因多条江水发源地的水文、地质不同，其携带的泥沙及浮游生物各异，汇流的江水有的微黄，有的微红，也有的微绿……它们在青山岛渔村周围的芦苇长洲与杨柳湿地间不断地冲撞缠绵与徘徊顾盼，久而久之便把这一带营造成了一个繁复与繁荣的水下动植物与水上飞禽聚会的丰茂世界。也由此形成了环拱在青山岛渔村周边的两个洞庭湖著名的天然渔场，南面的叫荷叶湖，北面的叫青草湖。

桃花水起，花信自然，春汛的湖水漫上墨绿一片的苇林、柳丛，这里便成了鲤鱼、鲫鱼、青鱼、草鱼及鲢鱼、鳗鱼、银鱼、团头鲂、翘嘴红鲌、胭脂鱼、中华鲟等众多淡水鱼类扑散产籽、孵化幼苗、追逐觅食的温床。青山岛渔村周边天然渔场的鱼多，引来专以淡水鱼为食的江豚也特别多。渔村景美，引来渔歌悠扬：

  江豚走呀我也走哟，江豚哎伴我去湖洲。春风呀吹弯金丝柳哟，江豚戏水哎浪点头。雪白的鱼儿呀咬满钩哟，渔歌哎唱晚乐悠悠。湖洲四季呀风景好哟，渔民生活哎不用愁。

洞庭湖的江豚有着所有鱼类的习性，它们爱逆水而上，爱到水草丰盈的浅滩戏水觅食，还喜欢到湖水与江水的交汇处冲浪、产仔，每到春秋汛期尤以喜好在涨水与退水的地方蹲守，让迎水冲浪的鱼儿似乎有些自然自觉自愿地飞进它们早已张开的嘴里。它们三五伙相约集体围猎，大老远便不断地用"丫"形尾翼搅浑湖水，构建一个越缩越小的包围圈，把"鱼团"不断地压缩至中心，最后总有一位勇健的"江豚投弹手"呈弧线腾空而起，射向"鱼团"，惊恐万状的鱼儿有如雪花飞舞一般狂跳乱扑，许多便直接飙向了江豚们早已张开的如盆大口之中。

江花一家祖祖辈辈专以打鱼为生，他们知晓，什么时候洞庭湖的环境好了，江豚就多了；江豚多了，鱼儿就跟着多了；鱼儿多了，渔民们家家户户的生活就更好了。反之亦然……长辈们还告诉江花，江豚不但是渔民朋友们的吉祥物，而且还是预测洞庭湖天气的好手，大多数时候渔民渔船上风信标的旗杆也比不上"江豚拜风"的灵验。如果江豚们跃出水面，面朝风向不停摇摆着形如双翅的侧鳍——既像拜佛又像独舞时……渔民们便都知晓，洞庭湖最为常见的狂风暴雨马上就要来临了，必须赶紧收帆停网，驾船返岸归港。古人也云：江豚多产于洞庭之处，吹浪可生风，故江猪出舞，舟人谓之"拜风"。

记得，那是江花六岁那年的一个夏天，她随父母到渔村南边的荷叶湖打鱼。中途，江花的父母解下大渔船边的小渔划子到湖中放钓去了，把江花一人留在大船上玩耍。江花站在船头一会用长柄网兜钩划船边的荷花，一会又用竹篙挑拨湖面的菱角，不小心一个趔趄，便连人带篙一起掉到湖里去了……就在小江花一边尖叫着"救命、救命"，一边在湖中举着一双小手扑打湖水，一浮一沉的时候，从不远处的湖面箭一般冲来三四只江豚。它们见此情形，似乎非常有经验地迅速从不同方位聚拢一处，用它们那光溜溜的脊背托住小肚早已灌满了湖水的小江花；紧接着又是同心协力地用它们的尖嘴拱、用背托，坚持把小江花移到了船舷边，直至奋力将她顶进了船舱；然后才一声呼哨，一齐潜入湖心。

也是从这开始，江花得知，江豚救人是天性，也是习惯。村里的渔民一半以上均有被江豚救援过的经历。自古"行船打鱼三分险"，但乡亲们只要有江豚陪伴，他们的安全感便会增强许多。

打那以后，节假日及寒暑假里，江花只要有时间便会缠上外出打鱼的父母带她出湖，与她心爱的江豚们相约、相会。在江花的认识里，江豚的"豚"与"臀"，既同音又同义，其形状与现今人们在动物园或电视中看到的海豚无异，只是海豚的体形要比江豚略大而已。渔村的乡亲们因见其身体滚圆，肥厚，憨态可掬，初看像极了一头家养的大屁股肥猪，便俗称其为"江猪子"。上学了，老师还告诉江花，江豚的历史比渔村周边绝大多数生命的历史都长，它们已在地球上生存了 2500 多万年，比大熊猫还年长 8 倍多，是长江及洞庭湖流域的"活化石"，其智力也与三岁的小孩接近。难怪，当江花以及同伴们给江豚每喂食一条鲜鱼，它们都会颔首微笑许久，紧接着要么表演一个 360 度的翻滚动作；要么张开双鳍，立于水面表演一段美妙绝伦的独舞。

在湛蓝的湖水中，江花初看江豚们大多是黑灰色，待湖水清澈时细看，实际是紫灰色或青黛色，其皮肤深腻有深浅不一的色素斑，这也是识别江豚个体差异的标志。通过这个认识，江花依稀记得，曾经救援过她的几头江豚的臀部上均有明显的色素斑记：一头是几条小而碎的细花，很像浅湖中常见的菱花；一头是几朵荷花，还有一头的印记颇像一枝长条形的芦花……对此，江花给这几头江豚依次起名为菱花、荷花、芦花，常以"姊妹"相称……长天共湖水一色，人与豚共舞，"四花"同欢同乐，遂成渔村附近湖区一景。

江花发现，荷花、菱花与芦花们会用各种声音传达群体的情绪，吱吱——嘎嘎声是寻找同伴；吱吱——嘶嘶声是围捕到了成堆的鱼群；唧唧——唧唧由弱呼到激越是遇到危险的求援声；噗噗——噗噗——噗噗噗……这是江豚们求爱求偶的呢喃……父辈们还说，江豚们的声呐判断也是极其精准，在击水或追逐过程中如遇船体或险礁，其转弯逃避的灵敏度仅在瞬息之间。有时，它们心血来潮，还会常常聚在一起用头部的喷水孔喷水，最高可达一米多，转眼便成水柱、水雾、水网等壮丽景观。

更多的时候，江花还是喜看江豚们的微笑，它们不管人类怎样待它，总是一张扁平的 W 式笑脸，且常常会全部露出几十颗密而小、白而齐的牙齿。江豚们天真、无邪，勇敢、智慧的天性，加之后天完美的进化，它们的生存领域里几乎没有天敌。让人不忍落笔的是——江豚唯一的敌人居然是我们人类！

洞庭渔民先前大多用网类、钩类、篙类等工具捕鱼。其中钩类里面的滚钩、拖钩、排钩对江豚伤害最大。排钩是湖区渔民为捕获大鱼而专制的一种渔具。每个均由三四寸长坚硬的铁丝焠火弯曲而成，打磨得锋利无比的钩尖还留有倒刺，一个个铁钩经香棍般大小的尼龙线系牢后，并排吊接在一条条粗壮的网纲上，一钩动则会有八钩、十钩等群钩联动，最后钩钩相拥，抱团缠绕……几百、上千斤的大鱼都休想逃脱。江豚捕鱼也像当地的渔民一样，既喜欢也最擅长集体作业。它们分工协助，不断将鱼群往包围圈里赶……渔民们知道，越是江豚在湖面或江面扎堆，不停地飞跃、拍浪、冲撞的时候，也正是大量的鱼群被江豚们包围追逐，不断地集中的时候。

这时，集体作业的"排钩帮"渔民们，便会集中所有的渔船在鱼群和江豚群的外围，内三层外三层地施放排钩，有的甚至还会在水中立体置网……间或，个别被利益熏晕了头脑的渔民还会利用江豚的善良，故意从船上跌落湖面，吸引江豚群体冲刺过来救人……以便达到把鱼群驱赶至排钩包围圈中的罪恶目的。最终的结果是，鱼群大多在劫难逃；一起冲撞、拍浪的江豚们虽有着十分精准的回声定位系统，但经不住此时人喊、鱼跳、船撞、篙击、水浑等因素的干扰，误碰误撞之间，它们多数也会被锋利的排钩割划得体无完肤、伤痕累累……直至死亡！每当看到或听到这些，江花和同龄的小朋友们总是泪眼婆娑，悲愤不已……紧接着，江花先是缠着父母弃用了捕鱼的挂钩、拖钩；接着又跑到两个也是靠打渔为生的舅舅家，连哭带闹地硬是让十分疼爱她的两个舅舅退出了村里的"排钩帮"，改用"风网船"拖网，猎捕洞庭湖中常见的针嘴鱼和银鱼。

江花还在上高中的时候，便早早地出落成了一个十分标准、漂亮的渔姑。S形的身材，甜美的歌喉，再配上一条齐腰的长辫，还有也许是受江豚微笑的影响，一笑便露出一排小而密、白而齐的牙齿……江花成了远近闻名的"村花"。当有人笑问江花将来找什么样的男朋友时，她竟脱口而出："要找就找'江豚男'式的男朋友，要不就打一辈子单身！"

原来江花在长久的观察中发现，江豚们的家庭观念极强，若仔豚受困或被捕，父豚和母豚均不会单独离去，宁愿同时被捕或同归于尽。几乎所有的"江豚男"均具备以下几个特点：一是对爱情忠诚，一生从一而终；二是恩爱和睦，一家几口形影不离，朝夕相伴；三是责任心强，只要遇到危险，江豚男总是奋不顾身，用血肉之躯筑起一道又一道防线，用生命护卫自己的妻室儿女。还有，江豚为少有的水下哺乳类动物，小宝宝的出生也是自由生命的自然分娩。雌江豚怀胎十一个月，每胎产一仔。胎儿整体娩出，这时仔仔奋力向上游动，母豚腹面朝上，身体朝仔仔相反方向远冲，用力拉断脐带……顷刻间，一股鲜红的鲜血在水中喷涌而出，映照着一个新生命的奋勇诞生。

为此，成年后的江花曾不止一次羞涩地憧憬：将来，如果自己既能拥有江豚男式的爱情，还有勇敢的江豚宝宝般小朋友的陪伴……那该是一种多么幸福的人生啊！

时光如江豚逐浪，一朵一朵过得飞快。从江花高中读完，直至大学毕业，后又在城市工作……一晃竟近十年。中间寒暑假里，江花几次匆忙回家，也只是在渡船边偶尔与她心爱的江豚们邂逅过几次……待江花再回渔村，她十分惊讶地发现，青草湖及荷叶湖的水浅了、鱼少了，围网多了、荒滩多了，洞庭湖的污染也严重了……整个湖区乃至长江流域的江豚数量更是呈直线下降。江花求证得知，上世纪八十年代以前长江全流域江豚种群数量为4000多头，至九十年代初已降至2000多头；时至今日，长江流域仅剩不到900多头，偌大的洞庭湖区也只有江豚100头左右。

此时，江花的父母及渔村所有的乡亲们都不捕鱼了，每家每户的禾堂上或屋檐下都倒扣着一条或几条数量不等的大小渔船，任凭风吹日晒……年轻人到城市打工去了，剩下老弱病残的村民大都靠在岛上种植一些经济作物，或靠开辟几个旅游景点维持生活。一日，江花请老父亲雇船，想去她年少时非常熟悉的荷叶湖看看。船至湖边，江花行同陌路，唯见湖滩裸露，杂草丛生，浊浪滚滚，几条轰隆隆——轰隆隆的大型采砂船正在开足马力，采挖湖底的砂石……问及她曾心爱的江豚都去哪了？邻居们说，现在活着的江豚很是难见，死了的江豚倒是不经意间就会遇上。仅是前年，洞庭湖区在不到两个月的时间内，便有12头江豚死于"非命"……乡亲们称现时的航运、排污、采砂、滥捕、水利工程成为江豚的"五大杀手"！

不几日，就有人告诉江花，在青山岛邻近的严家山沙滩上发现了一头死去的江豚。待江花赶到，只见一头雌性江豚正躺在满是泡沫的沙滩边，身体已变成微黄色；尤以让她震撼的是，死了的江豚眼眶边还挂着几滴透明的液体，细看其臀部上似乎还有一朵若隐若现的花朵斑痕……此刻，江花再也忍不住号啕大哭起来。她认定，那眼睛边挂着的透明液体一定是江豚的眼泪，其身份也一定是江豚荷花、芦花、菱花们的后代！不久有渔政工作人员上来，在给江豚实施解剖时，江花及所有在场的人们发现，死了的江豚消化系统中竟无任何食物……由此推断，现在湖区中屡禁不止的电捕鱼、迷魂阵、滚钩、拖网、炸药、矮围等几近将湖中的鱼虾都猎捕干净了，以鱼为食的江豚们早已"断炊"，其结果只能是活活饿死！

打这开始，江花像换了一个人似的，整日愁眉不展，继而沉默寡言……不久，她便毅然辞去了城里的工作，托朋友报名参加了一个名叫"江豚保护协会"的民间组织。平日，江花除了帮父母销售一些青山岛渔村独有的西瓜子、蔓荆子、藠头子、枸杞子、米虾子、桑葚子等旅游特产外，其余大部分时间则是全身心地投入到了保护江豚的行动当中。江花身着"江豚救护"的文化衫或马甲，扎着一个马尾辫，和男志愿者们一起乘坐冲锋舟深入湖区，一会下湖拆围网、一会劝阻挖砂船、一会驾船追偷猎、一会钻入湖边工厂制止乱排污水……由此，江花也被协会的同伴们直接叫成了"江疯子"。

转眼，江花已年过三十，成了村中一名十足的"剩女"。她自己似乎不急，但父母急、亲友们急……其间出于对长辈们的尊重，江花曾极不情愿地见过几个"对象"。第一位是一位渔村的"富二代"，人长得帅气，在省城还有一份收入稳定的工作。当江花听说其父亲曾是洞庭湖中最大的"排钩帮"帮主，完全是靠滥捕起家的历史后，面都未见便一口回绝了。第二位是一位开挖砂船的老板，身家不菲，且对江花爱慕已久……可江花认为湖洲的沙滩是维系洞庭湖湿地水下及水上生物的基础……哪天把这些都挖空了，鱼儿便没有地方觅食，更没地方产籽了……鱼没了，最终江豚们也只有死路一条。在挖砂男安排的"全鱼宴"上，江花也只给其留下一个背影，便匆匆逃离。

最后一位是县城里的一名公务员，开始还谈得勉强，后来那位公务男总见江花穿着一件保护江豚的"黄马甲"，忙得不分白天黑夜时，便留有如下一段对话："亲，江豚能吃吗？""不能吃！""不能吃，为什么还要保护呢？"其结果是，最后一句彻底把江花惹怒了……以至后面，江花干脆抛出话来：凡不热爱江豚，所从事的工作于江豚生存不利的男人一概免见，一概免谈！

在江豚保护协会十分简陋的办公室内，江花见到了该协会十多位首创成员们为保护江豚留下的"血书"，一个个鲜红鲜红的手模印，至今仍在她眼前晃动；还有被誉为"江豚爸爸"的协会徐亚平会长的一句话，也让江花感动莫名。徐会长说："我们保护江豚，就是要让其在洞庭湖中世世代代与我们人类一起生存生活下去。如果哪天江豚灭绝了……我就直接跳湖！"听完，江花虽小声但仍十分坚定地回应道："如果哪天江豚绝迹了，我就单身到底！"

江花后来解释说，讲这句话并非一时冲动，因为在她的"江豚保护日记本"的扉页上，一直端抄着这么两段语录："江豚等淡水哺乳动物处于食物链的最高层，作为长江生态系统的旗舰物种，长江及洞庭湖如果不能支撑豚类的生存，有一天它也不能支撑我们人类的生存。"还有一句则是："水灭亡，生物灭亡，人类灭亡！"

夜深了，风凉了，江花独自一人有如祥林嫂般还在荷叶湖边不停地转圈……且边走边喃喃自语道：湖水干涸了，被污染了；鱼虾少了，江豚绝迹了，人与豚类的缘分也就彻底没了……真到了那时，人类再好的恋爱、再好的婚姻又有什么意义呢？

手艺人家

在湘江和资江交汇流入洞庭湖的尾闾，孤立着一个普通的水乡村落。村中居住的人家以朱姓为主，村庄也被人们习惯地唤作朱村。在村头乱坟岗边上的一幢茅草房内居住着以"猪"为职业的三兄弟。朱老大劁猪，朱老二杀猪，朱老三则整天赶着一头公猪给母猪配种。

朱老大

朱老大生性好静，长相斯文，更令人惊奇的是，他还长着十根纤秀、颀长的手指！当时我们一帮半大小子便悄悄嘀咕：长着这样长手指的人，应该像学校教音乐的肖老师那样，去弹钢琴、拉二胡、吹笛子什么的，怎么会靠劁猪阉鸡为生呢？

据说朱老大年轻时性格开朗，书也读得好。村里保送工农兵大学生的摸底考试他还得了第一名呢，后因他谈的女朋友家庭出身成分不好，属于"可教育子女"，朱老大的"政审"未过关，上学的事便泡了汤。打这以后，朱老大像换了一个人似的，有些愤世嫉俗，继而心事重重、木讷寡言了。尽管后来以劁猪阉鸡为生，朱老大却总爱将小分头梳得齐齐整整，每天出门都不忘在上衣口袋插上两支钢笔。如果不是正在劁猪阉鸡，一般不了解内情的人，乍一见到朱老大总会把他联想成乡里的干部，或村里的会计、教师一类的人物。劁母猪、阉公鸡，还有骟公牛等要紧处是须将藏在内脏或腿肚中的卵花顺利取出，如果没有长长的手指则是很难做好的。——也正因为如此，朱老大劁猪、阉鸡、骟牛等活儿做得十分地漂亮，到牲畜腹内取卵有如囊中探物。

小时候，观看朱老大劁猪、阉鸡、骟牛等一直是我们保留的娱乐节目。有时就连大人们也常常会被吸引过来，他们停下手中的活计，和我们一起围着朱老大看得津津有味。阉鸡的时候，朱老大先让家庭主妇打来一盆开水，将工具包里的刀啊，叉啊，镊子啊，铁勺子啊等工具泡在水里，权当消毒。不一会，朱老大伸手接过主人递过来的一把碎米，窝着嘴唇"咯咯"几下把大鸡小鸡们统统吸引至自己周围，看准一只跟在一群母鸡后面颇有些绅士风度的小公鸡，一把扑将过去，将鸡抓住，缚在一块特制的木板上面，然后在鸡翅膀下边"唰唰唰"几下，拔光一片鸡毛。待准备工作做好，朱老大便坐在一张矮凳上，右手从小盆中摸出一把锋利的小刀，"咔嚓"一下在拔过毛的鸡腹上切开一道口子，用两块下面系着橡皮筋的小铁皮做成的"弹弓"将切开的口子弹开，接着用一根尺余长的小丝线，借用左手修长的食指和中指将鸡睾丸套住，双手捻起丝线拉扯几下，然后再用铁勺子把扯落在一边的鸡睾丸从深深的鸡腹内掏出。整个过程一气呵成，也就一袋烟的工夫！

待朱老大取下"弹弓"，掰开鸡嘴灌上几滴水，小公鸡便"扑棱扑棱"地跑开了。阉割后的小公鸡从此不再整日围着母鸡们转悠了，只是静静在躲在屋角或禾堂的一隅觅食长肉，过年过节便成了乡亲们餐桌上的美味佳肴。

印象中，过去村里的小公牛"去势"时，阉猪佬一般都是用木榔头将两个硕大的牛睾丸砸碎，方法残忍，场景惨烈。骟牛时，只见骟匠从包中取出一枚用红布包着的扁平鹅卵石，垫在牛睾丸底下，用一根浸着猪血的细绳从丸根处牢牢地扎紧，然后提着一把特制的木榔头，照着那两颗肉丸一阵猛砸。这时的小公牛"呼哧——呼哧"地喘着粗气，继而浑身震颤、口吐白沫、眼珠充血……随着榔头不停地敲击，两个肉丸便血肉模糊，皮囊瘪塌，公牛的挣扎和呼吸也渐渐地缓慢和无力。

也许是朱老大和小公牛同样处在性成熟阶段的缘故，抑或是他有些文化，富有一些同情与悲悯心境的原因，朱老大接手后，立马对骟牛的方法进行了改进，将由木榔头锤，改成了用手术刀割。水乡水草茂盛，公牛犊长到两岁多一点就到了性成熟的高峰期。这时的小公牛毛发长得像绸缎般光滑油亮，两只犄角如同两把黑色的短剑冒着寒光，腿胯间那两颗硕大饱满的肉丸尤显雄性的健美和亢奋……只要有母牛经过，哪怕是仅仅嗅到一股母牛的尿骚味，小公牛就会情不自禁地亮出腿肚上的牛鞭，不管不顾地丢下套着的犁铧，跳上田岸，拼命追撵，将牛群骚扰得乱成一锅热粥。如果有人经过，骚红了眼睛的小公牛，还会像发了疯似的抵着脑袋，亮出两只锋利的犄角连撞带挑，将人撞伤。

朱老大骟牛一般选择在公牛发情高峰的春天进行，先由七八个年轻的小伙子用绳索将小公牛的四蹄绑住，吆喝着"一、二、三"一齐往一边用力猛扯，将牛掀翻，再用好几根木棍一人摁住一头，将牛身前后左右死死地压住，直至小公牛腿胯间那一对大肉丸像两颗黑白色的鹅蛋般耷拉地悬着了，朱老大才开始动手。他先用针筒在牛睾丸处注射麻药，然后还不忘用酒精药棉包着搓揉良久，再用消过毒的手术刀片取出肉丸……过程轻巧规范，小公牛也只须休息一个星期左右的时间便可以下田耕地了。可怜的小公牛，从成长到成熟，仅仅只尝到一两次性的甜蜜之后，快乐便成了永久的记忆。

在朱老大随身携带的劁猪阉鸡骟牛工具中，有两样东西必不可少，一件是刀具包，另一件是一把早已被他摸得油光锃亮的牛角号。原来，一般被阉割的牲畜要空腹进行，需提前预告主人，所以朱老大出行前总会站在村头的大樟树下，像部队的号兵一般，左手叉腰右手握号，挺身昂首，鼓着双腮，吹响他随身带着的牛角号。村民们听到牛角号响，便知道朱老大要进村了！也许是朱老大有些音乐天赋的缘故，他还能用那把系着一根红绸带的牛角号，吹出《大海航行靠舵手》《大刀向鬼子们的头上砍去》等曲调。每当文质彬彬的朱老大一边吹着"大刀向鬼子们的头上砍去"，一边拿着小刀非常认真地割着猪卵子、牛卵子的时候，我们便备感滑稽和好玩。

人民公社化的时候，提倡各行各业，包括三教九流都要全心全意为人民服务。一段时间，公社集中村里的劁猪匠、配种员、杀猪佬等"八员""九匠""十二能人"进行培训，要求统一着装，工作时还要向群众做口头宣传。可能是别人的文化水平有限，当时这个匠、那个员宣讲过一些什么，我们都忘记了，唯有朱老大的口头宣传我们记得最牢。那一段时间，朱老大整天穿着一身崭新的劳动布工作服，左上衣口袋的上方还用黄丝线绣着"为人民服务"五个字。他编的是一段比较易记押韵的顺口溜：

　　畜生畜生你莫汪，老子今天着了装；代表人民代表党，割你的卵子掏你的裆！

后来不知是何缘故，朱老大的顺口溜只唱了一个星期，也就是我们这帮跟屁虫都晓得背，附和着扯足童音一起喊叫的时候，便被村支书叫停了。

跟着朱老大屁股后面跑的时间长了，我们发现，平日酷爱整洁的朱老大随着时间的推移，越来越邋遢随意，胡子不刮了，上衣口袋里的钢笔也不插了，每日都用割下的猪卵子、鸡睾丸、牛睾丸下酒，硬是把一张白净白净的书生脸喝得黑红黑红的。

朱老二

朱老二南人北相，豹眼隆眉，头发不怒自立。他杀猪的动作麻利，且无须帮手，只待主人家烧好大锅的开水，将肥猪从猪栏里赶出，朱老二便口衔"点血刀"，一个健步上前，双手扯着两只猪耳朵，在肥猪嚎叫挣扎的过程中，瞬间伸出右脚用力向前"砰"的一声将猪放倒，横着抱起猪身往矮脚案板上一掼，左手摁猪头右脚压猪身，右手从嘴边抽下尖刀，对着猪的咽喉处，用劲一捅，再用力搅几搅，待尖刀从猪脖子底下抽出时，一股鲜血便对着放置于案板前的接血盆喷涌而出。

不一会，朱老二在滚烫滚烫的开水淋浇下，"扑哧扑哧"地用铁刮子将猪毛煺尽，再用铁钩将白膘膘的肉猪倒挂在三角形的木架上，开始了给肉猪开膛破肚。这时我们一帮半大小屁孩便把眼睛睁得牛卵子般地，盯着他拿着尖刀的右手——我们指望着朱老二把猪尿泡甩给我们当球踢咧。平常总把一脸横肉绷得紧紧的朱老二，见我们伸长着脖子围着他，这时脸上才有了少见的笑容，他叫我们一齐喊："爷爷好！"如果喊得整齐响亮就把猪尿泡送给我们，如果不喊，或喊得不认真，他就会用点血刀的刀尖往猪尿泡上轻轻一点，这时就会泡破尿流，让我们失望半天。

轮到我们表现，伙伴们便会互相拉着衣角靠拢，扯着嗓门拼命喊叫。声音不一定齐整，但一般都会得到朱老二的"赏赐"。我们拿到猪尿泡后，立马倒尽里面的尿水，用半瓢凉水稍许冲洗一下，随手找一根稻草或芦苇管子当气筒，鼓着腮帮子往里拼命吹气。待尿泡圆鼓之后，再抽出草管，用一截小麻线将尿泡口死死扎紧，一个"猪尿泡足球"就大功告成了。没有娱乐的童年，我们一大帮小孩将猪尿泡足球丢在禾堂中或河滩上，然后"石头剪刀布"划拳分边，开始头脚并用，左扑右腾，把猪尿泡打得飞起。

　　朱老二帮人杀猪不收费用，只要主人家两副猪肠。小肠拿到集市上的国营收购站换几角钱买回些油盐酱醋（后来才知道，猪小肠是拿到城里的肉食品加工厂做香肠去了），大肠则拿回家，用来炒辣椒、炒酸菜下酒。我们曾多次见到过朱老二的炒猪大肠，往往离饭桌还有好远一段距离，就能闻到一股好浓好浓的猪粪味。

　　记得第一次我壮着胆子问朱老二，为何不将猪大肠洗干净点？他却手握酒杯嘿嘿一笑："小崽子，你懂个屁！猪大肠把猪粪洗干净了，还叫猪大肠吗?!"说完，即刻放下酒杯，一只手像老鹰叼小鸡似地揽住我的脖子，另一只手则飞快地从菜碗中拈着一块臭醺醺的猪大肠硬往我嘴里塞。当时我使出吃奶的劲，像泥鳅一样将脑袋和身子往下一缩，张牙舞爪般地挣脱朱老二铁箍一样的手臂，一边吐一边撒腿就跑。这时的朱老二，叉腰站在桌边，张开满嘴的黄板牙，乐得嘎嘎大笑。

　　朱老二一生杀牲无数，临死时七天七夜却总是咽不下最后一口气，感觉咽喉处老有一口痰吐不出也咽不下——像极了邻居王铁匠打铁时拉的风箱，呼噜——呼噜，没完没了。瘪嘴的杨嫉驰说，朱老二一生杀猪太多，畜牲阴魂不散，找他索命来了！老人的一席话，听得我们汗毛倒竖，腿打哆嗦。

情急之下，还是隔壁的刘爹有办法，只见他参照过去朱老二常用的杀猪方法：取出点血刀，打了一盆水，放了些盐，用尖刀搅了搅，把刀搁在盆沿上，端到床前……朱老二不一会便真的咽下了最后一口气，但朱老二那双豹眼不知何故却一直鼓着，不肯闭上。现在想来，朱老二极有可能是患上了一种什么哮喘病，才难以咽气；至于说到将杀猪刀晃了晃，朱老二便断了气，也可能是一种自然的巧合。

朱老二为何死不闭眼？那段时间一直是村民们谈论的焦点。胡子花白的刘爹却做出了另外一种解释，他的说法与杨嫉驰的解释有着明显的不同。原来，朱老二的爷爷曾是晚清名将左宗棠的亲老表，两人还是同年同月同日同时辰出生的。他们从小一起放牛、割猪草、读私塾，练习刀枪拳脚，后来左宗棠风云际会，封侯拜相，朱太公却一生贫困潦倒，不得不以杀猪宰羊维持生计。为此，朱太公总是愤愤不平，抱怨命运之神捉弄人，为什么同时辰出生的人，贫富贵贱区别却如此悬殊呢?!

一日，邻村的算命先生唐瞎子摇着铃铛，手拄拐杖路过家门，便被朱太公请到家里。朱太公报完生辰八字，讲明缘由，只见瞎子手掐指头，口中念念有词……一会儿，算命先生问："左宗棠家住哪里?"朱太公说:"湘江的东面。""你呢?""湘江的西边。"闻言,算命先生长嘘了一口气,煞有介事地说:"这就对了!你们两个虽同时出生,但因出生地点不同,命运就相差很远。江东出生,杀人千万,封侯拜相;江西出生,杀牲千万,食不果腹。"——刘爹最后总结说,朱老二不肯闭上眼睛的原因,极有可能是还在替朱家怒恨命运的不公呢!

在场的大人们听完,均不以为然,笑骂"讲古"的刘爹纯属"扯淡"。只是我们这帮小孩听得有些似懂非懂,张开着小口——净流哈喇子!

受此影响,跟我们一起玩猪尿泡长大,后来中途辍学的朱老二的儿子朱小牛死活也不肯继承父亲的"衣钵",宁愿"倒插门"到隔壁王铁匠家去做上门女婿,也不愿意去做整天可以吃猪肠、喝猪血汤的杀猪佬了。

朱老三

在我们老家的习俗里,提到给母猪配种,一般只有孤寡老人,或生活没有着落的伤残人员才愿意去做此营生。大凡给母猪配种,在一般人眼里,特别是姑娘媳妇们看来,多少会将配种的公猪和人混为一体,有些下流和不正经的意思。也许是天意,抑或巧合,朱家老三原来是村里的拖拉机手,一次事故左腿致残,他便有些无奈地牵着一头良种公猪讨生活。

朱老三不但和他二哥一样生性乐观，且为人幽默，硬是将给母猪配种的工作干得有滋有味。给母猪配种时，遇上发情的母猪不配合，朱老三还会弯腰蹲到公猪的身下，捉住滑溜溜黄鳝一般的公猪的器具往母猪的屁股后面塞。待忙乎完，女主人便会打来一盆洗手水，边叫朱老三洗手，边道谢，说些"三爹您辛苦了！""三爹你好能干啊！"等等，听似一语双关的话语。朱老三总是不改他幽默的性格，便借机戏谑地，也是一语双关地回应道："没事没事，下次你要帮忙尽管说，尽管说……"这时的女主人十有八九会红着脸低着头跑回屋里。遇到有些大胆的女人，便会把眉毛一竖脸一拉，大声笑骂："你这个老不正经的，叫你下辈子也变成公猪！"听到这话，朱老三也不气恼，不紧不慢地进行反击："那也好，那也好……嘿嘿，最好是你也变成母猪！"

据说，晚年的朱老三有一天跛着腿，一挺一仰地牵着公猪优哉游哉地走在乡间的简易公路上，这时乡里的乡长坐着北京牌吉普车从后面赶来了，司机在后头使劲地摁着喇叭，叫朱老三和公猪让路，可他如同聋子一般，依旧赶着公猪在前面走"S"路。过了一会，司机有些气不过，把车停好后跳下来就连喊带叫："前面牵公猪的老头，你是聋子吗？摁了那么多声喇叭，为何不让路？"

朱老三只是把头稍许扭了一下，斜着看了一眼叫嚣的司机，依旧赶着他的公猪不紧不慢地在前面左摇右拐，越发"信马由缰"。

司机见老头有了反应，知道不是聋子，又扯开嗓门责问道："你这个不晓事的，还不让开！你知道车上坐的是什么人吗？""什么人？""我们乡的乡长！""乡长？乡长管多少地方呀？""我们全乡都归他管！""哦，才管一个乡，算个卵！我这头公猪管着三个乡呐！"原来朱老三说的管辖范围，是指这附近几个乡的母猪都由他的公猪配种。

朱老三一边走一边还在嘀咕："什么卵乡长？你以为老子不认得，当年他和大哥一起参加推荐上大学的考试，成绩还排在老大的后面呢。倘若不是哥哥因恋爱问题影响了前程，还轮到他上大学，当乡长?!"

一旁的小车司机顺风听到朱老三的牢骚后立马就哑口无言了，知道遇上了难缠的人。只好将车熄火，陪乡长下车蹲在路边抽烟，一直等着朱老三赶着公猪走到前面的分岔路口拐弯走了，他才发动汽车。

在我们儿时的记忆中，朱老三非常疼爱自己那头长得像一头小牛犊似的良种公猪。出发前，总要用鞋刷涮去公猪身上的尘土，要用梳子反复抚摸梳理卷曲的猪鬃；每次还不忘在公猪的脖子上套上那个自己花了好几斤大米请村里的银匠特制的，四周挂满了小铃铛的"猪项链"。配种回来，朱老三都要给公猪煮上一大盘加了盐的稀饭（为啥要在稀饭里加盐，至今我仍没搞懂），有时还要往里面加一个当时十分金贵的鸡蛋，硬是把那头"养尊处优"的公猪感动得整日"哼哼唧唧"的。——有感于此，一些村民干脆把朱老三养的那头公猪直接叫成"朱老四"！

朱老三整天笑眯眯的，我们唯有一次见过他的悲伤。那是一个烈日炎炎的仲夏晌午，朱老三赶着那头连给三头母猪配了种的公猪走在回家的路上，公猪边走边口吐白沫，气喘吁吁，脚步也由快变慢，快有些支持不住了。见此，朱老三心痛公猪，想让它凉快凉快，顺手就将公猪牵到了公路边的河滩上，想给公猪洗个凉水澡。谁知，公猪一遇凉水，便再也没有爬起来。朱老三抱头坐在河边恸哭不已，谁拉都不起来，直到天黑才止住哭声。后来村民提议将死猪砍了吃肉，他却坚决不肯，硬是叫人找来几块薄木板将公猪葬在了河滩上。当时的情景，朱老三就只差没在公猪的矮墓前竖上块"英雄公猪"的墓碑了！

过了几天，朱老三恢复正常，其幽默天性又显露无遗。有村民明知故问："三爹，你的公猪兄弟呢？""因公牺牲了呀！""哈哈，哈哈……""你们笑个屁，劝你们年轻人哪，跟老婆做完好事之后，千万莫要乱洗凉水澡啊！……"接下来，又是笑声一片。

失去公猪兄弟后的朱老三，在县畜牧局技术人员的指导下，不久又在村里开设起了全县第一家"牲畜人工授精配种站"。为了打造配种站的品牌，幽默不改的朱老三硬是在家憋了好几天，想出了一条既形象又易记的广告语："猪牛发情要配种，人工授精靠得稳。"后来，随着朱老三配种站生意的红火，朱氏配种站"靠得稳"的广告牌也挂遍了全县的大部分乡镇。

几十年过去，再回故乡，包括朱氏三兄弟在内的许多手艺人或离世，或改行，再也难觅踪影，其中有木匠、石匠、篾匠、铁匠、焊匠、锁匠、鞋匠、泥水匠、剃头匠，还有弹棉花的、收荒货的、缝衣服的、卖百货的、炸爆米花的、算命看风水的……他们或摇铃铛，或吹小号，或敲击铁块，或吆喝唱喊走村串户，曾经一直是古朴水乡村庄特有一景。——他们的消失，仿佛宣告了一个时代的无声终结。

但他们豁达、乐观、幽默、宽容的品质却有如朱老大吹响的牛角号声，还时常在我耳畔回响，让人平添几许追思和怀念。

水乡月色

埋胞衣

在洞庭湖长年淤积的湖洲上，围垦而建的家乡常常水满为患。

或许是为了传承，抑或也是告诉后人你来自哪里，将要去向何方。于是，早有心理准备的乡亲们，每有婴儿出生，总是会将小孩的胞衣置于一个崭新的陶罐之中，趁着茫茫月色，深埋在祖屋边一棵高大的树木底下。寓意树高千尺，人高万丈。

成年了，当有同乡问及你或他来自哪里？被问者十有八九会将人领至一处高高的堤坝上，指着围垸内一处房屋集中、炊烟袅袅、树木葱郁的地方，自信而骄傲地说："看，那里就是我'埋胞衣罐子'的地方！"一个人离家久远，如果做了一些对不起社会和家乡的事情，则多会遭到年长者指着鼻尖一顿训斥："小子哎，你对得起你丢胞衣罐子的地方么？！"

水乡人家凡有婴儿降生，须请一位有经验的接生婆先备好一脸盆清水、一盏桐油灯、一把剪刀、一只陶罐、一大堆草纸等物品。孩子出生后，接生婆先把剪刀在油灯上烧至通红，权当消毒，再"咔嚓"一声剪断婴儿的脐带。胞衣的处理则更为讲究：小孩的父亲总会小心翼翼地将胞衣用草纸包好，置于陶罐内密封，在天亮前（避免被人看到）由家族中一位长者选择在祖屋边的一棵大树下，像种树一样深埋起来。按老人们的说法，这是埋"血根"。如果埋浅了，被野狗、野猫、老鼠们叼吃了，这个人就会从此失去记性，就会将魂魄丢掉——走远了便找不到回家的路！

水乡多有长年漂泊在洞庭湖中，一年四季难得靠岸的渔民。他们若有小孩出生，婴儿胞衣处置的程序与住在岸上的乡亲们一样，十分敬畏而庄重。密封好胞衣罐，将船划至宽敞湍急的大河边，由父亲捧着站在船头，使劲扔进波涛滚滚的河心之中。扔得越远，这个孩子将来就会越有出息，越有发展。

一位同是出生在水乡的马姓诗人，在他的一首题为《胞衣罐》的诗中这样写道：

　　我愣愣地望着水波/想象那当时的情形/我想那明明净净的河面/一定有好一阵不平静/胞衣罐装着我的混沌世界/和最初眼睁看世界的记忆/还有我的第一声啼哭/乃是我来到这世界的宣言/我与母体分离的正式仪式/应在父亲憋足了劲的一扔/他把一生最完美的弧线/画在阳光灿烂的朝霞里/天上又多了一条绚丽的彩虹/我的心就完整地陪伴故乡了/从此后无论我漂流到

哪/都连着那根剪不断的脐带……胞衣罐系着每一个父亲的责任啊/胞衣罐刻着我们代代相扣的传承。

胞衣，又名胎盘、胎衣、胎胞，也是一味名叫"紫河车"的中药。胞衣在母体中有脐带相连，婴儿由此摄取营养，其药用功能据说有温肾、益精、补气、养血等功效，可提高人体的免疫能力。

在水乡，人们认为每个人身上都有与生俱来的精、气、神。神指元神，即胎神也。相传人身上的胎记，便是神留下的印记。

胞衣是神的代表物，也是母亲用血肉为我们制作的第一件衣裳。

至今，我对都市一些医药机构专门花钱收购婴儿的胞衣，制成美容口服产品，特别是一些餐厅酒家开设高价"胞衣宴"的行为，一直难以释怀。婴儿的胞衣无疑极富营养，但它和我们的生命一起来源于母体，曾是生命的保护伞和加油站。亵渎了它，岂不是一同亵渎了生命的本身么?!

夜色茫茫，月光笼罩，婴儿的长辈在十分虔诚地安置好小孩的胞衣罐后，大多数父亲第一件事便是借着煤油灯的光亮，把小孩的生辰八字以及出生地点，工工整整，或书写、或雕刻于盛衣服的木柜门的内壁上（过去，水乡人家稍许值钱的家当，首属木衣柜）。如此这般，于水乡的人们来说，故乡就是他（她）埋胞衣罐子的地方（也称胞衣迹），自己历史起源便是那个刻着生辰八字的木柜。即使被洪水冲走，经泥水泡过，经太阳晒过……洗一洗、擦一擦，仍可认出木板上的文字，知晓自己的历史。

久居都市，自从生命从一个叫医院的地方出来，婴儿们的胞衣就不见了踪影，从此"胎神"远遁，"血根"无踪……

我真有些担心：孩子们啊，你们走远后，还会有故乡的记忆，还能找到回家的路么？

喊　魂

临水而建的家乡过去总是十年九涝，水患无穷，难以安生。

汛期一至，浑黄色的湖水便会将过去还是牛羊成群，柳枝吐蕊，草木茵茵的湖床抬高许多，人工围起来的垸子像极了一个个在洪水中战栗的盆罐。一旦垸溃，整个水乡便会一片黄汤，树枝瓜藤、木柜门板，还有用茅草和树木结成的整个屋顶……都会随风浪吹送至残剩的垸堤边，极目苍凉。洪水消退，每一个村庄的坟场，都会增添好几座新坟。

水乡人们大都称被水淹死的人为"水鬼"，相传男的死了来年要找一个女的做伴，女的死了要拉一个男的同眠。每当听到这些，小孩们便会心存恐惧地哆嗦着双腿，往人多的地方移动，害怕"水鬼"来找"替身"哩。

夜幕降临，一镰冷月和稀疏的星星倒挂水中，光淡水远，魅影重重。偶或传来一阵阵鱼鹰"呱哇——呱哇，呱——哇——呱——

哇——"的鸣叫，在水波的回应下，声音凄厉而悠长……水乡月色，一切静谧而悚然。

这时，出来游玩的小孩大都容易受到惊吓，睡到半夜往往会发低烧、说胡话，甚至梦游。老人们便会说，孩子的魂魄在外游荡，遇见了水鬼在追赶，要赶紧"收吓"，将孩子在外面游荡的魂魄喊回来。有时白天小孩们因钓青蛙、摸鱼虾、抓田螺、捉泥鳅，突然从水草丛中摸出一条水蛇；或摘桑葚、捣鸟窝、偷菜瓜遭遇菜花蛇、竹叶青蛇和毒蜈蚣、毒蜜蜂等，也会惊恐不已，魂逸魄飞，大半天回不过神来，晚上难以安睡。

遇上这些情况，孩子的母亲大都会按照祖辈遗传下来的方法：借着月光，抓一件小孩穿过的内衣，用手帕包着一小包大米，找到小孩受惊吓的地方点上几根香烛、烧上几串纸钱，一边沿途用手向天空抛撒着大米，一边拖长着声音十分虔诚而又满怀期盼地喊叫道："宝宝哎——回来哦，宝宝哎——回来哦"……这时，坐在小孩睡床边的奶奶或姥姥便会回应道："回来哒——回来哒——回来哒哟。"

寂寥的夜空下，一个母亲的喊声往往引来好几个母亲在喊："宝宝哎——回来哦，宝宝哎——回来哦"……母亲呼唤孩儿的声音在孤星残月的夜晚，经水波回应，由小变大，带着焦虑与心疼，又由近而远渐成哭腔。

舅舅家五岁的儿子小毛在一个夏日中午去河边游玩，不慎溺水，傍晚才被好心的邻居捞起。当时小毛的腹部隆起，身体僵硬，毫无声息。舅舅和邻居们把他趴扣在牛背上反复颠压，吐出了好大一滩暗红色的血水……空气中弥散着一股血腥味的死亡气息。

天完全黑下来了，舅母悲戚地将小毛抱起，轻轻搂在怀里，任邻居怎样拉扯也不愿松手……后来，心存最后一线希望的舅母，又转回屋内找来一件小毛穿过的内衣，来到他白天溺水的河边，边走边喊："宝宝哎——回来哦，宝宝哎——回来哦！"一声连着一声，一声比一声凄厉，一声比一声悠长。舅母绝望般的喊声，喊醒了水草，喊飞了水鸟，也喊碎了一湾河水……四处一片哀然。

长大之后才渐渐地明白和理解，为何水乡的人们爱唱花鼓戏，又总是选择一些有悲苦剧情的曲目，然后将唱词变换成一种长长的哭腔，拉得很长很长……也许那是他们对长期遭受苦难的一种宣泄和倾诉啊！

如今的水乡埝堤加固了，汛期也少了，就连过去通往境外的水路也都由政府花巨资建成了四通八达的钢筋水泥大桥。

久住都市，只要回到水乡，凝望着自己"埋胞衣罐子"的地方，见到自己曾经"洗礼"用过木盆，或开启着早已油漆斑驳、总是吱呀吱呀叫唤的木柜……那种回家的感觉便会油然而生。

只是自己偶染风寒，当年迈的母亲拿着我的内衣，借着冷月寒星发散出的微光，走在房前屋后到处都是水泥楼房的缝隙中叫着我的乳名，一声声唤我回来的时候——声音依旧慈爱而凄长，回应的却是满耳的喧嚣和嘈杂。

洗 三 朝

生活在洞庭湖水乡的乡亲们有一个习俗，婴儿出生的第三天，族人均要为其举行较为隆重的"洗礼"，又称"洗三""洗儿""洗三朝"。

民间传说，婴儿系送子娘娘所送，出生三日，她要亲临凡间察看，如见有不从或不敬者，必将受到神的惩罚。

洗礼开始，婴儿家要黎明起，扫庭除，洁杯具，焚香烛；还要宰杀好鸡鸭，备好鱼肉鸡蛋等物品……做好宴请亲朋好友的准备。女眷们则忙着在土灶上的大铁锅内放进艾叶、菖蒲、金银花、樟树叶、紫苏、雄黄等物料，倒进几大桶清凉的井水，将水煮沸，待水温降至适度后，再用木瓢舀进一个用开水消过毒的木制洗澡盆中，开始给初生的婴儿沐浴。

洗礼一般由年长的婆婆，或奶奶们主持，边洗边吟唱一些诸如："洗洗头，做王侯；洗洗身，做富翁；洗洗手，荣华富贵全都有；洗洗腰，一辈更比一辈高；洗洗脚，身体健康不呷药……"等赞语。在洗沐礼赞的同时，还要拿根筷子点上些食物饮品，象征性地在婴儿的嘴巴上涂抹一下，也是边涂边念："呷了鱼，有富余；呷了糕，长得高；呷了糖，保健康……"也有的还会在婴儿的嘴唇上涂些黄连，意味着小孩将来的日子先苦后甜。同时，黄连也可以消除婴儿从胎内带来的内热。

洗毕，年长的妇女还会将煮熟后去壳的鸡蛋为婴儿滚身。白嫩、滑溜的鸡蛋从婴儿的头部滚至脚跟，又从脊背滚至臀部……不断地重复，叫作"滚屁股蛋蛋"。用以去除婴儿的胎毒，白嫩肌肤。据说，滚过婴儿身子的鸡蛋送给祈子的妇女，吃后便可如愿以偿哩。

同时，主家还会在许多煮熟的鸡蛋壳上涂上红色，一是分赠看热闹的亲友、乡邻；二是由父亲用提篮装上到婴儿外婆家去报喜，俗称"吃红鸡蛋"。难怪，清朝诗人冯朝吉在《锦城竹枝词百咏》中，也曾形象地描述了当时人们举行"洗礼"的场景："谁家汤饼大排筵，总是开宗第一篇。亲友人来齐道喜，盆中拿掷洗儿钱。"

这时，被更换上崭新的衣帽和小衣小褂，戴上银镯、银锁、银脚铃的婴儿便会交到父亲手里，抱至堂屋中竖着祖宗牌位的神龛前，跪敬祖宗。禀告祖上，家中添丁添福的喜讯。

婴儿降生时，如有不速之客进屋，俗称"逢生"。来客就是婴儿的干爹干娘，以后成为亲戚来往。也有的在洗三朝之日，抱着婴儿拜石头、树木等做"干爹""干娘"的；还有的在给小孩按辈分排列起好大名的同时，也会叫些"牛伢""狗仔""铁蛋""石头"等小名，以示小孩将来成长经打经摔、经风经浪……易长成人。

洗礼之日，若是男孩，有的人家还会将其手脚用绒丝带捆绑束缚一些时日，让其戒玩戒躁，从小养成稳重踏实的性格。长大后，凡是喜欢顽皮胡闹、撩手撩脚、不听招呼的男孩，惹恼了人家，十有八九都会招来一句经典的"乡骂":"你这个猪叉的,怕是没有洗三朝的吧!"

婴儿的三朝洗礼过后,紧接着便是"抓周礼""拜孔夫子礼""割礼(也叫成人礼)"等诸多礼仪,相伴人的一生。礼仪程序周密,形式庄重,充分体现了乡亲们重视生命的延续,以及对生命的尊重和对天、地、自然的敬畏,也寄托着对未来美好的希望。令人刻骨铭心,影响深远,终生难忘。

漫步水乡,过去被视为良好文化传统和传统文明的许多人生礼仪,以及流传了许多年代的乡村规矩,早已被时下的享乐主义、奢靡之风等快餐文化所取代。所见所闻,叫人总想情不自禁地蹦出那句经典的"乡骂"。

抓周礼

在洞庭湖水乡一带流传着一句"从小看大,三岁看老"的俗语。究竟怎样从小便可以预知将来?其中,在乡亲们看来:小孩满周岁时,替其举行的抓周礼仪便是一种较好的验证。

抓周,又称试儿、拈周、试周等,是小孩周岁生日时举行的一种预测前途和性情的仪式,与埋胞衣、产儿报喜、洗三朝、满月礼、百日礼等一样,是流传于家乡一带一种传统的诞生礼仪。其核心是对生命延续、顺利、兴旺以及充满希望的礼赞,颇具人伦、人情、娱乐等诸多意味。

村里的老人们说，抓周礼仪在小孩儿的许多诞生礼仪中最为隆重，南北朝时便流行于家乡一带的江南地区，至隋唐时已逐渐普及全国。

小孩的抓周礼仪一般在中午举行完生日宴后进行，礼仪完毕后再吃"长寿面"。抓周前父母要给孩子穿新衣、戴新帽、着新鞋，套上长命锁。这些小孩的新衣物均是亲戚朋友们给小孩送来的生日贺礼，谓之"百家衣"。旧时习俗，小孩周岁衣物不能自家买，要由亲戚们送，以至谁送什么均各有讲究。民谣道："姑姑的鞋、姨姨的袜、姥姥的兜肚、舅母的裤。"小孩用银或铜打造的"长命锁"则属外公外婆送给外孙的专利，别的亲戚不能代办。周岁生日的小孩穿上"百家衣"，戴上"长命锁"，则寓意将来能托百家之福，能经摔经打，健康成长。

紧接着，长辈们还会专为小孩准备一把崭新的长木梳，俗称"平安梳"。一边给宝宝梳头，一边哼唱着周岁梳头歌：

一梳智慧开，宝宝聪明又可爱；二梳财运来，宝宝财富滚滚来；三梳手儿巧，做什么都成宝；四梳人缘好，朋友多得不得了；五梳身体好，无病无灾立业早；六梳点状元，富贵万万年；七梳八梳，梳成长命百岁的乖宝宝。

待小孩穿戴梳洗完毕，父亲照例要抱着小孩跪拜神龛上竖立的"天地君亲师"牌位，禀告宝宝满一周岁的信息，祈求神灵及先祖的庇佑。

这时，家人和亲戚们早已在神桌上摆好了竹筛，内置钱币、书籍、印章、笔墨、算盘、鸡腿、猪肉、尺、刀、剑、剪及玩具等，呈半弧形摆放，尔后抱来小孩令其端坐，不给任何诱导，任其挑选；如果是女孩的周岁生日则会多些胭脂、水粉、香绳等物品，也有将男孩女孩使用和爱好的物品混合一起摆放的；还有讲究一些的人家，则会按金、木、水、火、土物品的分类，各取三件摆放；大部分乡村人家，一般都是尽家中所有摆上十件八件，多带有取乐性质，图个愉快欢笑而已。如果抓了铜钱，在场的人就说，小孩将来有花不完的钱财，享不完的富贵；如果抓了印章，则会祝贺小孩将来官运亨通，前途无量；如果抓了笔墨，则会恭喜小孩将来会金榜题名，名扬四海等等。

民谣云："七坐八爬，九月长牙；三翻六上，九爬爬；十个月立起来眼睛眨，过了生日叫爸爸。"这时的小孩咿呀学语，喜欢模仿大人的动作，多少有些自己的喜好，他们大都会对眼前花花绿绿的玩具及食品更感兴趣，抓起的也多是些鸡腿、糖果、玩具，有的小男孩甚至还会抢着抱着一些花里胡哨的胭脂、水粉等物品……这时的大人们大都会笑骂小孩是个吃货、耍公子，将来命大福大，有口福等等，纯粹讨个口彩，大家都不太当真，笑笑了事。

从我记事开始，乡亲们在进行抓周礼仪的过程中真正灵验的不多。仅有一例要算是邻居郑家，他家有一对双胞胎男孩，抓周时大一点的男孩抓了一支毛笔，小一点的抓了一把木头手枪。结果，大的被父母起名叫学文，小的被起名叫学武。后来，真的是学文读了师范学校出来当了老师，学武当兵考了军校当了营长。情形颇有点像钱钟书先生，据说他周岁抓周时，抓了一本书，其父便为他起名"钟书"，后来果成一代著名学者和作家。尽管如此，那时的乡亲们虽然不大关心抓周礼仪的结果，但在其仪式的操办上却一点也不马虎，其安排和举止也都是十分周详和庄重。

一个周身散发着乳香的婴儿是纯洁而纯真的，无瑕的眼眸则是人性通往神性的最后一瞥……一个人行走在路上，走远了走久了走累了……则不妨坐下静一静，回望一下幼时的懵懂与好奇，洁净与纯真，空灵与简单，也许真会少些喧嚣与嘈杂，少些纷争与欲念……

童　谣

凡水乡姑娘出嫁，娘家人都会"打发"许多陪嫁物品，内容不外乎锅、碗、瓢、盆，以及被褥、蚊帐、衣柜、梳妆台，乃至于用红色油漆刷过多遍的崭新马桶等等。

挑担、背笼、抬轿的送亲队伍欢声笑语，摇摇摆摆，活像一条五彩缤纷的长龙，在乡村的土路上延绵不断，有的竟达好几里路长。

送亲的东西越多、队伍越长，则说明女子在父母、兄长、亲戚心中的分量越重，将来新娘在婆家的新生活也越有光彩和地位。

在许许多多红的、绿的、紫的、青的、橙色的新娘子陪嫁品中，有一样东西必不可少，即一只用竹子精心编制的长方形婴儿摇篮。此物宽约五十厘米，长约一米，底部用木架固定，木架与地面接触的是两根圆弧形杉木木条，只要坐在旁边择菜、做针线活的大人们稍许用手推拉或用脚踩动一下，躺坐着婴儿的摇篮便会左右自然摇摆不停，咿咿呀呀蹬腿挥拳哭闹不休的小宝宝便又会慢慢地重归安静。此时，如果婴儿仍在亢奋、委屈、哭闹之中，旁边的母亲、姑姑、姨妈或奶奶、姥姥们便会一边轻轻地推着摇篮，一边哼唱起朗朗上口、好玩好记，慈爱温馨的童谣。

水乡童谣大都取自于乡间日常生活当中常见的一些好玩、有趣的事物，经乡亲们你一句、我一句集中群众智慧式地加以编排，再套用四六或五七句式整理成浅显、押韵的歌谣进行传唱。

小时候我们时常听到的童谣有：花喜鹊，尾巴长/儿子不教咬亲娘/花喜鹊，叫喳喳/老人不敬遭雷打。还有：花喜鹊，尾巴长/娶了老婆忘了娘/割肉掏心娘疼息/长大莫变白眼狼。// 花喜鹊，叫喳喳/儿子大了要分家/瓦屋新床儿子霸/老人茅棚呷南瓜……一首流传于水乡及长沙一带的《偷鸡吃》的童谣这样唱道：瞎子瞎，偷鸡呷/罐子煮、筷子挟/挟到庙里敬菩萨/菩萨呷了一个屁，打得瞎子两头离（乱跑）/左一离、右一离，上一离、下一离/离到王婆婆的裤裆里。

这些童谣多以告诫警示、寓教于乐为主，为了加深小孩的记忆，大人们在哼唱此类童谣的同时，还不忘以具体的小故事予以辅助，用以增强教育效果。譬如说，某村某家有一少年，母亲一直疏于教育，致使其无法无天，无所敬畏，终有一天长大后的儿子将一位邻居打死。临上刑场之前，儿子提出要母亲给他喂最后一口乳汁，就在母亲颤颤巍巍双眼含泪掀开上衣的那一刻，悔恨加恶毒的儿子竟然一口把母亲的乳头咬了下来……儿子反而责怪母亲小时候不加管束，溺爱成祸！

还说，某村某家有一儿子和媳妇不孝敬父母，经常在吃饭时抢夺父母的饭碗丢到粪坑里……从此以后，儿子和媳妇自己吃饭，锅中及碗里便爬满了各种苍蝇和蚂蚁，最后双双被炸雷劈死在堂屋的台基上，烧焦的尸首均成跪状！这个故事，曾在家乡一带流传久远，乡亲们俗称"插雷标"。每有狂风暴雨、电闪雷鸣，一些不曾孝敬父母、做过亏心事的人便会悔恨交加，惶恐不安。

当然，水乡童谣中也有以表扬、唱颂及鼓励为主要内容的。譬如：小木盆，圆又圆/坐上木盆去采莲/先给大人送一捧/母亲咧了笑甜甜。太阳太阳黄灿灿/我给妈妈做香饭/妈妈夸我懂事早/奖我一个红鸡蛋。

还有让小朋友增长见识的童谣也是好记好玩：什么鸟儿穿青又穿黑/喜鹊穿青又穿白/什么鸟儿全身黑/乌鸦一身都是黑//什么虫子有头没有尾/蜘蛛有头冒得尾/什么虫子冒尾又冒头/蚯蚓冒尾又冒头……大蜻蜓，绿眼睛/一双眼睛亮晶晶/飞一飞停一停/飞来飞去捉蚊蝇。也有：大水牛，身体壮/黑色皮肤常痒痒/小八哥，热心肠/主动上前来帮忙/稳稳站在牛背上/专捉虫子当口粮/八哥水牛成朋友/互相帮忙喜洋洋。

较常见的则有：黄鸡婆，尾巴拖/三岁伢子会唱歌……摇啊摇/

摇到外婆桥/外婆留我呷年糕……月亮巴巴/里面坐个嗲嗲/嗲嗲出来买菜/里面坐个奶奶/奶奶出来装秀/里面坐个姑娘/姑娘出来梳妆/里面坐个新郎……其中，也有一些不乏恶作剧的童谣，至今回忆起来仍不免一笑。譬如：小宝宝，了不起/一餐煮了半升米/鸡要呷，鸭要呷/分得宝宝呷巴巴（湘音：大便之意）。无疑，这一类童谣简洁明快，幽默好玩，让人在自然、愉悦、温馨的环境中慢慢长大成人。

水乡的童谣普及率非常之高，奶奶、姥姥、妈妈们唱了，姑姑、姨妈接着唱，甚至于站在摇篮边的哥哥、姐姐还会跟着哼、抢着和。待摇篮的孩童慢慢有接受、反应和语言能力了，则大都会嘟噜着小嘴进行奶油味的反击和抗议：我长大了要把好呷的给妈妈、给奶奶吃……我不会咬妈妈……我不会遭雷打……我不做白眼狼！

随着母亲用乳汁及水乡营养丰富的荸荠、菱角、莲藕糊糊将婴儿慢慢喂大，特别是长至五六岁，正值对水乡万物充满好奇，跟着大小孩的屁股后面下河捞虾、捉鱼，上树摘桑葚、掏鸟窝……无所约束、无所敬畏之时，大人们对儿童哼唱的童谣则多以劝导要敬畏天地、爱护自然的内容为主。

那一段时期，我们接受和听到的均是《春天一捧子，冬天一担鱼》《小鸟是我们的好朋友》《乌龟、乌龟慢慢爬》等一类童谣。有首名叫《水乡伢子听端详》的童谣这样唱道：

天是爹，水是娘／水乡的伢子听端详／春天的鱼子内含毒／呷了眼花双手抖。／／鸟窝就是小鸟的家／不能捣来不能抓／捣了脚烂手会瘸／长大还会眼睛瞎。／／夏天的黄鳝正产子／洞藏水蛇吓人死。／／鸟蛋鸟蛋圆又圆／既不香来又不甜／蛋壳上面有斑点／呷了会长麻子脸。／／冬天的水鱼正冬眠／身体长毛带细菌／呷了半夜肚子痛……

　　水乡的乡亲们大都以捕鱼为生，祖祖辈辈深谙靠山吃山、靠水吃水的道理，大都非常敬畏天地、敬畏自然。春天，水乡的鱼儿大都会成群结队游至有水草及活水的浅滩产子，容易捕获，这时如果捕捉过度，冬天乃至来年捕鱼的产量就会明显下降。水乡渔民的谚语道：春天一捧子，来年一船鱼。讲的就是这个道理。

　　讲大道理显然小朋友们难以接受，于是大人们便编排一些易记好懂的童谣进行劝导，其中还无不含有许多善意的欺骗和恫吓。小时候印象最深的是大人们都说，小孩不能吃鱼籽，如果吃了鱼籽既不易消化，长大手还会抖、眼睛会色盲，认不准秤（过去水乡称重多用杆秤，秤杆上用银色的量点标示重量数码）；野鸟的蛋壳上大都有斑点，小孩吃了脸上会长麻子。还说冬天的水鱼、乌龟、黄鳝、泥鳅正在冬眠，体内长毛储有毒素，须等到春天打雷后，才能捕捉食用。这也是因为，冬天水乡的湖水干涸，这些藏在淤泥中的鱼类最易捕捉。说到底，还是教化人们从小就要敬畏自然、爱护自然，不能杀鸡取卵、涸泽而渔，要惜福、爱福，福方延绵久远的道理。

其间，一首介于童谣和民谣之间的《十月怀胎歌》，在我们幼小的心灵中印象尤为深刻。每当夜深人静，在夏夜乘凉的禾堂中或冬闲的火炉边，母亲们便会一边轻轻地推着摇篮，一边情不自禁地扯开嗓子，饱含深情地哼唱着：

> 正月怀胎正月正／早插杨柳早发青／二月怀胎是新春／肚痛眼花头发昏／三月怀胎三月三／走路好比上高山……六月怀胎三伏天／烧茶做饭难上前／堂屋扫地身难转／弯腰驼背抬头难……十月怀胎临月生／肚子疼痛阵阵紧……孩儿下地哭一声／长大要报父母恩／娘的心血育儿大／儿大不孝枉为人！

——歌谣如泣如诉，听者无不悲戚动容，泪眼婆娑，终生难忘。

遥望水乡，面对早已不见踪影的竹制摇篮，以及渐行渐远的童谣……我常常凝思冥想：故乡是什么？我们的成长曾靠什么哺育？为什么儿时的记忆会如此深刻？——其实故乡就是一个想起来便觉得温暖的地方，一个曾用自然、愉快、善良、包容以及温馨等等供你一步一步、一点一点慢慢成长的环境。

我们怀念过去，难忘童谣，是因为它像一缕缕夏夜江边闪闪发光的萤火，曾照亮和温暖了我们的童年。

乡野童趣

人至中年，离家久了，总爱追忆过去的时光，眼前经历的事反倒模糊，童年的往事却越发清晰……追忆童年的点滴，感觉套用"野生""放养"两个现时颇为流行的词语比较恰切。

小生命

二十世纪六七十年代以前的水乡农村大都没有什么"计划生育"的概念，做母亲的大部分只有到了生理年龄的极限，方才停止生育，因而家家户户几乎都是兄弟姊妹成群。我家便有兄弟姊妹七个，除我上面有一个哥哥、下面有个弟弟因患脑膜炎在同一天时间内夭折外，我和一个哥哥、一个姐姐、一个弟弟及一个妹妹都已长大成人。邻居何家则有九兄弟，最后一个何九与我同岁，也一直是我玩得最好的童年伙伴。

何家三代都有九兄弟，几代父母都没什么文化，在给小孩起名字的问题上也就比较随意，祖父辈上从何一叫到何九，父亲辈上也是从何一叫到何九，到了孙子辈还是如此。有时，祖母在堂屋中叫儿子辈的"九伢子"，往往跑出来的却是孙子辈的"九伢子"……常常闹出许多笑话。还有，生了儿子的父母想要女儿，生了女儿的父母则想要儿子……这也是那个时代，大部分农村家庭多生超生的重要原因。

那时的乡村总见一些流行性疾病过后留下一些后遗症的小朋友，比如烂眼角、疤痢头、结巴，以及麻子、聋子、瘸子、跛子等等。父母们最担心自己的孩子患肝炎、流感、脑膜炎等流行性及传染性强的疾病，小孩真要遭此厄运，父母们大都束手无策，也只好听天由命。这其中最大的原因还是与当时乡村经济落后，缺医少药有关。那时候，乡村的生死几乎都系在一种人身上，他们有个极为形象的称谓——赤脚医生。一个稍许有些文化的初高中毕业生被选送到县里或公社简单地培训两三个月后，背着一个小小的红十字药箱，便要负责起一个大队，乃至一个公社成千上万人的生老病死。平日，他们都要赤着脚和社员们一起在田间地头劳动，只有有病号了才行使医生职责。没有工资，也不收取任何费用，和普通社员一样统一由生产队记工分。

这些赤脚医生大都态度和蔼，遇到什么急症、重症病号却总见他们有些热汗淋淋，有些手忙脚乱；有时几针下去，还未找到受药部位；感觉特大号的针头扎卷了还往往继续使用，一针下去常常会带出一些皮肉……记得那时谁家小孩或哭闹或顽皮，大人们便会以威胁的口吻大声喊道："赤脚医生来了！""赤脚医生来了！"。"医生来了"和"狼来了"画等号，成了那个时代乡村特有的幽默。

　　家中的兄弟姊妹多了，吃的、穿的、用的等东西又少，农村中家家户户的小孩也都不显金贵，基本上都是敞门放养、野生生长。印象中，也不知是当时社会风气好，还是家家户户基本上家徒四壁没什么东西好偷，夜幕降临每家每户的大门都没怎么关过。小孩们住的房间更是无门可锁，许多家庭都是兄弟姊妹挤睡在一张旧木床上，旧棉被下酣睡的小脑袋，也从未见父母们点过数。这样一来，倒是方便了我们随时进出。一到夜晚，我们便会跑到村郊野外去疯玩藏猫猫、过家家、拔草绳、骑马打架等游戏；有时小肚子饿得咕咕叫了，也会经常干些偷菜瓜、摘毛桃、挖地瓜等见不得光亮的勾当。疯累玩倦了，我们就会三个一群五个一伙掏空稻草垛，或藏在装稻谷的扮桶中睡上一夜，要不就会择近爬进任何一位小伙伴家中的木床上挤上一晚。甚至于我们自己在野外用莲藕、地瓜、野果、蕨根等当粮混饱了肚子，几餐未回家吃饭……也从未见父母寻找过我们。

小野食

　　小时候，我们在野外混饱自己小肚子的途径有许多。春天，我们在洞庭湖的湖洲上放牛，多是采用围堰戽水乱捕瞎钓鱼虾，或直接从大人们长期放置在湖边的鱼钩、渔网上取鱼，大吃"百鱼宴"。鲜鱼到手后，我们用湖泥筑灶，寻来大大的河蚌壳当锅，折来柳树的枯枝当柴，挖掘野生水芹菜和胡葱当佐料，再撒上一把一小包早晨出门早已装在口袋中的粗盐……然后用小蚌壳当碗、柳枝做筷，常常把我们吃得喷嚏连天，鼓腹而歌。

野餐间隙，我们还能挖来一大把一大把野生的莲藕尖和"鸡把子"当水果咧。"鸡把子"是一种湖滩上常见的野菜根茎，一根根有小拇指般粗壮，剥皮后可以生吃，咀嚼之间，味道也是既糯又脆，又香又甜。夏秋之日，单是一望无际生机勃勃的湖面上，便到处是可食之物，水中有莲蓬、荸荠、菱角、芡实、菱瓜……湖滩的沙地上则有翠绿翠绿的西瓜、菜瓜、香瓜，还有那些大个大个的地瓜、凉薯、萝卜等把墒垄间的泥土都胀裂了，龇牙咧嘴地朝我们微笑着哩。这些瓜果既可生吃也可以熟吃，只是它们的根茎和果实大都浆水丰盈、汁液充沛，常常把我们的一张张小嘴以及小衣小褂染抹得乌漆嘛黑，个个都像专门化了妆的小丑。

严寒来临，水乡四处冰天雪地，万物凋零。记忆中，冬天的夜晚我们吃得最多的是干萝卜条煮麻雀。水乡的稻田里、湖洲上、树林中多是野生的麻雀，一到寒冷的夜晚便会集中藏栖于家家户户的茅草屋檐下。麻雀因专靠偷食地里的粮食为生，一直被乡亲们叫成"害鸟"，经过秋天的饱食，此时正是脯肥油厚的时候。我们三五一伙搬着一把杉木梯子，用手电光照射着躲在屋檐木条上的麻雀，它们便再也休想睁开眼睛，一只只成了十足的"呆鸟"。这时，一般由我打头阵，先爬上架好的梯子，双手分开从藏鸟的橡木条上包抄过去，再用力一扣，被捉住的麻雀就会发出一阵"叽叽——吱吱"几声惊恐的鸣叫……有了收获，我们寻到一位大人们不在家的小伙伴家，或村外平日对我们较好的牧鸭人及牛倌的茅草棚里，从我们各自小口袋中掏出早已被捂死的麻雀，拔光羽毛开膛破肚后，在油锅中煎至半熟，再放进捕雀时顺手牵羊从邻居家屋檐下拿来的几大串阴干了的萝卜条，一起炖煮。不一会便满屋飘香，引得我们尽流哈喇子哩。

小政治

孩童时代，家中的粗茶淡饭及乡间十分丰厚的野味、野果，把我们的小肚整日充填得胀鼓鼓的。一有空闲，我们就疯玩各式各样的游戏。无忧无虑、无休无止的欢笑，常常经久不息地在乡村的旷野上空久久回荡。

穿开裆裤的时候，我们热衷于打板、打碑、打梭飘、骑马打仗。打板是用废旧的课本、作业本、报纸等折叠成手掌大小的方形纸板，一方将纸板放在地上，另一方则用自己手中的纸板采用打、铲、扇等方法，一人一下，谁把对方的纸板击打得翻转过来了，便属谁的。谁胜谁负，一般与手中纸板的厚薄有关，但掌握击打的力度、角度也非常关键。有时，薄纸板也常常能打翻厚纸板；厚纸板有时盲目"嘣"地一下砸下去，薄纸板却纹丝不动……那时乡村纸张短缺，我们便会将收获的纸板拆开，一张张抚平装钉好，用于写作业、练毛笔字等。住在村尾的富农儿子圣光年纪与我们相仿，也一直是我们打板、打碑、打梭飘等游戏的竞争对手。一次，我们发现圣光使劲摔在地上用旧课本折叠成的纸板上有一幅毛主席像……当时我们就傻眼了，望着一脸惨白的圣光。我们一起击掌相约，赌咒发誓要保守秘密。这也难怪，从小我们就被乡村"红色海洋"包围，看惯了游行、游街、武斗、田间地头开群众性的批斗会，耳濡目染间，我们头脑中那根小小的"政治琴弦"也被绷得紧紧的。

大约是我上小学二年级的那年寒假，邻居涂叔在我家冬天烤火的炉灶边即兴写了一副对联：围炉向火谈生产，向火研究马列书。当时我父亲是生产队长，经常和社员们一起围坐在火炉边谈年成、议生产……大人们都夸涂叔太有才了，对联写得很是贴切。谁知被一位公社下来蹲点的干部看到了，只见他上来二话不说，"唰唰"两下就把对联的另一半"向火研究马列书"撕下来了，并呵斥道："马列书是宝典，还要你们来研究?! 谁写的——谁写的?"……那一幕至今仍深深印在我的脑海中，久久也未曾抹去。

后来不知怎的，圣光用领袖像打板这事还是被大队民兵营长知道了，结果是圣光在学校被勒令停课写检查，他父亲也被连累在群众大会上遭到批斗。从那以后，我和小伙伴们就很少玩打纸板的游戏了。

小游戏

常在湖水边游荡，我们从小便学会了一种"打梭飘"的游戏。那时的湖滩上、河道边四处都是破碎的瓦片、石片和陶瓷片，历经波浪的冲洗和岁月的沉淀，一片片光滑轻盈。上学后知晓，洞庭湖区自新石器时期就有人类居住，还曾是春秋战国时罗子国的发祥地。用村里文化人涂叔的话说，别看这些躺着的碎片小，当中肯定少不了秦砖、汉瓦、唐陶等珍贵文物。还说，它们是当之无愧的一段水乡遗落下来的时光碎片哩。

傍晚的湖边凉风习习、船帆点点、沙鸥盘旋，夕阳的余晖映衬着水波，到处一片金黄。我们站立水边，立好马步，右手握着碎片用力向水中甩，薄如鸟翅的瓦片、石片、陶瓷片便会在波浪间像梭子一样跳跃起飞，一个旋一个旋地与惊飞的水鸟一起飞向远方。我们常以谁甩的碎片在水中"起旋"个数的多少确定输赢。谁输了谁就得把白天在湖滩上收获的野菜、柴火、桑葚、湖藕，或小鱼小虾等劳动成果匀出来一部分，倒也使得大伙皆大欢喜。

藏猫猫的游戏也有被叫成是官兵抓强盗，最能锻炼小孩子们的胆量。我们在村郊野外藏猫猫时，扒草垛、穿茅草墙、钻涵洞等几乎无孔不入，但常常还是会被扮成"官兵"的小伙伴们找出来……被逼无奈，我们就会铤而走险地躲进村尾的乱坟岗中。乡村规矩：凡未成家且无子嗣的年轻人病死、暴死或自杀而亡等均不得入祖坟，只能用一具水泥或破木板做的棺材装殓，抬到乱坟岗草草浅埋了事。

那时乡村中得急病死的、被水淹死的，特别是自由恋爱失败，以及对生活失去信心而喝农药死的年轻人还真多。乡村傍晚的空气中，常常飘散着一股股莫名其妙乃至于恐怖的农药味和鱼腥味。连我们小孩儿都知道：飘农药味时，肯定会有人喝农药自杀，成为"闹药鬼"；飘鱼腥味时，肯定会有人因溺水而亡或跳水自杀，成为"淹死鬼"……人死了，还多会伴有"异性相吸"的效应：男的死了，会找一个女的替身；女的死了，肯定要找一个男的做伴……我们几个胆大的"小强盗"躲藏在乱坟岗里，见到摸摸索索、走走停停、欲进欲止的"小官兵"临近，还会捏着鼻子学几声凄厉的鬼叫……这时，对方十有八九会惊恐得怪叫连连，争相奔逃作鸟兽散。以致有个别胆小的小伙伴还会吓出病来，非得由他们的母亲喊魂收吓后方能好转。

我们从小居住的村庄三面临水，左边的湘江和右边的资江都在村头交汇后流入洞庭湖。古朴的村庄一直被称为湘岳的水上门户，常为兵家必争之地。大人们自古则崇军尚武成风，他们习武的目的，有时是防别人打，有时也打别人。记得我刚上初中的时候，相邻的邓村和杨村因争稻田的灌溉用水互打群架。杨村一位六十多岁的老头见到一群头戴钢盔的警察前来制止械斗，一铁锹下去，竟将一位警察头上的钢盔砍成两半。一群在家的老太太们听说晚上邓村的人会打进村子，几十位老人不约而同地每人在家烧煮了一大锅沸点极致的稀饭。她们准备一旦有来犯者入侵，就用木桶提至房顶当众泼洒。调解干部询问他们为何如此？老人们竟说，当年我们痛打入侵的日本鬼子就是这样的啊！老人们的回答让在场的干部们摇头无语，有些哭笑不得。一脸轻巧之间，大人们也把打鬼子、打群架当成小游戏在玩哩。

史载：国民党三次长沙会战，敌我双方次次都把家乡当成了主战场。小日本的焦土政策，几乎"犁"遍了故乡的每一寸土地。水乡人民自发组建的"水上抗日游击队"前仆后继英勇抗击日寇，先后有三百多名父老乡亲战死疆场。

小武斗

现在回忆，我们打小就喜欢玩一些惊险、好斗的游戏，极有可能与遗传有关、与出生地的风气有关。比如，我们玩打跪架子碑：先在一块草坪上立好一个用树枝做的支架，玩游戏的小伙伴们个个头戴柳条帽、腰别弹弓依次排列两边，分别从第一位队员开始，在一定的距离内，手拿砖块一次性甩击立好的支架；边甩还要边叫对方一位队员的名字："×××，给我跪下！"如果恰好打倒了支架，被叫到名字的那位队员就得乖乖地受跪；如果没击倒目标，被击者也得同样受罚。支架的距离从20米、30米、40米越移越远，双方队伍中跪下的队员也越来越多。最后，如果连小队长都被打得跪下，对方的队员便会一拥而上，将其围在中间，扯的扯耳朵、捏的捏鼻子、抓的抓头发……由胜利方的小队长领头喊叫："抽咚鼓、搭咚桥，问得大伙饶不饶？"如果大伙齐喊"不饶"，双方又得重开战。后来，我当兵入伍第一次投弹测试，握着手榴弹随手一扔，便投掷出了四十五米的优秀成绩。班务会上，班长叫我谈体会。我挠头抓耳支支吾吾不知讲什么好，最后一咬牙坦白说，是小时候玩游戏害怕受跪，练"打跪架子碑"打的。结果是引来战友们一阵又一阵开怀的大笑。

骑马打架的游戏也是打打杀杀，典型地争强好斗。游戏开始，以各自小伙伴所在的生产队为单位，两人一组，一个当马，一人手持木头做的木剑跨坐上面，双方分两队摆开，形式和场面颇像冷兵器时代的两军交战——头领对头领单挑，兵勇和兵勇一起群杀。不知何因，小时候我特好打架，至今在我的头上和身上还留有好几处被打的疤痕。历经无数次的"战斗"，我成了我们那个大队一百多个同年小伙伴们"公投"的"司令"。每次游戏出场，总会有两个个头比我高大的小伙伴头戴用柳树枝伪装的旧军帽、腰别木头手枪站立两旁，给我当"警卫员"咧。我吹着口哨，举着小红旗一声令下，双方队员便驾着"人马"，挥舞着手中的木剑"咔嚓——咔嚓"地拼杀起来，常常战斗得泥沙飞舞、喊声震天……随后，丢盔弃甲者有之，哎哟阵阵——伤手伤脚者有之……尽管如此，第二天夜晚，一声口哨，两队人马又会"军阀重开战"，一直打到大伙精疲力竭，分出输赢胜负为止。

在我童年的记忆里，乡村间有许多的武打师傅，专以教授人们强身习武为生。家家户户几乎都有打棍、长矛、大刀等祖传之物。其中打棍最为普遍，它是一种用久生的杂木棍制成，小手臂般大小，长约两米，经桐油多年浸泡，比一般的铁棍都硬。一次，邻乡一位十分有名的邓姓武打师傅手持打棍，带着一帮徒弟为围湖护渔气势汹汹寻衅到我们村里。结果被一直深藏未露的邻居淳爹用捡粪的钉耙稍许一伸一钩，乒乓之间便将邓大师傅按倒在水沟里；跟来的一群徒弟也被邻居们围在水沟中，当时乱扔的砖头、瓦片硬是将他们一个个砸得头破血流。

见此场景，我们一群爱习武打架的小伙伴被惊恐得张开小口久久未曾合上，被打者的结局正印证了两句乡间俗语，即"学打的人挨打""湖里淹死的都是会游泳的"。还有，当时的结局也让我们慢慢体悟出，耍拳练棍作为强身健体未尝不可，如果不修武德，一味盲目地争强好斗，其结果真的就只有挨打的份了。

小顽皮

少小离家，家乡见证我成长的人，但凡提及我总会不经意地冒出一句："那小子呀，从小就顽皮得很呐！"初听，自己还真感有些刺耳和不服。可一打开记忆的闸门，自己就会露出些许似是而非的坏笑及难以原谅的自责。扪心自问：还怪人家说，自己小时候确实是顽皮到了家呢。

我确认自己的顽皮是从小时候特别热衷于"偷鱼"开始的。

我出生地所在的水乡，房前屋后到处是鱼塘、水沟和湖泊，最适宜于各种水稻及淡水鱼类的生长，家乡被叫成"鱼米之乡"可能也由此而来。湖泊又有内湖和外湖之分，外湖是指家乡围湖造田修筑大堤坝以外的洞庭湖湖区，可以自由出入，习惯上被我们叫成"野湖"；内湖则都被围在了堤内，一般都有权属，我们称之为"家湖"。离我家仅一百多米的西边便有一个好几千亩，名叫锄塘湖的内湖，权属相邻的柳潭公社。

传说天上仙人张果老到民间巡视，俯视洞庭湖一带的水乡十年九涝，湖区人们每年都要全力以赴不停地挑土筑堤，抵御洪灾，生活十分艰辛。恻隐之间，他也加入了夜晚挑土修堤的劳动大军行列。时至拂晓，雄鸡一唱，仙人只得丢下挑土的锄头、扁担和装土的箢箕，急返天庭。老人们说，仙人见不得光亮，只能夜间活动。结果，在南洞庭湖方圆上百公里的湖区内便产生了四处新的地方：张果老丢锄头的地方叫锄塘湖，落扁担的地方称扁担夹；两只盛土的箢箕咔嚓坠落则变成了两座湖山，一个叫明山、一个叫朗山。家乡的锄塘湖因此而闻名，多少让年幼的我们有些沾沾自喜。

那时，锄塘湖内由集体圈养了许多的草鱼、青鱼、鲢鱼、鲤鱼、鳊鱼等许多许多的淡水鱼。这些均成了我们小时候最为眼热的对象和蚕食目标。我们有时是用几把钓钩，有时是用一小截几米长废旧的渔网等捕鱼工具，采取声东击西、敌进我退、敌疲我扰的游击战术，偷"社会主义的鲜鱼"。为防偷捕，相邻公社长期派驻了守湖护渔的队员。湖堤每隔两三公里的堤坝上和涵闸边都建有一个专门守湖的茅草棚，每个草棚内都长期驻守着一位护渔的老伯。

至今，我仍准确地记得我家旁边的守湖茅棚内住的是一位年纪约六十来岁的谭老伯。他在棚内筑灶架床，在棚外开荒种菜，还饲养了许多鸡鸭，典型的安营扎寨长期驻守哩。我从小就特别喜欢捕鱼捞虾，还时常超越公私界限，谭老伯一来，便把我和村里有着共同爱好的小伙伴何九列为重点防守对象。由此，我俩偷放在湖边的小钩小钓、小渔网、小渔蠔等捕渔工具均成了谭老伯的缴获品。不但如此，老人还经常把状告到我们父母及上小学的老师那里，使我和何九常常遭受责骂和皮肉之苦。咬牙切齿之处，我和何九便连施"诡计"，对谭老伯进行了几乎有些疯狂的报复。

我俩先是将谭老伯饲养的一群小鸡、小鸭赶到一个黑黢黢的涵洞中，两头用泥土紧紧地封住，还不忘铺上许多茅草进行伪装……让人只听到小牲畜们的叫声，却不知道它们被藏在哪里。接着，我们趁谭老伯外出巡湖的时候，又将黏性极强的塘浆泥巴塞进他木门的锁孔，让他回来开不了锁。有一次，我们见谭老伯地里种的白色茄瓜长势喜人，我和何九便率领一大帮小伙伴用脚钩着茄子抛到湖中，用茄瓜当子弹互打水仗。那天正好刮南风，水中经我们打残的白色茄瓜随风浪全部吹到了北面的湖堤边。这时，谭老伯正好从渔场开会回来，在堤坝边见到早已被我们打得歪头裂缝的白色茄瓜，气得当场捶胸顿足、痛骂不止……

在作践谭老伯过程中，我和何九自认最没屁眼的一次是把牛粪塞进他精心种植的南瓜里。我俩先用割草的镰刀将南瓜的藤蒂四正四方地切下，灌进一坨臭臭的牛屎，再按原形安放好瓜蒂。正在成长期的南瓜极富黏汁，被挖开过后不久就会自然缝合，正常生长。只是到食用时，切开外表好好的南瓜后，其内瓤却是一堆黑臭黑臭的烂肉。此举谭老伯肯定知道是我和何九所为，但时间久了，又无直接证据，只好哑巴吃黄连般苦笑了事。

至于平日里，我和何九把青蛙装进女同学的书包中，放学路上甩动着抓在手中的水蛇，吓唬胆小的同学等恶作剧，则成了我们的家常便饭。那时，哪个小伙伴说了我和何九的坏话，或玩过家家游戏时哪个漂亮的女同学不肯做我俩的"新娘子"等等，都会招致我们两个合伙的惩治，不告饶都不行。

跟我们一起长大的生产队干部的儿子孝年，干活、做事平日表现最好，也一直是大人们把我和何九与之进行比较的正反典型。我和何九心里不服，便开始变着法子惩治孝年。至今，我仍清楚地记得，我们放牛时合伙整治孝年最损一次的场景：我和何九一个眼神秘密相约，一同喊着"一、二、三"，一齐用力将毫无准备，当时还穿着开裆裤的孝年放倒在草丛中，抓着他的小鸡鸡翻卷，使劲涂抹蒲公英种子的茸毛。可怜的孝年，只好一边哭着，一边捻捡小鸡鸡上数也数不清的茸毛……而我和何九却不断地在孝年的周围跳跃着，坏笑不止。

小报复

何九的父亲何爹，平日最喜欢利用水乡四处水草茂盛、鱼虾成群等得天独厚的自然条件饲养水鸭，是远近闻名的一位"鸭司令"。可那时水乡大队革委会下令：家家户户不准饲养家禽，必须将自留地里种植的农作物铲除干净，彻底割除"资本主义的尾巴"。怎奈与水鸭打了大半辈子交道的何爹，喂鸭成瘾，不顾家人反对，还是偷偷在锄塘湖的芦苇荡中圈养了十几只水鸭。

住在我家附近有一位名叫"兵麻子"的大队干部，此人由民办老师转任村官后，最好斗争也最喜欢想方设法整人。乡亲们背后讥讽他是典型的"麻子十八怪"，还说麻子不可怕，就怕麻子有文化。麻子村官有一位名叫婷婷的女儿，是我和何九的小学同学，长得非常漂亮。玩过家家游戏时，何九老是用煮熟的鸭蛋吸引婷婷做他的新娘子。可能是鸭蛋泄密的缘故，不久，大队革委会便侦知了何爹的秘密。兵麻子不但指挥着几个武装民兵用竹篙扑杀了何爹饲养的水鸭，而且还令人将两只死鸭子挂在何爹胸前，押着游街。麻子干部叫人给何爹找来一面烂铜锣，喝令老人边走边敲边喊："为人莫学我的样，锵锵！"……

目睹这一切，何九的两只小拳捏得紧紧的，嘴唇也被他自个咬得乌青乌青。何九找到我，叫我一定要想方设法替他"报仇"！

一个伸手不见五指的夜晚，我见兵麻子提着一盏闪着豆苗般灯光的马灯往大队部开会去了，便急忙叫来何九从家中搬出锄头、铁锹，在麻子必返的路上挖坑。我俩撅着屁股吭哧——吭哧忙乎了大约半个时辰，才将一个长宽各一米左右、深约半米的土坑挖好。接着我们又寻来稀牛屎、稀猪粪将坑洞填满，并用小树枝、干稻草掩盖好洞口，还不忘在上面撒上泥土做好伪装。然后，我和何九便躲在远处的树林中，用小手捂着怦怦狂跳的胸口，等候麻子干部回来"踩雷"。不一会，我俩便听到了麻子干部连续好几声"哎哟——哎哟"的惨叫……

事后，何九还一个劲地埋怨我太过仁慈，没有学电影《地雷战》中，民兵们对付日本鬼子的办法，在坑洞底部装上一些削尖的竹签和玻璃碎片，痛钻"敌人"的脚底和裤裆。我沉默了一会，有些言不由衷地笑了笑道："如果兵麻子作践了我的父亲，你看我怎么收拾他！"此话一出，何九气得硬是一个多星期没有理我哩。

至今，连我自己也未曾想得过于明白，那时家里的经济条件在村里也算中等偏上，家里虽没有多余的钱花也常常缺油少肉，但也不缺饭吃，也不缺衣穿，更不缺鱼吃，以至于常常偷了鱼却不敢拿回家，宁愿送给别人吃。还有，令旁人和自己当时更有些匪夷所思的是：父亲对我的要求还特别严厉！我常常因偷鸡摸狗、伤人害理等劣迹被告发后，不知吃了多少回父亲的"钉弓"（也称"栗凿"），也不知多少次被推至堂屋正中的毛主席像前笔直地跪着，请了多少回罪……但就是不思悔改，每次惨遭"严打""严惩"过后，转背仍是好争好斗、好做坏事，以致常被乡亲们追骂成：这个细鳖冒得卵用哟——冒得药救呢。

犹记，水乡人们形容一个人不成器，一直有几句颇为经典的口头禅："从小看到大，三岁看到老。""一蔸萝卜，一蔸菜。"那时连我自己也常常认为，自己这蔸"萝卜"真的是无药可救了，做坏蛋肯定会做一辈子，不如干脆得过且过，破罐子破摔算了。

这时，唯有邻居涂叔倒常常给我说几句好听的话。涂叔是我们那个几千人的大队唯一一个高中毕业的"知识分子"。他会倒背许多毛主席的诗词，会计工分会算账，会闭着眼睛讲《封神榜》《三国演义》《杨家将》《西游记》……还写得一手漂亮的毛笔字，大队里家家户户的春联几乎全都出自他手。但他却性格犹疑，有些愤世嫉俗，也不会迎合领导，所以一直怀才不遇。涂叔几乎全部见证了我孩童时代的顽皮过程，也有几次撞见过我给村里的几位"五保户"老人挑水、劈柴、打藕煤等难得的善举。当别人几乎全都说我不是时，唯他却独发其声：这小子从小就敢打敢拼，胆大心细，爱动脑筋，如果再好好读书，将来肯定会有出息，云云。

那时，我年纪尚小，见涂叔是村里大人中唯一一个说我好话的人，我还总以为他是常常吃了我偷的菜瓜、西瓜、桃子、梨子以及萝卜煮麻雀、泥巴烤全鸡，还有烤红薯、烤芋头等等，才嘴巴软，有意"表扬"我的呢。

小惊恐

俗话说，多行不义必自毙。我和何九的"劣行"及无休无止的恶作剧，虽没到"自毙"的份上，但一次意外"捡鱼事件"的发生，却把我和何九两个吓得半死，也第一次萌生了反省、悔改的意识。

小时候，我和何九因有谭老伯的特别"盯梢"，眼看偷活鱼不成，我们便打起了捡死鱼的主意。那时，因饲养过密或捕捞不当，内湖及精养的鱼池中每天晚上都会有捕伤或生病死亡的大鱼，经晚风吹送至堤坝边。每天天亮前，我和何九都会自发地起早床相约去捡"便宜"。水乡一直有个说法，叫"臭鱼不臭味"。自然死亡略带臭味的死鱼用盐腌泡稍许晾晒后，再用辣椒、菜籽油煎制，不但营养未失，还会有一种特殊的香味。邻居蔡爹就最爱呷臭鱼，有时还会有意将鲜鱼多存放一晚上，让其略带臭味后再行煎煮。现在都市时兴的湘菜馆中，"香煎臭桂鱼"还一直是道经典的招牌菜式哩。

一个深秋的早上，我和何九照例从内湖的堤坝边开始，一直走到渔场边一大块养大条大条种鱼的鱼池边巡睃。突然发现，种鱼池下风的堤坝边浮起了白花花、银灿灿的一片，细看全是一条条一二十斤重，死而未死奄奄一息的草鱼和青鱼。惊喜之中，我和何九一人抬鱼头、一人抱鱼尾，捡起一条大草鱼便跑。大鱼既重又滑，经常从我俩的手中滑落掉至地下，情急之中我便脱下夹衣将鱼身裹住。谁知，我们的跑步声惊动了渔场专门饲养的好几条看门狗，狗们的拼命狂叫，不一会便引来了渔场工作人员使劲地追撵。我和何九抬着大鱼，眼看马上就要被俘虏了，只好将鱼和裹着的旧夹衣一起塞进了路边一个长满了杂草的涵洞中……我俩还指望着晚上再来，偷偷取大鱼回去饱餐几顿哩。

谁知渔场的工作人员不但当即找到了我俩藏匿的大鱼和衣服，还因一池种鱼突然死亡损失巨大，怀疑坏分子投毒，马上报了警。不到两天，驻乡民警就根据我留在现场那件缝制有些特别的夹衣，按"衣"索骥，找到了我和何九正在上课的学校。

说起我的夹衣特别，那是因为我穿的那件衣服原是哥哥穿旧、穿烂了的一件棉衣。母亲在油灯下掏空衣服内的旧棉絮，精心改小缝补给我做成了一件里外两层的"老式夹克"。缺衣少食的年代，乡村的家家户户基本上都是一件新衣、一双新鞋，乃至于一个新书包都是先给老大享用，待老大长个穿不了和用旧了再改小缝补后转给老二……常常像传接力棒一样，直到实在缝补困难为止。真的是：新三年旧三年，缝缝补补又三年。此举的结果，如果兄弟前面是姐姐，那就活该下面的弟弟们"倒霉"了，他们得无条件地接受女孩子用过的旧衣物。男孩女装，则常常会招致男伙伴们用手指不停地刮着脸颊，连叫"羞羞——羞羞"的耻笑和不屑。

记得"提审"我们的那位驻乡民警姓周，刚从部队转业回来不久。只见他头戴嵌着国徽的大盖帽，身穿上白下蓝的民警服，腰间别着一把手枪，感觉威风到了极致。周警官十分严肃地一拍桌子，一句"给我从实招来"！当即便把何九吓得差点当场尿了裤裆。而我虽有一惊，却很快恢复了镇定。一双小眼还不停地望着他腰间未曾密封的枪套内用红布裹着的手枪，滴溜滴溜地转动，让民警盯着我看了好久一会。由此，也开启了我对国徽、制服、手枪……的敬畏和向往。这也是我长大成人后不管不顾热心投身于军营，在部队工作了近二十年的直接诱因。

后来，虽然民警查清了种鱼死因不是人为投毒，而是突发鱼瘟所致的真相，但民警一走，我和何九所在班级的同学和老师们便借机"深挖"我们平日里顽皮捣蛋的种种"劣迹"，进行"声势浩大"的批评与帮助。这其中，不排除有麻子干部从中作祟的原因，"踩雷——设陷"事件的发生，虽月黑风高难以找到较为确凿的证人证据，但他肯定怀疑到了我和何九。紧接着，同学和老师们便展开了对我和何九的集体"挽救"。"专题批判会"上，有常常遭到我们恐吓戏弄的女同学代表发言，有像孝年一样男同学的"血泪控诉"……我和何九平生第一次低下了倔强、顽皮的小脑袋。

小转变

大约从上小学五年级开始，我便把兴趣几乎全部转移到看小人书、写作文、抄字典、记日记、听涂叔说书讲故事等方面上来了。其间，我还有一个显著的变化，即慢慢疏远了与何九、圣光等"亲密战友"们的来往，干净彻底地卸掉了"游击司令"的头衔，时常一个人郁郁寡欢般独坐洞庭湖边，看船帆远去，听波涛吟唱，慕飞鸟高翔；也常替古人流泪，为今人忧愁，帮后人追梦……后来我才知晓，这些均是我喜好文学的开始，也是自己立志转变的开端。

以致后来好长一段时间，我在深究自己转变的原因时，总是不得要领。直到有一天，我看了一则"藏獒渡魂"的故事方才有所顿悟。传说藏獒是天上一位战神，因噬杀成性触犯天条而被贬到人间，所以藏獒性情暴戾残忍，身上有一股浓重的杀气，必须在其出生满四十九天时，将其与一只还在吃奶的羊羔同栏圈养。羊是温柔娴静平和顺从的动物，让这个时期的藏獒与羊羔共同生活，温婉的羊性就会慢慢地冲淡藏獒身上那太过血腥的兽性。文学于我，就是那只温顺娴静的羊羔，长期滴水穿石般的超度和影响，使我如凤凰涅槃般地获得重生。

不久，我还真的当上了班干部，成了班里的语文课代表。从此我来了一个一百八十度的大转弯，洗心革面像变了一个人似的，真有些立地成佛了。

买马村记

买马村坐落在洞庭湖的南岸，是沿湖围垦而建的许多水乡村庄中的一座，也是我生于斯长于斯的故乡。

围湖造田

村里的老人告诉我，过去号称八百里的洞庭湖东至江西的九江，南至长沙的乔口，西至湘西的武陵山，北含湖北荆江以南地区，不单是湖南境内湘、资、沅、澧四水的聚散地，也是长江水系流经湘鄂两省境内后，汇经长江注入大海之前巨大的屯水蓄洪之地。

如今洞庭湖四分五裂，中心湖区已不足百里了。原因是随着人口的剧增，耕地面积的锐减，临湖的居民围湖而建，肩挑锄挖、牛拉船运筑起了一个个人畜共居的人口围子。还有，上游拦水坝的建成，致使湖区湖床裸露，湖淤水干，人进湖退，恶性循环，难以休止。

十七岁之前，我几乎没有离开过买马村。虽说村庄离县城直线距离只有二三十公里，可要跨越资江和湘江两条河流，过好几个轮渡。有事进城的大人，天还没有亮的时候去县城，往往要临近天黑才能回来。如果没能赶在天黑前登上最后一班轮渡，常常要第二天中午才能十分疲惫地回到村里。我是借当兵的机会才第一次离开水乡，经过县城，看到外面世界的。

当时我唯一的希望就是永远离开水乡，脱离贫穷落后的农村生活，也因此注定了我此生漂泊无依。一位哲人说，一个渴望离开故乡的人，是一个不幸的人。我深深地知晓，自己一生的行走，依旧只是一名匆匆的过客，心灵再也难回水乡。1982 年底我穿上军装，到部队后便特别努力，入伍第二年便荣立了三等功，还被批准入党。记得在上级批准我加入中国共产党预备党员的组织会议上，有一项程序是由我本人宣读自己的简历。

党的组织会议通常都比较严肃，当我念道"李清明，男，1965 年 4 月 5 日出生，湖南省湘阴县洞庭围乡买马村人"时，在场的十多位领导与战友几乎全都忍不住扑哧一笑。在其中一个叫叶林的团政治处主任当即笑着询问道："买马村？你们那里是不是还有买牛村、买狗村、买猪村……呀？"领导的问话竟让我一时语塞，窘迫了许久。其中，一方面是紧张，另一方面是我当时的确不知买马村的来历，更不知道村边是否还真的有买牛村、买狗村等村庄。

三十年后，我从南方居住的城市频频往返故乡，开始了对买马村前世今生的考问与调查。

据父亲讲，买马村过去叫李家围子。临湖而居的乡亲们只要谁家有钱了，积蓄到一定的程度，便可以向洞庭湖要地要粮。找一块肥沃的湖洲，四周一围，便是一个村落。现在家乡的许多村庄，有的仍在沿袭过去的名字，比如毛家围子、李家围子、黄家围子等等。顾名思义，李家围子便是以李家人为主围垦而建的。父亲还说，这李家围子是我曾祖父的私产。曾祖名叫李富生，是个瘸子，人绝顶聪明，一只手会打算盘会记账……他是靠给地主家当账房先生，从买边角水田开始，勤俭持家一步一步成为地主的。不久，有钱有粮的曾祖父又倾其所有，历经十多年时间，有些画地为牢般地圈湖造田，成了李家围子的主人。再后来，继承了家业的祖父却极其好赌，先是在老家赌输了嫌不过瘾，后又乘船去省城赌，一夜之间便把老家的上千亩良田赌输得一干二净……谁知不久，1949 年以后，我家被定为中农，冥冥之中，坏事竟演变成了好事。

人民公社化的时候，李家围子被更名为洞庭公社更生大队。更生，自力更生是也。那个时候，时兴将过去老而土的地名改得既革命又响亮。村庄周围的庄稼村、粟塘村、乔山围村、红菱村全被改为图强、胜利、红旗、飞跃等村名。不但单位的名称如此，连那个时代出生的小孩的名字也多被烙上了时代的印记。在我上小学的班级里，就有许多名叫红卫、四清、卫星、和平、援朝、卫国的同学。大约过了二十年的时间，买马村和许多村庄一样，才被恢复过去的旧名称。而人的名字却连同户口本一起，难以更改，成了那个时代富有特色的产物之一。

围湖而建的村庄，要抵御巨大的洪水，依靠的仅是一条从涂滩或淤水中用泥土建起的堤坝，堤坝一般都有三十多米高，且每年的秋冬季节还须人工不断地加高加固，站在能并排行驶几台汽车宽的堤坝上面向下俯看，袅袅炊烟仿佛从水底升起。

后来，到了人民公社化的时候，为了便于管理，抑或是显示大集体人多力量大的缘故，大多以公社为单位，又是一番大干快上，人定胜天，集中大量的人力物力将若干个上千人居住的小围子合并围垦成了上万人的大围子。老家的李家围子就是这个时候与乔山围子、粟塘围子、红菱围子等六个围子一起合并，称为洞庭公社的。县志记载：帝制时期，家乡所属县域先后修筑堤垸 138 个；后来淹的淹、溃的溃，到了清朝末年全县实存 50 垸；解放后全县又增至 108 垸。

上世纪七十年代末期，全县动员十多万个劳力，历时一个秋冬近半年时间，在我家乡买马村北面的洞庭湖围起了一个占湖面积近 50 万亩的横岭湖围子。但也只仅存了一年时间，第二年夏季洞庭湖的滔天巨浪便把这个全县历史上最大的人工围子吞噬了。那年我 13 岁，从头至尾见证了修堤时的热闹和溃垸后的凄凉。全村的家家户户都曾住过修堤和逃难的乡亲。许多村庄连耕牛和母猪都被杀光了，乡亲们要连续"三班倒"地在烂泥上筑堤，劳动强度大，伙食不加改善难以承受超负荷的劳动。村里的会计说，修一个横岭湖，让全县所有乡村的经济倒退了几十年。有见识的人则哀叹：大集体的确可以集中人力物力办大事，但如果决策不好，也可能会集中人力物力办坏事。

过去的水乡十年九涝，水灾不断，溃垸淹人如同家常便饭。顽强的父老乡亲们总是淹完再建，溃了再修，无休无止，不断循环。在我的成长记忆中，买马村的父老乡亲们鲜见脸上有笑容的时候。唯一的娱乐也只是在农闲的时候自编自演，在以门板搭成的土戏台上唱几台花鼓戏。即便如此，他们选择的花鼓戏却以悲情的剧目居多，比如《吕蒙正蒙难》《皮秀英四告》《梁祝哀史》等等；唱腔运用的也几乎全是悲叹调——用哭腔把唱词拉得长长的，如泣如诉……长大了，见识了外面的世界，我才深深地理解，家乡的父老乡亲们是在用那剧情、那腔调，对苦难生活的一种宣泄和倾诉哩。由此正印证了现代女诗人舒婷的诗句：平生不爱倾诉苦难，并非苦难已经永远绝迹。

有人说，买马村因处在南接长沙北连岳阳，以及资江与湘江交汇流入洞庭湖的水陆交通要冲，自古为兵家必争之地。这点从村庄周边一些村镇地名的考证中便可略知一二。譬如，围拱在买马村四周的村镇名称，有的叫一步塘、三塘、石塘、六塘，有的叫营田、杨林寨，还有的叫关公潭、白马寺、红庙、晒头等等。考证得知，"塘"曾是过去军队的编制，相当于现在部队的营一级单位；杨林寨从隋朝开始便长期驻有军队，曾是靠山王杨林的大本营，也是洞庭湖农民起义军钟相、杨幺抗击南宋官军的重要营寨；关公潭传说是三国战长沙时关公丢宝刀之地，白马寺相传赵子龙在此拴过白色坐骑；营田则指军队长期驻守，进行军垦、军屯之地；还有红庙、晒头等等均与钟相、杨幺的起义军被官军镇压的过程相关。杨幺兵败，被岳飞手下大将牛皋取了首级，挂在村头曝头示众，此村便改叫晒头。史载：买马村所在之地，过去叫"跑马练"，相当现在的军队的骑兵练习场。既有骑兵，肯定就有马匹买卖的需要，买马村的村名有可能由此而来。可是，查遍史料，村庄周围百里却只有买马村，而从未见过卖马村。

走访中，村里但凡上了些年纪的老人大都一口咬定，买马村的由来是隋朝名将秦叔宝败走麦城时，在家乡跑马练一带"卖马当铜"之地。可"卖"和"买"虽字音相近，但含义却截然相反；再说秦叔宝、程咬金主要活动的"瓦岗寨"应在现今的山东、河南一带，离洞庭湖实在太远。但这其中也不排除史料当中，先人有将"卖"与"买"误写之嫌。

村民中还有一种说法，说买马村是南宋时期洞庭湖农民起义军的招兵买马、屯粮铸钱之地。我个人认为这种说法较为准确。原因是我所在的买马村离钟相、杨幺领导的洞庭湖农民起义军的大本营畎口（南洞庭湖中一块被芦苇和柳树紧紧包围的小陆地）仅有不到五公里之距。前不久，我家邻居起屋挖地基，一次性还挖出了许多长满绿色霉菌的南宋铜钱；一大堆大号鱼叉、梭镖等兵器；其中一只铜制箭鞘中还装着几枚锈迹斑斑，铸刻着有"杨"字的铁制发兵令牌……

也许买马村的名字还有更为准确的来历和说法，作为买马村的子民，我有义务也有兴趣不断走访求证，尽我所能还原买马村的历史。

古朴的乡村

二十世纪六十年代以前，买马村全村的布局是一个大大的圆饼形。圆圈是高大而古老的堤坝，圈内是成片的稻田，圈外是长满了芦苇和野生湖藕的内湖。全村被圈定的耕地面积1512亩、鱼塘290亩、旱地105亩。那时，全村所有的村民们都在圆圈的大堤坝上筑屋而居。由于年代久远，全村的房前屋后几乎全是亭亭如盖的参天古树和绿油油的翠竹；树上有许多鸟巢，花喜鹊从这棵树上跳到那棵树上，整日叽叽喳喳欢叫不停；每家门前都有一条通往内湖边的石板小道，小路的尽头都是一座座用大块麻石搭成的石板桥；男人们在石桥上挑水，女人们在旁边浆衣、洗菜，杵衣声、戏水声、欢笑声响成一片……到处是一派自然、祥和、温馨的场景。

村里的稻田虽是过去围垦的湖田，历经祖辈们长久地精耕细作，早成肥田沃土。加之买马村属中亚热带向北亚热带过渡的湿润气候区，四季分明，湿润多雨，正适合水稻的生长。乡亲们栽种的双季稻，每季亩产都能达到 800 斤以上。即使严寒的冬季，他们仍不忘在稻田里撒上红花籽种（一种洞庭湖平原常见的绿肥），或对稻田进行第三次耕种，遍栽油菜。红花籽生存能力极强，抛下的种子入土能活，见风就长。只经一个冬天的蛰伏，来年的春天，便会绿满整个田野，且遍开形如卷状的红花，其叶径还是猪牛羊鸡等牲畜上好的绿色饲料。整片整片的乡村田野，红花籽花鲜红，油菜籽花金黄，蜜蜂在花间嗡嗡飞舞，青蛙在花下呱呱欢叫……仿若人间仙境。开春时，乡亲们把绿油油的红花籽草犁埋在水田里积沤，肥气能把覆盖在上面的泥土突凸得不断地冒出气泡。这样的土地平整过后，再插上秧苗，哪有不谷籽如金、硕果累累的道理啊。村有农谚云：人欺地一时，地欺人一年；人厚地一季，地还谷一仓。

在春日的田野上，则到处是人声鼎沸，你追我赶忙着扯秧插田的人们。春插开始时，大人们总是会先在平整好的稻田里用特制的木架子拖成横竖两个方向交叉的一个个小小的方格，或用尼龙绳扯隔成一个一个长方形的厢垄。水清后，生产队里的少男少女和妇女们便一手端秧，一手拿禾，十分规整地将秧苗栽插在每一个交叉点上。这样栽插的稻田大都禾成行、秧成排，前后左右观看，一片片稻田，是一个个井然有序的棋盘，更像一幅幅自然而又绿色盎然的乡村山水画。

买马村从形式到内容发生较大的改变，应是从神州大地倡导农业学大寨的时候开始的。农业要向地处西北的大寨学习，具体到洞庭湖平原的买马村首要的就是要求：田成块、树成排、屋成行。

记得小学的语文课本中有篇赞誉祖国的文章，主题是描述我们的国家如何物产丰富，如何地大物博，如何风土人情各不相同的。说地处祖国的东北正是天寒地冻白雪皑皑之时，而地处祖国南端的海南已是熏风正拂春暖花开；还说西北的高山如何雄伟广漠，东南的沿海地区又是怎样平坦富庶……后来，当我们在学校里讨论村里的变化时，已是初一学生的我们也是议论纷纷。同学们认定：一种经验、一份文件要让不同地域、不同气候、不同民族、不同文化的人一起模仿学习一起付诸实践，其结果只是会好心办坏事。班长肖晓芝用刚学到的成语造句更是一语惊人：买马村农业学大寨——南橘北枳！好在肖班长的父亲是村支书，又好在当场吓得面如土色声音颤抖的张老师在课堂上竭力"弹压"与"稀释"……不然，用成语造句的肖班长肯定会被打成小小的现行反革命呐。

买马村要求田成块、树成排倒没有什么困难，因为村里的稻田本来就是一坦平原；树要成排，也只需在春季挪栽一阵便可实现；可要屋成行，难度的确非常大……全村男女老少又是一番大干快上，前后历经五年时间，硬是弃舍了祖辈们生活了成百上千年的古老村落，重新在稻田间挖沟挑土建起了一个"井"字形的"新农村"。可怜买马村过去的老堤坝、老屋基上所有古朴的民居全部拆掉了，几人合抱的古树也被砍断，石桥、石道上的大块麻石也被撬起垫到了兴修水利的沟渠之中。

过去，村庄旧堤坝的中心地带有一个十分古老的"保险台"，堪称村里的政治、文化中心。它高出堤坝有十多米，是乡亲们过去防止大水淹村时，专门集中大量的人力挑土夯筑的，足有十个标准篮球场大，水灾时刻能容纳全村所有人畜临时居住。保险台上不但筑有古戏台、古祠堂和孔庙，还有一座村里最古老的私塾，离土台不远处的临湖码头边还有一座香火旺盛的城隍庙。

这些古朴的建筑，从形式到内容都各有讲究，给人的启蒙和教育也是影响深远。在浏览历史时发现：我们古老文化的特征就是对什么都有讲究，还有规矩有规则。历史证明，有讲究才有文化。有规则和讲究，文化和文明才能较好地普及与传承。

譬如，买马村的学童过去启蒙拜祭孔庙，是训导学子们从小就要尊儒尊孔，做一个孝悌、仁义、忠信、诚实之人。又如祠堂，它不但将一个人的一生都紧紧地联系到了一起，而且祠堂还是族长召集族人主持公道、惩戒犯罪、议事教化的重要场所；它似乎给一个人的一生都能较好地定位，一切行为规则都可以在祖宗家法那里找到答案。还如城隍庙，虽不排除有迷信的成分，但它却告诫人们要守人伦、尊法度，要有敬畏，不然即便是死了，其灵魂也要被上刀山、下火海、烹油锅。就连不起眼的古戏台，也兼有教化人们辨忠奸、明事理等诸多功效。我们倡导和谐，如果一个人，一个家庭，继而一个家族都和谐了，又何愁整个社会不和谐呀。

从我记事开始，买马村"保险台"上的古建筑尚还保留了一段时间，开始听说是大跃进、批儒批孔，紧接着是"破四旧""文化大革命"等政治运动依次开始之后，这些古老的建筑就拆的拆、铲的铲、推的推，全被荡平了。

夕阳下，只有祖先们一座座的荒冢还留在原地固守；一杆杆插在坟头的招魂幡在寒风的吹拂下飘摇不止，也仿佛无时无刻不在为失去的故园默哀招魂。

买马村原本只有稻田和鱼塘，农业学大寨之后，拆旧屋建新屋，古老的旧堤坝经平整改造，村里便多出了105亩旱土。当时每个生产小队都分有一块，用于集体栽种棉花和红薯。因土壤不合，栽出的棉花果小棉少，种出来的红薯吃起来也是又苦又涩。

文明的悖论

买马村古朴自然的建筑消失了，传统的礼仪和规矩也渐渐被村民们遗忘遗失直至遗弃。如果说村里的古老建筑被称作"皮"的话，其丰富多彩的文化礼仪活动便是"毛"了。皮之不存，毛则难有附着之物。

过去，村里的小孩自出生开始一直到百年之后离开人世，均有一套十分严格的生命仪式和程序。例如，一个人出生后要"洗三朝"、要举行"抓周礼仪"、要"发蒙拜孔庙"、要举行"成人仪式"等等，那是祖辈们一代又一代传继下来的，不能有丝毫的马虎和懈怠。

在老人去世临下葬的前一天晚上，还要举行一个"唱夜歌"仪式，以示有始有终。祭奠唱歌仪式较为隆重，我们印象尤为深刻。"唱夜歌"分三步进行：乡亲们吃过晚饭，先由"都管"先生（主持村里面的红白喜事，通晓事理和规则，且有福有寿，威望极高之人）叫上所有已故老人的孝子、孝女及晚辈们围跪在棺材前，由孝子向所有亲朋好友和来宾报告已故老人的生辰八字及卒时，还有生病、医治、去世的情况。接着便是每位孝儿孝女，包括儿媳、孙媳一一跪告侍奉、孝敬老人的经过。报告过程中，听众还可以插话评判……

最后，便是由一位手拿木鱼的道士领着众多的孝儿孝女及孝孙们，围着棺材不断地转圈，走在前头的道士则边敲木鱼边拖着长长的哀叹音，摇头晃脑地"唱夜歌"——歌词内容均以替已故老人歌功颂德和感叹人生为主，形式则多选用押韵顺口有节奏的四六句子，听起来，既好记好学又幽默动情。其中的《归山歌》这样唱道：

"归山好，归山好，何须在世生烦恼。人到中年万事休，月到十五光阴少。无男女，没老少，到头个个埋荒草。叹人生世事繁华一笔扫……"

此举最大的好处是，弘扬了老人在世期间的美德，对所有晚辈如何遵守孝道、敬重长辈更是一个莫大的鞭策和约束。不然，你在老人的灵前便无法交代，也很难逃脱亲朋好友及邻居们的评审关。

后来，唱夜歌活动虽照常举行，孝子贤孙们给先人的"报告传话"仪式却常被取消，原因是许多后人害怕难以"过关"。村里四组有位李姓老人去世，几位儿媳在灵堂前相互诋毁互不买账，居然动起手来，扭打一团，最后还把灵堂掀了个底朝天。几位村里公认的"都管"先生也从此金盆洗手，再也不接揽如此费力不讨好的义务劳动了。

从此，村里年轻人结婚生子、老人祝寿、建屋贺喜，以至老人去世，请的都是同一类型的现代歌舞表演，似乎露胸露腔得越厉害、插诨打科淫荡戏谑得越露骨，引来的掌声和看热闹的人就会越多。去年冬天，我回买马村参加邻居邓嫂姆的葬礼，在送老人上山入土的路上，丧事演出队迎风使劲吹奏的竟是一曲《妹妹你大胆地往前走》——"妹妹你大胆地往前走，往前走，莫回呀头，通天的道路九千九百九……从此后，你搭起那红绣楼呀，抛撒着红绣球呀，正打中我的头呀……"歌声飘落，让人摇头无语。

过去，每当春节来临总会见到许多老太太、大嫂们忙着剪窗花、贴门神、绣窗帘。红色门神和鸳鸯戏水、喜鹊闹春的窗花贴在门窗上炫目多彩，倍增喜庆。记得，这些手艺都是"翠翠""潇潇"的奶奶、姥姥等祖辈们一代一代流传下来的。老人们说，过去哪个女孩临出嫁之前不学好这些，便很难嫁出去；即使嫁出去了，也会被夫家人瞧不起，会被骂成"懒婆娘""笨婆娘"，叫你一辈子也抬不起头来。现在，春节才过去不久，许多乡亲们房屋的门窗上早已空空如也，一片萧疏。瘪嘴的邻居何嫂驰见多了村里的女孩儿挺着个大肚子结婚的，结婚离婚如同儿戏一般等等有悖传统的现象后，无不摇头叹息："绝代了，绝代了！越发冇得规矩了，冇得规矩了！现在是'懒婆娘''笨婆娘''骚婆娘'的天下啦……"

还有，腊月临近，村里的家家户户都会在一个个用石头凿成的石臼中杵糍粑，用稻谷壳和晒干的柑橘皮熏制大块大块的干鱼腊肉。只见家庭主妇们将一笼笼蒸得香喷喷的糯米饭倒入石臼中，五六位年轻的后生每人拿一根茶树木棒吆喝着号子，汗流浃背地趁着热气使劲捣腾。小孩子们则手捧糯米团一边吃一边在热气氤氲的石臼边欢呼跳跃。做好的糍粑经过雪水浸泡后，再经稍许晾晒，一片片便雪白如银。

严冬里，大人和小孩们围坐在火塘边，用烧火的火钳做支架，一边烤火，一边烤糍粑。糍粑经炭火的慢慢烘烤，个个都会烤得色泽金黄且膨胀如蛙，又香又甜。而如今，糍粑是用机械统一压制的，腊鱼腊肉也由乡镇的小型肉食品加工厂统一加工。这些通过机械加工后的传统食品，一般都会施放完防腐剂后再行塑料包装，吃起来完全没有了原生态食品的香甜感。抬眼望去，在乡亲们的猪栏牛屋中，间或还能找到一两只缺了角的石臼。望着糊满了猪粪牛屎，独处一隅的传统物什，无不让人平添几许历史的沉重感和失落感。

正月间，过去再贫穷的乡亲们也要攒钱唱几台花鼓戏，年轻力壮的小伙子们也都会头扎红巾，穿着单衣单裤在每家每户的禾堂中耍龙舞狮，热闹好久一阵。现时的春节，乡亲们要不是坐家中看电视，要不就围坐在一起打麻将，连麻将机都换成了全自动的。不远处，断续传来住在村尾的易娭毑用嗓子眼发声，略显尖刻细远的《望郎歌》：

正月望郎是新年，欢天喜地闹翻天，情郎不懂妹子意，眼泪落来像雨点；二月望郎是花朝，春色恼人妹心焦，可惜情郎不在屋，满腹心思像火烧……

歌声飘去，无人应答，只引来寒村里几阵大狗小狗们的狂吠。

隔壁生产队的易爹，曾是买马村远近闻名的木匠师傅。尤以一手祖传的镂空雕花家具做得最好，堪称水乡一绝。记得，我当兵离开买马村之前，父亲还曾多次提到要送我到易爹那里去当徒弟，学做木匠。并劝导我说，学一门手艺，将来就不愁没饭吃，更不愁找不到老婆云云。今年春节期间，我在村里碰到已年逾古稀的易爹，却发现老人早已改行做了一名装神驱鬼的道士。易爹苦笑着对我说：木匠做得再好，现在也没人请你了，年轻人结婚买家具都是去城市里买现成的；做道士，谁都知道是唬人的把戏，连我自己也不相信；可我现在的生意却奇好，请我的人要排队，每次出去一趟便有好几百元的收入……易爹还告诉我，过去就是信迷信，也还有规矩有讲究。比如给已故先人烧灵屋和祭品，要在先人下葬后的晚上进行，这样在阴府的亲人才能收到。现在，绝大多数孝家怕多耽误一晚上的时间，通常在送完老人上山吃过中午饭后，就用一把大火在大白天里将纸屋、纸钱、纸车、纸丫环等等统统烧掉了，至于阴府的先人是否收到，则很少有人去管它了。

在买马村与易爹一起改行或消失的，还有许多身怀绝技的篾匠、石匠、铁匠、泥水匠、补锅匠、剃头匠，以及唱皮影戏的、弹棉花的、闹地花鼓的等民间手艺人。他们的消失，似乎正是宣告了一个时代的流转或更替。冷风吹来，萧瑟的水乡村庄仿佛到处飘散的都是一股股腐而未朽、腥而未臭的鱼腥味……

在追溯乡村古老的文化与文明中，规矩和庄重是使其传承与发展的根本。庄重一词的释义，原本为严肃稳重，不随便，不轻浮，依正庄严。文化与文明如果没有规矩便不成方圆，如果失却庄严与庄重便将失去一切，到处是散沙一盘。

阳春三月的买马村，又到柳枝吐蕊，春耕正忙的时节。在这片曾经印满我年少时手印和脚印的田地里，见到的却只有寥寥可数的几台抛秧机器，以及几个背着箩筐直接往水田里抛撒谷种的中老年人。邻居驼爹告诉我，乡亲们早已不对过去视为命根子般的肥田沃土进行精耕细作了，取而代之的是机器抛秧，联合收割，或直接往稻田里播撒谷种，靠天收粮、等天吃饭。

当我有些童心未泯地脱下鞋袜，卷起裤腿，踏入泥田，重温少时旧梦的时候，我发现，过去寄生于水田里的泥鳅、黄鳝、田螺、河蚌之类的生物统统不见了踪影，到处是沉寂一片。原来，现在的稻田用机械平整后，全部施用了一种名叫"稻田净"的农药，田地间便寸草不生，生物绝迹。红花籽和油菜等自然绿肥再也无人栽种，田地间深埋浅撒的全是钾肥、磷肥、碳铵、尿素等超强度的化肥。难怪，现在的乡亲们再也没有农忙农闲之分了。大多数时间都是搬几把椅子，三五成群地聚集在树荫下一起聊天、打牌、吹南风、买地下六合彩。

禾黄稻熟的时季，见不到像士兵集合般成行成块的庄稼，听不到蛙呱蜂鸣，闻不到田坎边野花野草的芬芳……我总感觉少了些什么？

村里的小组长何大伟告诉我：村民们现在自己种的粮食自己不要，自己养的鱼自己不吃。我惊问，那大伙吃什么呀？何组长回答：吃自留田和自留塘里的！

原来，乡亲们大都把分给自家的大块稻田和大片鱼塘圈留出一小块，单种草养，不施农药不喂饲料。可怜那些施了农药的粮食，喂了饲料的鱼类及牛羊牲畜全都卖给别人吃去了。听后大伙全是一阵摇头苦笑。身在其中，我却连笑也笑不出来……身心显现出一阵又一阵彻底失去故园的切肤之痛。

在过往的岁月中，买马村乡亲们的生活固然辛苦贫穷，但他们勤劳乐观，遇事讲规矩遵法度，懂得敬重爱护自然，珍惜脚下的每一寸土地……可现在，他们却遗弃和失去了与自然相互依存的生活方式，也失去了对农、林、牧、副、渔等农耕与农事精耕细作的技能和耐心。

他们身在自然，却甘愿遗弃自然；他们得到了土地，最终又抛弃了土地。

贫穷之痛

在我的印记里，也许是家乡自古水灾不断，有的乡亲即便好不容易省吃俭用积蓄了一些钱财，或添置了几亩水田，但一场大水，便立马回到从前。现实，迫使他们形成了既重财又轻财的双重性格。性格的双重性，还体现在：仁义时特别仁义，凶狠时也尤为凶狠……重财者，省吃俭用，一分一亩从买边角水田开始，逐年积累遂成富农或地主。大人们告诉我，村里的几户地主富农平日他们连油都舍不得吃，做梦都在想积累财富。小时候我家隔壁住着一户姓陈的富农，他家炒菜只是用一根鸡毛在油罐子里插一下，然后在烧红的锅边刷一圈就当下油了。后来，我母亲告诉我，外公做地主之前也是这般节俭的……这一发现，多少让我有些颠覆了脑海中对地主富农固有的成见。轻财者，今朝有酒今朝醉，赤条条地来赤条条地去。过去，祖辈们结伙打鱼或劳作上岸，只要稍有空闲也大多会从橱柜中拿来一只饭碗或蒸砵，将一枚铜钱或光洋拧转盖上，以猜"正面""反面"定输赢，简称"押宝"。后来发展为推牌九、打骨牌、打跑胡子……买马村的父老乡亲们敢于跟命运作斗争，敢赌敢搏；重现在轻未来，注重物质利益忽视精神追求等个性和喜好，我是从小便有见识和领教的。

由于水灾频仍，一些遭到了水灾或人祸的乡亲，走投无路之际，一小部分则干脆洗脚上岸，做起了春不种秋不收的"湖匪"。和我父亲一起长大、一起放牛、一起给地主家当长工的吴叔，一年水灾之后，因还不起地主家的债务，便怀揣一把木头做的手枪，跑到洞庭湖里做起了湖匪。他们白天在洞庭湖里抢劫过往船商，晚上则潜回村庄给有钱人家"写灰子"（也叫"丢单子"）——叫某某地主或富农，于某某时间，送多少担稻谷到某某地方。据说，吴叔只在湖匪队伍里干了三天，其中只有一次晚上将脸用木炭涂黑，点燃绑在木头手枪上的鞭炮，砰砰几声恐吓过一位邻村的地主，还没抢到钱粮。就凭这点，解放后大名叫吴才福的吴叔被划定为"反革命分子"，几乎天天挨批挨斗。学校的老师还编了几句童谣发动学生们喊唱：

"野鸭子跳上柜，吴才福犯了罪；……木头手枪抢鱼肉，今日叫他下地狱"。

一到村里开大会，吴叔就首当其冲，常被几个武装民兵反绑双手吊在会场的大木柱上。利用木柱顶部的滑轮，用绳索反复升降……喊爹叫娘的救命之声不绝于耳。

邻村一位姓陈的湖匪，手下有两百人枪，号称南洞庭湖匪第一。他们长驻湖中打家劫舍，国军来了打国军，日军来了打日军，临解放那阵又与共军作对……解放后，全村开批斗会，村干部为了体现积极性和革命性，要求在场的每个群众往早已五花大绑的陈姓湖匪身上戳一梭镖，结果这位湖匪硬是被活活戳成了一个肉饼……此事反映到当时南下的第一任县委书记、县武工大队政委华国锋那里，为头的那位村干部不仅遭到了华政委十分严厉的批评，还被他下令关了10天的禁闭。

据我长时间的观察，留守在村里的老人和妇女们大都没有特别的娱乐和爱好，他们不喜欢聚在一起唱歌、跳舞，也不喜欢看电视。平日里聚在一起最多的便是打一种用长条形硬纸片做成的"跑胡子"。这种纸牌相对麻将和扑克来说比较简单，上面只有大写和小写的几个阿拉伯数字。有时，我到村里去看望老人，只要到固定的几户人家便几乎全都可以找到。老人们也有固定的牌友，固定的活动场所哩。老人打这种纸牌，都会下些赌注，一般不是很大，每盘的输赢也就几毛几元不等。没有零钞，他们（她们）便用香棍子、牙签或扑克牌做筹码，半天或一晚下来再行结算。

邻居秋娭毑小时候当过童养媳，一辈子没上过学，平日里一个汉字一个数字都不认得，可打起"跑胡子"来，纸牌上的大写小写数字却都认识。一次，读小学的孙子不相信，便用粉笔在墙壁上写下小写和大写的"三"字，秋娭毑的头摇得像拨浪鼓。待孙子抽出写着大写"叁"的纸牌，老人的眼神却是突然一亮……我一位远房的堂舅妈，已有七十多岁了，家境不怎么好，老人天晴就到村里去捡垃圾，交给"收荒货"的人换些小钱，下雨天便会雷打不动地跑到隔壁任娭毑家去打纸牌。有时为了算错的一毛两毛钱的赌资，堂舅妈还会与人争得脸红脖子粗。我一位叫"满爹"的堂爷爷也是爱钱和嗜赌如命。村支书告诉我，村里搞文明新村，要求每家每月出 10 元钱的卫生费，每次堂爷爷都是全村最后一个上交的。村支书诉苦，为了收取堂爷爷的 10 元钱，他一般都要跑三次以上。可听说买码，他老人家几千上万地买，连眼睛都不眨一下。

小时候最疼我的二舅，从小不喜欢读书，却特别爱好赌博。他几乎没什么文化，仅会写自己的名字，家乡所有的赌博工具和方法他都样样精通。自己结婚的钱，建房的钱，以至于后来治病的钱都被赌输得精光。有时，大伙忙没人陪他玩，舅舅就一个人坐在家里，拿着一副牌，左手和右手赌。也许是二舅无家无业，革命最彻底的缘故，后来他还当过很长一段时间村里的民兵营长，经常指挥手下的武装民兵今天捆这个明天斗那个，这时的外公总会跺着脚痛骂二舅：丧天良，造孽，要遭报应……那时，像二舅这样的"流氓无产者"把持、参与乡村管理的干部还真不少。他们大都愚昧、武断、凶狠，执行上级的错误指令却最为彻底，对乡村传统文化和传统文明的破坏也最为坚决。

后来，改革开放了，村民们都忙着勤劳致富，早已免职的二舅却仍是游手好闲，不务正业，见人总说："再来一次运动，我仍是贫农，你们又都是地主富农，是'资本主义尾巴'，看我将来怎样批斗你们……"二舅的话，总是引来邻居们的当场哄笑，都骂二舅是个疯子！

在过往的岁月中，乡亲们因受传统文化的熏染，以及祖宗家法的制约等因素，其好赌、敢赌、敢搏的习性还算收敛与克制，但自从"打破一个旧世界，建立一个新世界"的口号叫响，即各种政治和文化运动依次展开后，他们就有些彻底"解放了"的轻松及放纵。由此，从个体到群体，从形式到内容，乡村的传统文化与文明便迎来了一次大的断裂甚至倒退。

情形颇像一位给娃娃洗澡的村妇：泼水时不小心将小孩连同脏水一起倒掉了。新的文化与文明又没有很好地建立起来，留下了一段历史的空白与磋砣。

买马与买码

考证买马村的历史，我发现无论是其人口的变迁、财富的聚散，还是土地的流转以及风土人情等等，均可印证一句哲言：历史没有简单的重复，却有惊人的相似。譬如人口，买马村解放前是一千多人，人民公社化的时候增加到三千多人，现在又回到了过去的一千多人。又如土地和财富，解放前全村的土地集中在李姓、郑姓、陈姓几户地主手里；改革开放后，村里的土地又大多被李家、郑家、陈家承包，且他们几家又相对其他姓氏的村民要有钱些。还有，买马村，无论是秦叔宝卖马当铜也好，还是钟相杨幺招兵买马也好，均以买卖马匹有关。

当历史的车轮就像家乡古老的水车，吱吱呀呀地行进至当下，历史又重现了相似的一幕——前年春节期间，湖南的新闻媒体集中报道了一条新闻：《买马村里买码忙！》。2012 年 2 月 11 日，湖南经视还以此为题在电视里做了连续的追踪报道。

"马"与"码"两字，读音相同，其含义却截然有别。后者的"码"，是一种地下六合彩，也是一种变相的赌博行为。无独有偶，家乡买马村的周边虽没有买牛村、买狗村，却有一个"庄稼村"。该村与买马村仅是一条田埂之隔。庄稼村，在赌博之风一度肆虐的时候，也演变成了一个十足的"庄家村"。一个坐庄、一个买码，真有点像天作之合。

买马村自古就被称誉为"鱼米之乡"。可乡亲们除了改革开放最初几年，日子红火过一阵，后来就因农药化肥涨价，谷贱米跌，湖区血吸虫病卷土重来，渔业生产萎缩等原因，乡亲们的"好日子"不久就归于沉寂了。他们仍旧过着有饭吃有衣穿有房住，但却总是缺钱花、精神空虚的生活。这样一来，乡亲们想得最多的竟是如何一夜暴富，以小的投资去换取利益的最大值。以前，村里玩赌博均以成年男子居多，后来买地下六合彩则发展到半数以上的男女老少都参与的地步。村民们的所作所为正像一句古语所道：非关道德合，只为钱相知。

地下六合彩，始源于香港，后传到广东，大约在七八年前传到内地；其庄家的分布也是如此，总庄在香港，大庄在广东，散庄及小庄在内地。其设置为 1 至 49 个号码，分 24 个单码、25 个双码及特码。如此不同的数字分段属于十二生肖中的不同动物，每星期开奖两次。普通单双号码均设一个中奖号码，其中特码的倍数最高，通常为下注金额的40倍。春节前，在县城地下庄家的把持下，买马村的码民们共有11期开的都是单码，那些买了双码的人仿佛被注了鸡血一般兴奋和疯狂！——他们指望一旦轮到双码中奖，便会拥有数不清的钱财。

"买六合彩去，投资一份便有几十倍的盈利。"那段时间，这种购买地下六合彩的声音在买马村的村舍田畴间不绝于耳。因是临近春节，彩民们都买红了眼睛，他们不断地下注，早已搜刮尽了自家所有的积蓄，连在外打工的儿女亲戚们的钱都被他们扯进来不少。眼看事情闹大了，这时的庄家和彩民们都选择了报警。庄家选择自己报警，是因为买码的钱款早已支付给了上线，自己赔付不起只好躲进看守所，寻求警察的保护；彩民们报警是想让政府和警察出面追回他们自己的钱财……警察无可奈何之下，大肆在全县境内抓人捕人，一时鸡飞狗跳，人心惶惶。

邻居王兵的老婆小张，做地下庄家被公安局收审，后判刑六个月，并罚没了家中的全部积蓄。派出所的卷宗显示：小张"写单"上百次，输送买马村彩民们的码金累计达两百多万元！这些几乎是全村所有乡亲们的全部积蓄，每个钢镚都凝结着他们辛劳的汗水哩。从监狱出来后，村民们问小张有何感受？她说没有什么感受，只有感慨。因为坐庄虽没赚到什么钱，但写码单时见过一编织袋一编织袋鲜红鲜红的大钞票，也算是开了眼界哈。

临湖码头年逾七旬的田爹，解放前曾是资水江畔年纪最小的一位水手，终身未娶，仅靠耕种几亩水田和政府的救济维持生活。前不久，田爹见村里个别邻居买地下六合彩发了财，不免心动。可他家徒四壁，唯有卧房中一袋刚碾回来的大米还值点钱。他心想，如果赌中了，一袋大米便能换来几十倍的利益，不免心血狂热。冷静下来，也明知此中风险。于是在卖掉大米下赌注之前，不忘给自己也准备了一瓶农药。结果是，大米输掉了，老人把农药当水喝，死了。直到紧闭的茅舍传出难闻的臭味，方被邻居发现。

一些乡镇干部惊呼：地下六合彩的风行，就像一把在人头上清理虱子的篦子，将乡村的财富基本上刮洗光了，谓其是当下农村自解放以来第二次致贫的罪魁祸首（第一次致贫是指"大跃进"，猛刮共产风、浮夸风、干部瞎指挥风等"五风"时代）。

那段时间，村民们吃饭、睡觉谈论的都是买码。他们文化程度不高，却都会寻来一张名叫《白小姐解码》的码报，有的识字实在有限，便逼着放学回家的孙子孙女念；他们还自己发明在填报码单的数字时，收看中央电视台一档"天线宝宝"的少儿节目，当天线宝宝里的动物出来几个或跳到几下，便填报与生肖相对应的数码……以至于稻田里的耕种无人管，菜园里的蔬菜无人种，儿孙们读书的成绩下降了无人问。为此，有点文化的乡亲们你一句我一句，还编排了一段十分形象的顺口溜：

相见不问好，开腔言生肖；上期已出牛，这期该马跑？输者长叹息，赢者怨注小。田亩少人耕，沃野生蒿草。电视及时雨，码报如雪飘。遥望买单处，人如东海潮。

政府和派出所虽也多次过问，无奈法不责众，最后只好在买码下单的几日通知电信公司，屏蔽农村所有的手机号码，让码民们在关键的几日不能用手机联络和报单。此举最终仍是收效甚微，不能用手机，村民们便用座机。电话再打不通，他们就骑单车、骑摩托联络，反正多的是应对办法。

众多的"买码"队伍中鲜见有真正发了财的。他们当中即使偶尔中了大奖，也因不会收手，而是又投入到下一轮的购买之中，大都血本无归。也是这一段时间一个星期天的早上，睡梦中的我突然被一阵丁零零的电话声吵醒。电话是堂爷爷从买马村打来的。老人家说他买六合彩已赌光了全部积蓄，连"棺材本"都搭进去了。这次看准了一个特号，准备下重金最后一搏，还差几千元钱，叫我无论如何支持他一下。最后，他还说，这是他人生中最为重要的一搏，中了连本带利归还，亏了就权当送给他的"丧葬费"！

后来听说，借钱买码的堂爷爷果然中奖了。几千元的特奖，一下得了好几万元。抱着沉甸甸的"馅饼"，堂爷爷不知所措，环顾家徒四壁，连个牢靠些装钱的柜子都没有。老人既怕偷又怕抢，只好开着拖拉机，把集镇上百货商店中库存的唯一一只保险箱搬回了家中。后来又叫人将那扇早已破烂不堪关都有些关不拢的房门换成了一扇二手的防盗门。

堂爷爷后来告诉我，得了大奖确实高兴了一把，但却麻烦不断。白天，要应付闻讯赶来借钱道贺、取经探秘的亲戚和邻居，每餐都要增加一桌多客人；晚上还不敢睡觉，怕有人起偷盗之心。可即使这样，堂爷爷的"好日子"也没过足两个月。不久，梦想得到更多财富的堂爷爷，又满怀信心地投入到了一期接着一期的地下六合彩的博弈当中，很快就把赢来的钱又折腾完了。一只只有农村信用社才配用的保险柜，便成了老人家中众多破烂家具中的一个显眼的摆设。有意思的是，没有了本钱再买六合彩的堂爷爷却做起了租赁保险柜的生意。第一位中了奖的邻居租保险柜装钱，用了三个月又赔了。第二位也只用了十来天。一年不到，保险柜就换了七八位主人，也移动了七八次。

为此，我和堂爷爷曾有过一段对话："爷爷，假设您老真的中了一百万，你准备怎么花呀？""我要建一幢乡政府那么大的楼房，要天天喝酒、吃肉，买码、打牌；每次打麻将下赌资我要下得大大的，打一百元就'飘'五百，要'飘'死那些过去赢我钱的人。"堂爷爷快言快语一脸兴奋，仿佛那美好的日子就在眼前。"可是建那么大的楼房，家里也没多少人住呀？再说天天酒肉下肚，容易致病；打牌赌博，公安也会来抓，你就没有想过做点别的？"尽管我有意想将老人的思维往如何投资让后代多读点书、如何做些让人生更有意义的事情等方面引导，但反馈给我的却是老人满脸的不屑和迷茫。我唯有报以一声轻轻的叹息……还惟恐声音过大，惊吓了堂爷爷的"发财梦"。

最后的结果是，买马村买码不但没一个人发财，而且情形极像1954年的夏日——买马村历史上遭受的最大一次洪灾，滔滔恶浪洗刮尽了乡亲们所有的积蓄和钱财。

历史的惊人相似，让买马村又回到了毛泽东主席用诗歌描写的场景：千村薜荔人遗矢，万户萧疏鬼唱歌。

留守之殇

时间：春节过后不久。

地点：买马村村口小卖部。

人物：我和一位初中女同学及她的儿子。

经过：我正和几位乡亲闲聊，女同学一手提着鸡鸭、一手牵着小孩正从不远处向我们走来。乍见多年未曾谋面的同学，妈妈忙叫正在逗玩怀中一只小狗的儿子，给同学叔叔拜年。

呵呵——呵呵声中，我一边抚摸着孩子怀中小狗的脑袋，一边往他口袋里塞了两百元钱，权当迟到的压岁钱。女同学忙喊："不能要，不能要！"儿子却放下小狗，用两只粉嘟嘟的小手压着装钱的口袋，生怕被人抢走，还把小嘴翘得老高老高。

不久，只见孩子掏出刚才我给的两张百元红色钞票，一张一张反复在不是十分光亮的天空下照着，一边仔细端详，还一边反复摩挲，过后还用他稚嫩的童音喊叫道："妈妈，这张是真的，这张也是真的。"孩子也就四五岁的样子，小孩的早识早熟多少让我有些惊讶。疑惑间，我就从眼前的一幕找到了答案。一位邻居手拿一张整钞来小卖部买酒。店主老人接过钞票先是摩挲、照看，确定不是假钞后才放回抽屉锁好。邻居接过瓶装酒后，也是反复倒摇、摩挲，确认不是假酒后，才接过零钱转身离开。在初春略有些寒意的阳光下，买卖的过程配套顺畅，仿若自然。

闲聊中，村卫生室的小杨还跟我说起了一起"假白酒"与"假农药"的故事。说是前几年村一位姓许的男性村民因赌博与妻子吵架赌气喝了半瓶"敌敌畏"……谁知过了大半天，居然一点事都没有。晚上，几位赌友前来许家"庆贺"，四人喝了一瓶白酒却全部中毒，在村卫生室吊了一晚上瓶子。现时的乡村，假药成灾，劣货遍地……致使乡亲们旧苦未除，又添新难。

回望乡村，炊烟散淡，云低光暗，连狗吠鸡鸣声也失去了往昔的亢奋与响亮，到处都是一张张褪了色的黑白照片的感觉。青壮年大都到城市打工寻梦去了，乡村留下的多是老人、妇女和儿童。他们每天多是三件事：聊天、买码、打麻将。——快乐是长时间的，痛苦只是短暂的一瞬！

学龄前的小孩大多跟在老人和妈妈的身边，其启蒙教育也都与前面的三件事有关。小的们不认识更多的汉字，唯有麻将牌里的东、西、南、北四字记得最清。更有甚者，妈妈或爷爷有事离开牌桌一会，观战的小朋友便会爬上板凳，居然可以打出几张大伙认为正确的牌来；他们不懂更多的加、减、乘、除，却能算出大人们买码中奖后的倍数。村头刘二牛六岁的儿子毛毛在用毛巾蒙住眼睛的情况下，仅用拇指摩挲，便能准确地报出每一个麻将砣的牌面，被村民们誉为"神童"。

小朋友们还知道：如果买码中了奖、打麻将赢了钱，爷爷、奶奶，或者妈妈的心情就特别好，这时就可以要钱买糖果买饮料喝；如果大人们输了钱，就须格外小心，不然就会遭骂，甚至挨打。玩笑间，问及小朋友们最幸福的事情是什么？小孩们十有八九会回答：大人们天天赢钱，我们天天过年！——这时，稚嫩的童音，常常会引来大人们一阵阵开怀的哄笑。

这些年，买马村和别的农村一样经济发展了，两层三层的水泥楼房也越建越多，坐在楼房边的茅草屋和偏厦门前抽着廉价香烟，不停咳嗽着的老人们却没有相应地减少，成了家乡一带特有的场景。农村孩子普遍结婚较早，儿子成家分开另过时，父母的年龄也就五十来岁。这时的老人老得就特别的快，往往不到六十岁有些便会撒手人寰。这其中有做父辈的感觉自己"挣票子、盖房子、娶妻子、生孩子"的人生任务完成了，没有了精神追求和动力有关。当然缺医少药，常把小病拖成大病，缺少儿女们的关爱，缺少健康向上的娱乐活动等等，也是他们越活越没劲，身子骨垮得快的重要原因。

水乡有句俗话：起屋造船，昼夜不眠。洞庭湖因常年淤积和围垦日渐缩小，血吸虫病重新肆虐，人们用迷魂阵围网竭泽而渔。鱼没了，造船就可有可无了；做一幢漂亮的水泥楼房，便成了乡亲们一辈子最大的理想和家族的荣耀。"不孝有三，无后为大"

"养儿防老，积谷防饥"一直是乡亲们挂在嘴边的两句话语。儿子多了，做父辈的就压力山大，儿子长大一个就得成家分开一个。这时做父母的就得让出正房和像样子点的家具，老两口搬去偏厦或阁楼或单独再搭建一个简单的茅屋，了此残生。民谣道：

> 儿子成家快，父母得个烂锅盖；儿媳心真狠，分给婆婆一只烂马桶。

行走在故乡既熟悉又陌生的农舍田畴，偶尔也会碰到一两位信佛和信教的老人。他们大多行色匆匆，一脸肃穆。在虔诚的坚守和苍凉的祷告中，伤痕累累的身体和心灵似乎找到了一丝慰藉与温暖。其实，一个人无论富贵与贫穷、健康与疾病，心灵都须有一个神圣的去处，精神需要一个温暖的依托，用以冲破和抵御现实无边的黑暗与虚无。在深入的了解中，乡亲们对佛法和基督教的教义均是不明就里，一知半解，缺乏正确的引导和规范的教化，只是为眼前的病痛和困顿谋求暂时的解脱。——没有利人只是利己，没有长远只有眼前，没有来生只有今世。

邻居唐娭姆半路信佛，问及前后有何区别？老人腼腆地笑笑道："不好说，不好说哩。硬要说有什么不同，只能打一个比喻哈。以前杀鸡，杀了就杀了，简单得很。现在信佛，鸡还是照杀，只是在杀之前，我都会念一个口诀：'畜生畜生你莫怪，你是我盘中一碟菜。'"众人听后，莫不一阵哈哈大笑了事。

返回都市，我总会隔三岔五地找些距离较近的乡友小聚一番，聊聊以往的乡村生活，聊聊童年的故事，聊聊似乎有些渐行渐远的乡村文化与文明——以解乡愁。在我们的话题中，故乡总是自然古朴、温馨温暖的，那里有人与自然的和谐相处，有我们共同的祖宗和精神家园，有我们祖辈的过去更有我们的将来，是世俗之外的清静世界，更是我们向往回归的伊甸园。然而，无情的现实更是让我们明白，要让家乡重归自然与文明，还有一条十分漫长的路要走——如此这般，让我们又都似乎患上了同一种乡愁病。医学的解释是：乡愁病体现的症状可能是但不限于：胸腔紧迫、喉咙嘶哑、胸口疼痛，而且会引起绝望的情绪。

春节期间乡友们同聚村中，几杯谷酒下肚，同吟的竟是唐代韦庄的诗句：相逢俱此地，此地是何乡？侧目不成语，抚心空自伤……纵有秦医在，怀乡亦泪流。

回不去的故乡

买马村因交通闭塞，经济基础差，村民们除了耕种稻田，饲养一些仅够换些零花钱的淡水鱼之外，就没有其他的收入来源了。要赚钱，必须外出打工。统计表明，全村现有人口1320人。男性695人，女性625人，18岁至30岁的年轻人248人，长年在外务工人员285人。其中不难看出，全村18岁至30岁的年轻人总共才248人，长年外出务工人员则有285人。两个数字相抵多出了37

人。显然，这多出的外出务工人员无疑是30岁年纪以上的男女村民了。

村里的妇女主任唐芸芸告诉我，早已出去打工的现在还留在城里，想出去的至今还走在外出打工的路上。村会计老胡更是一语中的。他说：全村年轻力壮的，长得漂亮的都出去了，留在村里大都是"四鬼"，即老鬼、小鬼、丑鬼、懒鬼。去到城里的，有城里的痛苦和快乐，留在村里的则有留下的惬意和无奈。

买马村由于长期的交通隔阻，自给自足的乡村经济难以承载年轻人太多的梦想，他们总是想方设法远走高飞，离开生于斯长于斯的故乡。可要离开也绝非易事，改革开放前，要想走出水乡只有两条路可走，一是考学，二是当兵。改革开放之后，无疑又增加了另一条离乡之路，那就是加入千千万万个打工者的行列。凭借年轻人一身的力气，凭借学东像东学西像西靠祖辈遗传下来有些近水者智的聪明，在都市缤纷斑斓的世界中打下一小片天地。买马村现今在外面尽管有做官的，有当老板发财的，但他们的结局大多与我本人有些相似，成了一群找不到回家的路、再也没有故乡的人。

上世纪八十年代以前，走出买马村的人寥若晨星，屈指可数。靠读书上大学出去的几乎没有，原因是乡村的教学质量差，师资力量有限。记忆中，整个买马村仅有一所自办小学。我们七岁上学，每天晨起先要帮家里放牛打猪草干农活。待吃完早饭，太阳升得老高老高了才乐哉悠哉地一边走一边玩到学校，下午最多也就上一两节课。遇上春插、夏收、秋种等农忙时季，村里干部还可以随时通知村办小学停课，让学生们回家帮忙。

学校的老师也是半农半教，他们大多是读过一些书后又回到乡村的农民。我所在的生产队就有一位姓李、一位姓付的民办教师。李老师教语文，付老师教数学。他俩的学历都是初中毕业，连高中都未上过。李老师当了几年民办老师后，又改行当了村干部。那时村干部吃香，村里几乎所有人家操办红白喜事，都得请村干部们到场吃喝一顿；而且他们谁都可以指挥村里的武装民兵。村里当时有一个武装民兵连，每人都有一杆半自动步枪，可以随身携带。村干部们整日背着手，踱着方步在村庄里巡视，看谁不顺眼了，便可以就近喊叫附近的民兵用绳索捆起来，叫游街就得游街，叫当众做检查就得做检查。

村里和我一同出去当兵，后退伍在县城工作的战友马骏，过去家里成分不好，父母老是无缘无故惨遭批斗。他最大的理想就是要当上干部，好好威风一番。可他文化有限，在部队没提干，退伍回乡后历尽千辛万苦，经过十多年的努力，终于在县城机关做了一名科级干部。过去马骏家穷，没钱送礼，只好送家养的土鸡土蛋。他母亲每年都要饲养好几十只土鸡。用老人的话说，一把碎米一把青菜地喂鸡，把人都喂伤了……

前不久，马骏却在找我诉苦。他说，以前当干部威风，我们拼命想当干部；待我们好不容易当上干部了，可现在当干部不但不威风，还尽受委屈，懊悔之情溢于言表。因为就在前几日，我俩还看到了令人惊心的一幕：几位县城附近的村民上乡政府讨薪，一位乡干部指手画脚惹恼了村民，村民们"一二三"地叫着号子，抬着乡干部硬是把他扔到了乡政府前面的鱼塘里。

印象中，付老师的骨牌（水乡农村一种用竹板削光，用烧红的铁器在上面烙上印记的赌博工具）打得好，常见他在农闲的时候跟一帮村里的老头老太太们在一起小赌，牌友中鲜见有付老师对手的。输钱恼火的老人们也常有抱怨，说付老师教小孩读书的水平能有打骨牌的一半就好了……呵呵。

说起乡村的教学质量有限，有两件事可以佐证。一件是，我上到小学五年级，还不会除法。当时我还是班里的语文课代表，每周一要戴一个红袖标值日，清点到校人数，填写值日表。表格中有一栏：应到多少学生，实到多少学生，要求算出百分比。可我怎样也算不出，请同学帮忙，也有一多半同学尽翻白眼无可奈何。第二件是当时正是村里人口急剧增长的时候，我们一个班级便有五十多人。不像现在，全村的小学生总共加起来才只有 53 人（2013 年春季的统计数字）。我们在村里读完小学，便面临到公社中学读初中的问题。可能是公社中学一下子无法接纳的缘故，抑或还有别的原因，我们便在村里的小学上初一，学生还是这些学生，老师也仍是以前教小学的老师。读了一年初中，我们要到公社中学去读初二。进入之前进行摸底考试，结果我们那个初一班五十多人，几门主要功课竟没有一个及格的。只好全部降一级，在公社中学重新从初一读起。也正因为如此，在我走出水乡之前，全村几乎没有能通过正常读书考上大学的。当时幸运地走出买马村的仅有两位，也都是当兵后表现好，提干当了军官后才留在部队的。

一位是村里五小组的庄小牛。他和我哥哥同岁，从小就帮家里干农活，挖鱼塘挑大堤什么都干，还是村里的"青年突击队长"。由于超负荷的劳动致使脊背还有些微驼。小时候，我们都叫他"牛驼子"，被他逮住吃过不少"钉弓"。听说，他在部队是因为喂猪喂得好，立了功，才被提拔当了连队司务长的。又后来，听说他找了一位驻地副县长的女儿结了婚。把我们一帮梦想出人头地，梦想离开农村的年轻人，羡慕得直流口水。

再见庄小牛却是三十多年后，地点仍是买马村五组。从穿着打扮、言行举止感觉庄小牛就是乡村一个普通的老者。他抽的是乡亲们常抽的五元钱一包的"白沙烟"，喝的是村里人自家用稻谷酿成的散装谷酒，住的还是几十年前父亲留下的老屋。他常跟村里一帮上了年纪的老头老太太们玩"跑胡子"，每日输赢几十块钱左右。唯一不同的是，仍就操着一口想改也未曾改掉的辣椒味道的普通话。他一年四季一半时间在买马村独住，一半时间住在原来转业安置的广东韶关。听村干部告诉我，买马村大兴买码之风时，他还是积极的参与者。老庄先是在广东买，买得败了家离了婚；在老家买，又把准备翻新祖屋的钱全部买光了。他二十岁离开买马村，五十多岁又回到故乡，仍是两手空空，只是脊背更加佝偻，面色更加苍老而矣。

另一位当兵走出买马村的人叫周学武。周姓在买马村属旺族，人口众多。周氏父辈那一代有七兄弟五姐妹，过去村里最大最好的祠堂也是周家的。由于家教颇好，因故周氏一家后来靠当兵、考学、当老板出去的人也最多。周学武大我约十多岁，还在我穿开裆裤时，他已经是部队的营级军官了。记得，那是我上小学二年级的那年冬天，周营长脚蹬翻毛长筒皮鞋、穿着四个兜的干部服回乡探亲。印象最深的是，他领着一帮村干部，提着手枪，在村边结冰的内湖中打野鸭。那时，也许是当时社会风气尚好，抑或是军队战备观念强，军官休假或出差外出均可以随时携带手枪。颇不像我在部队当兵近二十年，难得有几次摸枪的经历。即使上世纪九十年代初，我在连队当指导员并代理连长，上级怕哨兵站岗携枪走火，还曾专门通知，要求将哨兵站岗所用枪支的枪栓全部卸掉。当时，我们便忍不住私下嘀咕：没有枪栓的枪支与一根普通的打狗棍没有啥两样哈。

在乡村茫茫的冬日大地上，看着周营长带领村干部们一会匍伏、一会跳跃用手枪追打野鸭的场景，那种感觉套用现在流行的词语，便是：羡慕嫉妒恨。周营长后来当了团级干部，不久转业回到家乡地级市的电力部门当了领导。他一家因为他的升迁与发达，也是"沾光"不少。一个弟弟被公社作为回乡知识青年的代表，选送读了工农兵大学，后来进城当了干部；一个妹妹随他安排在城市工作；其他好几个亲戚也是经他出面，通过推荐招工、提干等等都走出了买马村。再后来，听说周营长因违纪问题被免

174

了职，十多年过去了乡亲们未见他再回买马村。最后一次听说他回乡，是前年他八十多岁的老父亲去世的时候。在老家，凡老人去世，亲戚朋友拜祭均要给孝家随上一份礼金。家中兄弟姊妹多的为避免事后分配的麻烦，均要分开"上簿"。但周营长没有这样做，一是他只认出钱办事，不过问收受礼金之事；二是他要求兄弟姊妹朋友的礼金一起上簿；三是父亲的丧事过后，经他做工作，把礼金的大部分让给了至今仍在村里以理发营生，家境较差的二弟，自己分文未取。仅凭这点，又一次让我增加了对周营长的敬重。他的还乡，在乡亲们的眼里，似乎还是重复如昨。

在过往的岁月中，留在买马村难，要走出买马村似乎更难。前面提到当兵是一条路，可上世纪末的几十年间，即使当兵，除了要身体素质好之外，政审不合格，或没有一定的社会关系，要穿上那身绿衣裳同样也是难上加难。当时的乡村干部最有感触，在他们的工作经历中，有两项工作一件容易一件难，简称"穿裤子"与"脱裤子"。穿裤子是指当兵要换下自己的衣服穿上军装。这件工作因报名踊跃，竞争激烈，不愁招不到人，还要凭关系靠后台；脱裤子是指计划生育工作。要做工作脱下育龄妇女的裤子结扎、上环、引产，这件工作既相当难做，还得罪人。这样一来，村里那些家庭出身不好又没有什么社会关系的，要想走出乡村，唯有华山一条路——发奋读书，考上大学了。整个买马村，以前几乎没有靠正常读书考上大学离开的。待我当兵离开之后，倒有两个，一个叫王文波，买马村三组人，过去家庭成分是中农；一个叫吴小民，我家的隔壁邻居，过去家庭成分是富农。

王文波，应该说此人颇具天资，读书没费什么劲，一路绿灯，神不知鬼不觉于上世纪八十年代便考上了一所师范大学的中文系，成为了买马村第一个正儿八经的大学生。后来又读了研究生，再后来分配到省城当了一名公务员。王文波当公务员后，找了一位城市领导的千金做老婆。据说，这位千金结婚至今未到过买马村，如此老家的人也从未见到她与老公一同回乡的身影。十多年前，王文波喜得千金。家中老父得信，急忙挑着一担土鸡、土蛋，还有糯米、湖藕等土特产兴高采烈上省城看望。谁知，到了儿子的家门口，儿媳却坚决不让公公进门。父亲回来后，从此忧郁得一病不起，不久便喝农药离开了人世。王文波的仕途倒是一路凯歌。前段时间，听去省城找过他的村乡干部回来说，王文波现已是地市级干部了。只是当家乡父母官邀请他回买马村走走看看时，他却有些未置可否，说自己已是无脸见江东父老了……

吴小民在读书求学的这条路上走得却艰难许多。他和王文波是同班同学。第一年高考没考上，第二年只考取了一所中专学校没去，全家勒紧裤带又让他考了第三回，最后才被省城的一所工程大专学校录取。毕业后，吴小民分配到了长沙一家工矿企业做工程师。企业红火的时候，吴小民将买马村老家的房子卖了，把父母亲接到了省城，大有壮士一去不复返的决绝。后来，企业走下坡路，父母亲怕加重儿子一家的生活负担，便自寻了一份给企业看守大门的工作。有时，吴小民的老父亲还常常利用休息时间捡些垃圾换钱，贴补家用。村里人说，吴小民工作后很少回买马村，倒是他年迈的父母却时常回来，十分羡慕那些仍在自家田地里自耕自收自给自足的同龄人。老人的确想回来，可房屋卖了，过去属于他们家的那份土地早已分给了别人。白发苍苍的老人唯有在故乡的春天里，空留一声叹息。

改革开放后，还有一大群从买马村到城市的打工者。他们一些是赚了钱的，一些是没有赚到钱的。赚了钱的却有一个普遍的现象，先是回买马村建房；再赚了些钱，便在交通相对发达的乡镇买上一两个商铺，举家搬到镇上居住；倘若钱赚得更多了，他们便大都会在县城购置房产，选择在城市安家。乡亲们戏称这种现象为"三级跳"。但其中也有掀掉祖屋建了新的楼房便再也没有赚到钱的，一座楼房便空立在老家。还有一部分跳到了乡镇上便再跳不动的乡亲，他们也同样再难以回归。用家乡的话说，他们都是"外婆死在楼上——上不得，也下不得"。

今年春节，我回乡到生产队逐家逐户拜年，队里十多座楼房竟有四成以上没人居住。询问得知，他们都留在打工的城市过年，没有回家。买马村人好面子讲排场，喜好衣锦还乡，常把幸福感寄托在别人羡慕的眼光里。在城市赚了钱混得好，过年不想回家的极少。

如此这般，这些离开买马村的乡亲，有如一同踏上了一条不归之路：有家的归不得，无家的无处归……他们的情形就像我自己一样，一块成了一群失却故乡的人。

杜鹃之声

回到城市，当我在外面同样喧嚣的寓所里断断续续地写完有关家乡买马村的这段文字的时候，心情格外地悲怆和沉重。拧开家中的音响，谁知播放的却是汪峰的《春天里》：

> 在这阳光明媚的春天里，我的眼泪忍不住地流淌。也许有一天，我老无所依，请把我留在那时光里。如果有一天我悄然离去，请把我埋在这春天里，春天里……

歌声悲摧、哀婉，还有些歇斯底里，颇像我当时的心境。

我呆坐书房，面对这一堆有关买马村的文字，深感再怎样穷尽我笔下所有，终究也难以抵达它的深处。唯有双手合十，恳请生我养我的父老亲朋们谅解，原谅我没能在买马村的小传中展示你们的诸多美好，反而是挖疮揭疤般道尽了你的苦痛乃至于丑陋。这些都是因为，我爱你们爱得太深……杜鹃昼夜悲鸣，啼至血出乃止，常以形容哀痛之极；还有，杜鹃是布谷鸟，其声"胡不归"（为什么不归，田园将芜，胡不归啊），又成了思乡思家的一个象征。乡亲们啊，我就是村头枯枝上那只啼血的杜鹃鸟哩。

我们爱着，我们就已回到故乡。

飘落的亡灵……

对故乡我一直心怀敬畏。

离开故乡的时间越是久远，我感觉离它的距离却越近。然而，只有我自己最为清楚，面对无论是现实的故乡，还是精神的故乡，我均无法救赎，只有淡淡的忧伤和无穷尽的悲悯。

正因如此，就连我选择进入故乡的时间，也是定格在一个云低光暗，阴雨绵绵的清明时节。

一

"细雨残钟荒驿梦，斜阳衰草故人坟。"

第一位拜祭的亡灵，是一位年龄与我相仿，辈分却比我高的堂舅。儿时，我跟堂舅一起穿开裆裤玩耍，一块拖着鼻涕上学，就连他后来娶的老婆，也是一位和我同桌的女同学。记得一次放暑假，生产队里一帮小伙伴争着给集体放牛挣工分，我因行动迟缓，没有跑过争牛的伙伴，结果好骑、好斗的公牛都给别人牵走了，我只得到了一头小母牛的放牧权。见我极不开心的样子，堂舅就把他看管的一头公牛换给了我，让我整日骑在大公牛的背上"威风"了整整一个假期。

长大后，堂舅家比较富裕，他是我们大队那帮年轻小伙子里第一个购买新单车的人。三十多年前，农村的孩子拥有一部单车，印象中比现在都市里的年轻人拥有一辆"奔驰""宝马"牌的高档跑车还要"牛"。望着整日被堂舅擦得油光锃亮的"永久"牌单车，我心里清楚，这次真的只有"眼热"的份了。我连单车都不会骑，要让堂舅的新单车当我的"教练车"，那是我想都不敢想的。然而，聪明的堂舅还是体察出了我的心思。在一个月明星稀的晚上，堂舅推着新单车把我带到了生产队的禾堂中央，手把手地当起了我的骑车教练。尽管细心的堂舅为了防止练习时我和单车一同摔倒，在单车的后架上横着绑了两根扁担，但大半个晚上下来，我还是将新车的铃盖和车链盒摔飞了。我推着"除了铃铛不响，车身到处都响"的单车走在回家的路上，望着一脸笑容，边走还边夸我学车聪明进步快的堂舅，我的双眼噙满了感动的泪水。

不久，堂舅和我一起报名参军。体检时，我俩各方面条件都合格，而当兵的名额却只有一个。直到现时，我仍刻骨铭心般地记得，堂舅一脸严肃，唯一一次以长辈的语气跟我说道："你小子书读得比我好，到部队肯定要比我有出息。你必须听舅舅的话，到部队好好干！不穿上四个兜的干部服，不要回来见我！"晨雾中，堂舅送我走在乡间简易公路上，深秋的落叶萧萧直下，让我的心情显得格外沉重。沉默中，堂舅一直送我坐上新兵集运的客车仍久久不愿离去，直到汽笛一声长鸣，他才举起右手向我道别。透过车窗，堂舅的身影在飞扬的尘埃中渐行渐远，也越变越小，越来越模糊……

谁也不曾料想，我的远行，不但使堂舅失去了一生中唯一一次走出农村的机会，而且这一次竟是我和堂舅见的最后一面。不久后，堂舅就因不堪生活的重压而积劳成疾，加之封闭的乡村缺医少药，致使他英年早逝，留下了年轻的舅母拉扯着两个未成年的孩子苦度光阴。堂舅死时，才人至中年。堂舅妈后来告诉我，就在堂舅病重的那段时间里，他还常常拿着我穿着军装的照片，一看就是大半天。

春寒料峭，万木萧然，就在我正襟跪在堂舅的坟前行叩礼之际，才发现不知何时，在坟墓的右侧也笔挺地跪着一位稚气未脱的少年。只见他卷着高高的裤脚，双腿粘满烂泥，显然是刚从附近的稻田里劳作回来。

此情此景让我惊愕不已。先不说我此行秘密，未告知和惊动任何故友亲朋，虽然我也能根据少年的行为举止和长相，判断出他肯定是堂舅的儿子，一个年纪才十来岁的小孩能如此熟谙世事和早熟，这是我无法想象的。因为在家乡有一个习俗：凡有长辈去世或清明拜山，子孙辈均是要随礼陪跪的。

年少的兄弟，当你的同龄人还在糖缸蜜罐中撒娇酣睡，抑或正在窗明几净的教室漫不经心百无聊赖地读书学习之时，你却要像大人一样扶犁掌耙、割草挑土，要学做一个男子汉支撑起家中的一片天地……你稚嫩的双肩能承受住这生活的重压么？你幼小的心灵能经受住世事沧桑的磨砺么？

行走在故乡的陌野村落，却仍然随处可见乡亲们的门庭上被风雨剥蚀旧了的春联："忠厚传家久，诗书继世长""一等人忠臣孝子，两件事读书耕田"……眼见堂舅儿子年少辍学的场景，我情不自禁地问起了村里孩子们上学读书的情况。随着堂舅妈的一声长叹，道出了绝大多数农村人的苦闷。她说：现在的农村孩子基本上是读不起书。一个农村孩子从读小学开始到大学毕业，家庭负担最低的学杂费就需将近十万元。这对于仅靠农副产品变钱的农民来说，无疑是一个天文数字，就算东挪西借上完大学，也不一定能找到好的工作，无法进入主流社会……

堂舅妈的一席话不由让我陷入一阵久久的沉思。无论是过去还是现在，农村孩子要走出乡村只有两条路可供选择：一是读书，二就是当兵了。在科举时代，读书求取功名，最可贵的并不是知识的获得，而是消除贫穷、治疗饥饿的最佳途径；更进一步，还可以荣宗耀祖，席丰履厚。过去，乡亲们只要生活上稍能对付，莫不将子弟送进私塾，以期"朝为田舍郎，暮登天子堂。"如今，因公平机制的缺失，工农子弟难以一步一步融入社会的主流；而跻身行伍，也因部队改革了提干晋升制度，士兵必须经院校毕业方可提干，贫寒子弟从部队晋升的大门也基本关闭，个中苦楚作为亲身经历者，我是十分清楚的。

我上世纪八十年代初期入伍，也许是深感自己走出水乡的不易，也许是受堂舅的鼓舞和鞭策，抑或是自己的骨子里或多或少还留存着湖湘文化中"不到黄河心不死，撞了南墙也不回头"的"霸蛮"精神的缘故，在部队的训练和工作当中我十分努力和刻苦，几乎年年都立功受奖，部队给我打了三次提干报告，仍未能穿上四个兜的干部服。直到我当兵第五年方才另辟"战场"，先考入地方大学，毕业后再返回部队，方才没辜负堂舅的期望。这也是我长时间未能面见堂舅的真正原因，倘若堂舅地下有知，我想他也一定会原谅我的。

我从社会的底层走来，太了解乡亲们个中的酸楚。一群生活在底层的人，如果看不到前行的希望，社会各阶层如果不能享有良性的流动，整个社会只会是死水一潭，毫无生机……那时社会的情形只会比现在更为可怜可悯，甚至更加可忧可怕啊。

二

第二位拜祭的亡灵，是我一位唤作细牛的儿时伙伴的姐姐，名叫细花。小时候，我和细牛最要好，无数个春夏秋冬的夜晚我都是在细牛家度过的。其时，我和细牛常常抓鸟雀、偷香瓜、做游戏……玩累了，就会在草垛中或谷堆旁睡一个晚上。家人习以为常，极少寻找。唯有细心的花花姐姐总是千呼万唤般地想办法把我俩找回家，和她一起睡下。

细花姐姐有着高挑的身材，长长的睫毛，挺直的鼻梁，还有微微下陷的双眸，再配上两个甜甜的酒窝。在我年少的心目之中，只觉细花姐姐美若天仙，比《白蛇传》中的白娘子还要好看。

细花姐姐年轻漂亮，追求者众。她的父母却极度主观，硬是将她许配给了长着五短身材的公社供销社主任的儿子。在物质极度匮乏的年代，印象中粮、油、鸡蛋、布匹等物资都是要按计划凭票供应的。那时，主管着上万人物资计划的供销社主任，在村民们的眼中，无疑是权力极大、衣食无忧的。

不知何故，细花姐姐却不为所动，偷偷爱上了邻村的一位才貌出众的拖拉机手。当我和细牛探知了细花姐姐的爱憎后，就用行动给予支持。每次，只要见供销社主任的儿子骑着当时罕见的单车，提着鸡蛋猪肉来了，我和细牛就会偷偷地将他的单车气门芯拔了，并在他回去的必经之路上，涂填上一堆堆的烂泥巴和稀牛屎……不久，便见公子哥肩扛单车，打着赤脚，手提皮鞋一颠一跛、一歪一仰……像只正在啄米的公鸡，笑翻众人。

后来，任凭铁心的细花姐姐怎样抗争，狠心的父母就是不松口。细花姐姐只好以死抗争。她是喝农药死的。记得，当时场景极度凄惨，望着腹部有些微微隆起，面容惨白的细花姐姐，听着旁边邻居的窃窃私语，那时，我们并不明白什么。直到后来，随着年龄的增长，才渐渐明白，原来以命抗争的细花姐姐，早已和拖拉机手将"生米煮成了熟饭"……尽管如此，仍没能打动视威严和荣誉为生命的父母，留下了一段十分凄惨的爱情故事。

望着杂草丛生的坟茔，感受着故乡绵绵的阴雨，还有那低沉的云团……我的心情愈发沉重。

一直走在我身边才四十出头的细牛已俨然一个老者，面皱了、发白了、腰伛了。细牛说，这些年国家计划生育，农村的人口减少了将近一半。加之从事农业不怎么赚钱，大多数年轻人都到城里打工去了，现在的乡村难以再现过去鸡犬相闻、鸟叫蝉鸣、炊烟四起的热闹景象了。

说起打工，我连忙问起了细牛妹妹梅花的情况。梅花比细花姐姐小七八岁。小时候，总见她拖双长长的鼻涕跟在我和细牛的后面，赖着我们带她玩耍。十多年后，我受细牛之托，在广州与她见面时，梅花已出落成一个十分水灵的少女了，眉眼之间像极了年轻时的细花姐姐。那时，我刚从基层代职回调到机关，在企业管理部门任职。梅花经我安排进了一家酒楼当咨客，可梅花在广州仅工作了半年就自行去了深圳……然后，我便与她失去了联系。

梅花后来的情况是细牛这次才跟我说起的，初到霓虹闪烁五光十色都市的梅花，起先只是新鲜和好奇，对每月包吃包住一千多元的工资收入也颇为满足。时间一长，梅花自我感觉的幸福生活就被一个接着一个几乎是巨大的疑问击碎：为什么前来消费的客人一瓶酒比自己一个月的工资还多，一顿饭抵得上自己一年的收入，他们为什么这么有钱？同宿舍的一些姐妹也都是和自己一样从乡下来的，为什么大都穿金戴银比自己富有？为什么那些并不熟悉，腆着大肚腩的老板和权贵，每次见到自己总是笑眯眯的像亲人一样嘘寒问暖，总是叫她留下联系方式？……这些问题曾一度困扰着梅花，几乎使她到了寝食难安的地步。不久，梅花就开始有些变化，最后干脆辞工投奔去了深圳一个有家室的老板那里。

细牛告诉我，有钱后的梅花曾回过一次老家，她想再也不去南方了，打算回来过安稳的日子。不久，梅花就听到了有关自己的一些风言风语，与人聊天开始往往兴高采烈，越往后便常常有些话不投机……总之，梅花在家只住了三日，便一步一回首地离开了老家。离开时，梅花还特意到细花姐姐的坟前烧了些纸钱，默坐了许久……说到这里，细牛还一个劲地捶胸顿足，无限后悔自己一时糊涂送妹妹去都市打工，让她踏上了一条不归之路。

后悔的不单是细牛，我也是其中一个重要的参与者呢。此情此景，不由让我想起了一位名叫夏榆的乡村诗人，目睹自己痛失故园的现状，悲然无奈地写下了这样一首诗歌：

人长大了，茅屋矮了，我无处去/娘疼我们，总为弟弟学费抹眼泪/小翠回来了，嘴涂得那个红，脸也白了，漂亮哟/过年了，她带回了好多钱/娘说种粮食不赚钱，明年不种了/村里人说小翠没有我漂亮，她胆大/小翠变了，她说我什么都不懂，问我想不想去卖淫，我说想/小翠哭了，说好妹子带你去/我笑了/娘，明年我也去卖淫……

走在既熟悉又陌生的村道上，我步履特感沉重……感觉自己心底深处有太多的忧伤，还有细花的眼泪和细牛的悔恨，更有千万个梅花绵绵的苦痛。

三

第三位拜祭的亡灵，名叫孝年。他与我同岁，是我家的隔壁邻居，也是我所有儿时活动的重要参与者和见证者。

孝年从小就孔武有力，他长有一副宽宽的肩胛，一双像铁耙样的双手，还配有两条鼓鼓墩墩的双腿。对于一个从小就要替父母干活，要在生产队里挣工分的农村孩子来说，这些均是他得天独厚的本钱。从我记事开始，孝年的懂事和能干，便一直是我们儿时伙伴们学习的榜样。当我们干不好农活，插秧、锄草、割禾，老是撅着高高的屁股，老是伸伸懒腰的时候……便会随时痛遭大人们的呵斥：你看看人家孝年，瞧瞧你们的懒样，真不是出天子的气态！

上世纪六七十年代，农村大兴集体化生产，社员们干活都是记工分。那时候的乡镇被称为人民公社，村被称为大队，班组一级则称为小队。一个劳力一天记一份工，年底时再以生产队（组）为单位按家庭所得工分进行按劳分配。一个社员辛苦劳作一天，才值七分钱，刚够买一个鸡蛋，一年下来往往都是入不敷出，只能勉强解决温饱。寒暑假期里，我和生产队里七八个十多岁的少年，每日才挣半个工分的时候，孝年早已可以挣到一个大人的工分了。为此，孝年那任生产队长的父亲曾无比自豪过。

孝年挣工分干农活比我们强，但是和我们在一起玩过家家、捉迷藏、骑马斗牛等游戏时却笨得很，常常遭受我们的欺负和戏弄，连玩过家家给他配的新娘子都是最丑的。农闲时节，我们常和孝年在湖边一起边玩打跪架子碑，往湖面丢瓦片玩飞漂等游戏，孝年也多是遭罚跪罚站，捏着鼻子罚做牛叫……

记得，寒暑假期里我们除了帮大人们正常干些农活之外，便是放牧和照顾生产队里的耕牛。众多年龄相仿的小朋友，头扎柳条帽，腰间别着两把打鸟的弹弓，骑着大水牛，行走在水草茂盛、广阔无垠的湖洲上，活像一个个披挂出征的大将军。我们避开大人们的监管，先用稻草烧红好斗的公牛的双眼，再用牛鞭抽打，让它们相遇到一起拼命厮杀。牛角的撞击声，伙伴们的吆喝声响成一片……一幅活脱脱的战争画面。每到这时，孝年却只有旁观的份，因为他看管的水牛都是母牛，而看管那些好斗好骑的公牛和牯牛（被骗割了的公牛）都是我们这些平时调皮捣蛋，爱动歪脑筋的人的专利。只要离开大人们的视野和监管，我们就有办法，叫平时那些和孝年一样听话懂事的小朋友俯首帖耳，接受我们的捉弄和惩罚。

随着年月的流逝，生活却无情地跟我们开着玩笑。当年一直被大人们称作坏孩子，没有出息的我、二牛、狗仔三人，后来却阴差阳错，或考学或当兵都走出了农村，在乡亲眼里还真"出息"了。而被大人们看好，一直是我们众多少年朋友学习榜样的孝年却依旧留在了农村，整日面朝黄土背负青天，苦挨光阴。

后来听说，农村实行土地承包后，孝年喂过鸭、养过鱼、打过工，但均以失败而告终。承包村里的鱼塘养鱼时，第一年技术不过关，十多亩鱼塘里的鱼发鱼瘟，死了一多半；第二年专门请了一位养鱼技师做指导，鱼丰收了却卖不出去，一万多斤鲜鱼只换回来几车地瓜；第三年，孝年去城市的建筑工地打工，却遇老板欠薪，差点连家都回不了……几年下来，孝年家穷得仓无隔夜之粮家无存年之米，家具未置房子未盖，到后来连老婆都没娶上。直到上世纪八十年代后期，孝年的父母硬是卖掉家中仅有的一头耕牛，花了两千多元从湘南山区给他"买"了一个老婆。可老婆在孝年家没住三天便跑得无影无踪……绝望中，孝年喝下了二两剧毒农药"甲胺磷"，结束了年仅二十五岁的生命。

淅淅沥沥的清明，我感觉就像一位千年感伤的少妇，在生命的祭日里，满脸的悲情流泻成一汪清泪，漂浮着人间许多生离死别的遗憾和酸楚。

才二十多年过去，梦中的故乡竟愈发陌生，过去清澈甘甜的河流与湖泊一片腐臭，到处是残留的泡沫和塑料袋；掏鸟窝、摘桑椹的参天古树不见了，喜鹊不见了，燕子看不到了，蜜蜂没有了，青蛙也不见了踪影；过去水乡那些健壮如牛，半斤谷酒下肚便会挥拳舞棍与人一比高低的硬汉，如今也只是佝偻着腰身，坐在一栋栋毫无灵气，像一座座碉堡般的水泥楼房前，目光呆滞地一支接着一支抽着劣质香烟；连狗们都是耷拉着脑袋，蜷缩于主人的脚跟，见到生人也是爱理不理，更遑论追逐叫唤了。

　　飘落的亡灵带走了我诸多的回忆与美好，让人无从凭吊。

放河灯

俯瞰家乡，仿若水网世界。

湘江北去，资江东流，汨水西绕……三条江水常年经流不息，在县境内交汇后均是千回百转，留下九曲十八湾后才波涌洞庭，魂归长江。家乡水多，乡亲们自古便有在江河中施放河灯的习俗。

农历三月三、七月七他们施放的是咏春灯、鹊桥灯；夏季江河涨水的防汛期，乡亲们为避风躲浪，祈保平安，施放的多为航道灯、彩船灯；到了农历七月半的盂兰会（也称鬼节），乡亲们在夜间施放的则多为辟邪、消灾、祛病、度魂的祈福灯、超生灯……

今年农历七月十五日，家乡的祈福传灯法会便是在湘江边的法华寺内举行的。夜幕降临，祈福传灯法会开始了：僧侣和居士们喃喃齐诵《盂兰盆经》《地藏菩萨经》；紧接着，伴随着木鱼声声，《大悲咒》《往生咒》的声音不绝于耳……低回或呜咽的笙、管、箫、笛的吹奏声，呢喃嗡嗡交替的诵经声；加之烛光摇曳，树影倒幻，香雾轻飘，让人久陷冥想、沉思、回味等多种思绪之中。

约莫一小时过去，法华寺住持早国大师手持一盏莲花灯，带领众多信男信女缓步来到江边施放河灯……不一会，金呼呼、亮通通、花盈盈的河灯便将沉寂的江水照得幽光发亮，难以计数的河灯随着江水向江北方向缓缓流动，仿若一朵朵盛开的莲花，又如一双双蟒珠龙眼，在神秘莫测的江水中漂浮闪烁；紧接着几乎所有江河边其他村庄的乡亲们也在不停地将其精心制作的莲花灯盏、船形灯盏等置入江中，成千上万只河灯有如一条望不到头的灯带，在天上银河无数星星的辉映下，从湘江、从资江、从汨水等江河中缠绕汇集，继而由明转暗、由多渐少、由密转稀地向着浩渺的洞庭湖缓缓北流。

家乡的父老乡亲们爱河灯、放河灯，一方面是因为常年生活在水乡，要向水中讨生活，他们在驾船、渔猎、游泳等过程中总会有人不慎被水夺去了生命，需要超度亡灵；另一方面也是出于对江河湖水及大自然的敬畏。于是他们便选择在特定的夜晚，十分虔诚地向江水诵经叩拜，让亲手制作的河灯来寄托自己的哀思、善念、慈悲、祈愿……再有就是他们相传相信，农历七月十五日这天，众多死了的游魂冤鬼均会相约扎堆聚集在一起；以前缠绕徘徊在地狱里面想托生，又找不着路；这天夜晚，若有灯光指引，每一个游魂若能托着一个河灯，便可超度托生，重回人间。

还有，佛传农历七月也是佛教地藏菩萨成道的日子。菩萨在成道时发誓要普度有罪孽的众生，使他们脱离苦海。这天也便成了超度"亡魂"的日子。佛曰，至诚一心，慈悲为怀，诚诵《往生咒》，便会使亡魂"拔除一切业障根本"，能"得生净土"。于是，虔诚的乡亲们一个个双手捧着河灯，平放水中，然后闭眼抬头，双手合十，呼唤亡人名号，默念佛经……此刻水乡童谣也起："放河灯，放河灯，盏盏灯光遂我心；放河灯，放河灯，愿我亲人早托生……放河灯，放河灯，今晚放了明日灵。"

每年，每当桃花汛一过，素有无风三尺浪，有风浪滔天的水乡就到了夏季的防汛期。乡亲们或为避风防水祈保平安；或给过往船只夜晚在河道中航行指示航道，避开危礁险滩，每至夜幕降临，乡亲们均会在江水河道中施放许许多多的航道灯与彩船灯。他们在小木板或小竹筏上点上蜡烛，用透光的镜片或白纸制成河灯放置于江中，有的固定，有的则顺应江流河道任其漂流，天上星光、地上萤火、水里河灯交相辉映，自成水乡夏夜特有一景。这个时季，江边渔村的乡亲们还会自发捐钱捐物，在河道的暗礁险滩及江河转道的交汊口专门留有数目不等的救生船，以及一座座用漂浮物建置的长明灯塔，是为"义灯"。——它和义学、义渡、义粥、义田、义冢等好善之举，统称为"水乡六义"，久传佳话。

水乡自古人文鼎盛，青年男女在水上生活和劳作时均是唱渔歌、对情诗、哼花鼓调的好手。且听："少男少女放河灯，桃花水暖好心情，流水悠悠带去信，妹有情来哥有心，巧用河灯定终身，牛郎织女喜临门。"有感于此，曾在法华寺盛弘佛法的一代诗僧"八指头陀"，以乐于在寺院江边施放河灯，且有一定诗文基础的信男信女为众，早在一百多年前便在湘江边成立了一个"白梅诗社"。如今，传至该寺现任住持早国大师手中，已发展诗社成员一千多人。

农历三月三、七月七，正值水乡多情的少男少女们咏春、约会的良辰佳日。他们在自制的莲花灯里放上写有自己姓名、住址及生辰八字字条的小瓶；当然也有含蓄的姑娘小伙子在瓶中只留下咏春、思春的诗作，要求对方唱和、吟对的，他们让河灯在河里自由漂流，等待下游未曾婚配的男孩女孩去抢、去对。一些自恃肚中有些"墨水"的小伙子，还天不怕地不怕地戏改古人诗句，和着渔歌曲调，或对着江河中戏水的鸳鸯，或面朝江岸上撑着花油伞的姑娘，扯着公鸭般的嗓音，将"妹住湘江头哎，我住湘江尾哪，梦里思君不见君哎，请看我的啊漂流瓶……"唱得水鸟惊飞，水波回响。

长江在修筑三峡大坝之前，春秋两季汛期之时曾常有江水倒流的自然景观。即从湘江、资江、汨水流入洞庭湖的江水，十天半月后又会流回水乡原来的江河。无疑，这一自然现象又给多情的水乡男女们通过施放河灯互相传递诗文、交流情感等提供了极好的机会。乡亲们也把这种不经媒婆说合，靠河水传情，自由恋爱成功的婚姻，称为真正的"天作之合"。

家住法华寺边樟树村的甘妹已是八十多岁的老人了，七十多年前便是通过农历七月七施放鹊桥灯时，认识了自己的如意郎君的。甘妹老人年轻时的心上人名叫胡水生，家住洞庭湖中一个名叫青山岛的渔村。青山岛横亘在南洞庭湖中，既是湘、资、泪三水北流入湖的门户，又为南来江水的翠屏。先是住在湘江之滨的甘妹有情，她那刻有特殊印记，装有思春、咏春诗句的漂流瓶河灯，随江水流向了青山岛……水生捡到后，又通过倒流的江水，将他装有回应、仰慕、示爱文字的漂流瓶，经船形河灯传递到了甘妹的手中。在这过程中，虽江水无情，漂流瓶在江河湖水中的传送也充满着许多的未知数，好在水乡的渔民、船户们自古便有规矩和约定：凡捡到写有明确地址和特殊印记的漂流瓶，都须义务想办法送达！他们的理解其实也非常简单：与人方便就是与己方便，谁没有年轻过呀？

甘妹和水生这对有情人经河灯传情，辗转三载，终成神仙佳侣。然而就在他们新婚不久，日本侵略军的铁蹄便踏入了水乡。后来，水生在甘妹的鼓励和支持下参加了"洞庭湖水上游击队"，用漂流的河灯传送情报，引接水雷，单是水生一人便先后炸沉了三艘日本鬼子的巡逻艇……后水生不幸光荣牺牲。七十多年了，甘妹几乎年年都会到湘江边施放相思灯、超生灯，每当这时，甘妹多会唱起自编的情歌："放江灯耶唱心境，心中想念的人啊要听清，与你相爱不后悔呐，来世还做一家人啊，一家人……"回应的只有在河道中渐行渐远，一浮一沉的河灯；还有那一声又一声"呱哇—呱哇—呱哇哇……"夜鸟的悲鸣。

也许是熟能生巧，又或许是心有所向……我们曾多次目睹甘妹老人制作"双飞燕船灯"的全过程。八十多岁的老人了仍是手不抖，眼不花。只见她将一张涂有防水油漆的薄硬方形彩纸剪成正方形，然后将四角折向中心，再将四角打开，如此反复，几个回合下来，四五分钟光景，一个漂亮的船形河灯便大功告成了。围观的乡亲们都说，甘妹老人制作的河灯快是快、好是好，只是每盏河灯的灯壁上总会留下无数的泪痕……

夜深了，我们仍在江边追逐着漂移的河灯，深一脚浅一脚地朝江水的下游走去。此时，寺院的梵音越来越小，河风也越来越凉。江中的河灯则慢慢由集中流向分散，灯光也越来越由亮转暗，一粒粒一颗颗扑闪扑闪，一会灭了一盏，一会又灭了一盏……真有些像被什么东西托走了的感觉。

渔趣

　　我的家乡在洞庭湖的南岸，是一个十足的水乡。也许是近水知鱼性的缘故，儿时的许多乐趣都与捕鱼捉鳖有关。

钓水鱼

　　在洞庭湖水乡一带，人们习惯把水鱼叫成团鱼或王八，也有的把成年水鱼直接称为老鳖。水鱼昼伏夜出，喜欢安静，对水质的要求也比较高；喜食水草丛中的小鱼小虾以及淤泥中的小虫、蚯蚓等"活食"，尤其喜好带血的动物内脏；天越热，水鱼越活跃，食量也越大，故有"早钓鱼、晚钓虾，中午钓只大王八"一说。过去的水乡水质优良，水草茂盛，鱼虾成群，龟鳖横行……乡亲们有时在稻田里劳作，或游泳、挖藕、干鱼塘时不经意间踩到一两只肥硕的水鱼也都不是什么稀罕的事情。

水鱼营养价值极高，集镇上也是价高好卖，加之相对于其他淡水鱼类也更容易捕获，故我们从学会走路开始，便跟在善于抓鳖捉龟的大人们后面，掌握了许多捕捉水鱼的方式方法。

年纪小时，我们用的是钓黄骨鱼的小钩钓水鱼。先在菜园中砍来一根一两米长富有弹性的毛竹，削去竹叶，系上一根绑有鱼钩的透明尼龙线，再在鱼钩上穿上一条还在蠕动的红色蚯蚓。水鱼嗜血成性，下钓时我们还会故意将蚯蚓弄破，让水鱼嗅到血腥味，吸引其来咬钩。这样钓到的水鱼个头都不是很大，一般也就半斤或八两左右。大些的水鱼即使咬钩了，但因细小的鱼钩和尼龙线难以承受其重，起钓时多数都会逃脱。年纪稍大后，我们常用的钓水鱼的办法便是：用长尼龙线系上缝衣针，在上面穿绑好新鲜带血的猪肝，再蘸上茴香粉，在夏日的夜晚放置于水鱼们经常活动的浅水区域捕获水鱼。

一天清晨，鱼钩上钓着一只四五公斤的特大野生水鱼。我担心细小的尼龙鱼线难以承载还没有离水的猛鳖，瞅准水鱼方位，脱掉衣裤一个凫水猛子跃入湖中，双手一把将上钩的水鱼抱在怀里。水鱼张牙舞爪凶猛地反抗，见我不松手，便一口咬住了我的肚脐眼边的肚皮，任我在水中怎样捶打死不松口。我抱着水鱼一会仰泳，一会潜水，进行着激烈的搏斗。弟弟在岸上则吆喝着舞手跺足，给我鼓劲。他看到我在水中凫水浮沉的黑脑壳，还以为鱼钩上钓了两只大水鱼哩。十来分钟后，我忍着剧痛将水鱼连同鱼钩鱼线一起带到了岸上。在水乡一直有一个说法：水鱼咬人极富耐性和狠劲，只有天上打雷它才松口。后来，我叫弟弟用干牛粪和稻草生起了一堆明火，烤了许久方将水鱼降伏。水鱼卖掉后，解决了我和弟弟整整一个学期的学费，而至今，在我肚脐眼边的肚皮上还或隐或现地留着一块铜钱般大小被水鱼咬过的疤痕。回忆起来，真有些痛并快乐着的感觉。

上初中了，暑假里我还跟叔叔一起，学会了扛着一把尼龙线和鱼钩做成的线车，打钓水鱼。喜欢生活在深水区域的成年老鳖，白天大都潜伏在水中，只有夜晚才出来活动、捕食，一般情况下很难捕捉。水鱼是用肺部呼吸的两栖动物，白天不能长时间憋在水底，每隔一两个小时的时间，就会悄悄地把头伸出水面换气；即使水鱼在水底下爬行，水面上也常常会冒出一串串细密成群的水泡。特别是电闪雷鸣的时候，因下雨时水中氧气稀薄，这时老鳖们大都会提前游出水面，呼吸新鲜空气。

掌握了水鱼的活动规律，叔叔便手把手地教我精心制作专门对付老鳖们的线车。先找来一根一两米长、弹性较好的渔竿，在渔竿下端手柄位置的上方安上一个滚动装置，再在渔竿的顶部装上一个用于丝线溜转的小型滑轮。然后，找来一根长二三十米的优质尼龙线，一端穿过滑轮绑扎在渔竿的滚动装置上；一端绑上一个鸽子蛋大小的铅砣，再在连着铅砣的丝线上方，每隔一寸左右的距离，横排正中绑上十来行两寸来长、两头弯曲、被打磨得尖尖的鱼钩……一架专门坐在岸上打钓老鳖的线车就算大功告成了。

不久，我便头戴鸭舌帽、背着竹篓，一手抓着一条独脚木凳、一手提着线车，学着叔叔的样子，优哉游哉地来到老鳖们经常活动的水边。先选择一片视野开阔、前后没有障碍物的堤坝，支好高高的独脚木凳，再骑坐上端，双手紧握线车的手柄，将余线已收进滚动装置中的线车斜扛在肩上，只将吊有铅砣和鱼钩的丝线露在外面，像"姜太公钓鱼"一样开始打钓水鱼。独脚木凳比一般的木凳要高许多，凳脚底部钉有一根在泥土中固定用的大铁钉。木凳没有扶手和靠背，一来可以让人坐在上面集中精力；二来也不用提防连着鱼钩的尼龙线在甩动时被凳子靠背等障碍物钩住。安顿好一切，我双眼像捕鱼的鹭鸶般紧紧地盯着水面，只要看准湖中冒起水泡——老鳖们即将把头伸出水面的那一刻，便立马起身，用足吃奶的劲，将连着锋利鱼钩的铅砣呈弧形向水鱼出没的正前方甩去，然后将连着的丝线往上使劲一提，满线的鱼钩十有八九便会将软软的老鳖裙边钩住，任由老鳖怎样在水中左冲右撞上下翻动，鱼钩只会越缠越多。这时只需慢慢地摇动渔竿的滚动装置，猛鳖就会连着鱼钩鱼线一起被我拖上堤岸，装进竹篓。

有时遇上水鱼长时间没有浮出水面换气，叔叔还教我用双手使劲击掌，模仿打雷声音"轰轰——轰轰——轰轰"地响个不停，逼迫水鱼们感觉即将大雨倾盆，懵懵懂懂地从水面上露出尖尖的脑袋。

许多年过去了，回忆起叔叔教我用线车钓鳖的过程仍历历在目。其等、忍、准、猛等钓鳖方法，在我后来的职场、商场经历中，还真有过不少启迪和教益哩。

叉柴鱼

年少时家居的房屋后有条临湖通往学校的大水沟，水很深，鱼很多，草鱼、青鱼、鲢鱼、鲤鱼等淡水鱼什么都有，因年少力微既驾不动渔船，也无法使用笨重的渔网、鱼叉等捕鱼工具，我便动脑筋：先从菜园中砍折一根两米来长的毛竹，削去枝叶，系上一条透明的小尼龙绳，绑上一只经淬火弯曲成钩状的大头针鱼钩，缠绕些上面粘满各种小飞虫的蜘蛛网砣，一边走一边往水中甩动，这时浮游在水面寻食三五寸长的小游鱼十有八九便会来咬钩。这种小游鱼在家乡一带人们习惯把它叫作"游叨子"。它长着黑脊背白肚皮，像一个个织布的梭子，在水里放箭似的巡睃，最喜欢抢食吃，且不怕人。你站在岸边把裹着鱼饵的鱼钩甩过去，立马可以见到数条"游叨子"冲过来抢食，其中总有一条身灵嘴快的先将鱼钩牢牢地叨住，这时你只要将钓竿用力向岸上一划，便能将鱼儿扯出水面。

农村小学上课较晚，我也不用担心迟到。每次上学我必定带上鱼钩，边走边钓，一趟总能收获好多用柳条穿着鱼鳃的"游叨子"。那时外婆家住在学校边上。我常常会把竹竿鱼钩寄存在外婆家里，鱼则送给外婆。放学后，我又背着书包一路钓回，将收获的串串游鱼剖开洗净，放入母亲早已烧沸的油锅之中，不一会便飘腾起阵阵鱼香。

遇上长长的暑假了，我则用面粉守株待兔式地捕鱼。先将竹子一小根一小根砍削成牙签般大小，用一根尼龙线从竹签的正中系牢，让其弯曲套上一小截软状的芦苇筒，再将揉好晾干的面粉薄饼切成小梯形状塞进苇筒中。当带着面片的鱼饵投入水中，觅食的鱼儿定会用力将芦苇筒咬破，这样竹签的弹力刚好将鱼嘴弹开挂在鱼钩线上，场面十分壮观和有趣。

串串篓篓由我捕获的鱼儿都成了家中饭桌上的美味佳肴，许多年过去，每每回到家乡，外婆和母亲总会提及，我的离乡远行让她们最不适应的就是家中的餐桌上少了许多鱼香味。想起这些，总会让我莫名而生起一种年少时的自豪感和成就感。

上小学五年级时，因家中姊妹众多，农耕经济仅靠家中的"鸡屁股银行"和"猪栏经济"难以支付我们读书上学的费用。于是父亲宣布：家中兄弟仨，如要继续上学则必须自己赚取学费。我自告奋勇领着弟弟用我的一技之长，利用课余饭后、节假日时间靠水捕鱼。我和弟弟合计：小鱼小虾在集镇上难以卖出好的价钱，要想多赚钱，必须捕捉市场上价高好卖的鳝鱼、柴鱼和水鱼。于是，我和弟弟在一种特制的竹笼里放上蚯蚓，夜晚埋填在苇草密布的水沟边，捕捉大条大条的鳝鱼；用猪肝蘸上茴香粉，穿绑在用于缝制衣服的钢针上，在月朗星稀的夏日夜晚，悄然布放在龟鳖们经常活动的水域捕捉水鱼；再用小青蛙和螺蛳肉做诱饵捕捉柴鱼……倒也经常收获得篮满篓重，笑逐颜开，乐而忘返。

柴鱼浑身骏黑，长满长条形的花纹，样子像极了一条没有腿的四脚蛇，故而又叫黑鱼、乌鱼、生鱼。它头尖眼绿，凶残暴烈，带锯齿状的牙齿一口能把手指般粗的树枝咬断，在水中以专门追食小鱼、小虾为生，常常将一塘池水追搅得浪花四溅、波浪连连。水乡渔民们也因此常常称其为"害鱼"，一口鱼塘里只要有一两条柴鱼存在，其他鱼类便难以生存。平日，我和小伙伴们尝试用普通鱼钩穿上活虾去钓，但转眼工夫，鱼钩和鱼饵便不见了踪影，只剩下一根光光的钓鱼竿和鱼线；用渔网围捕，除了将我们心爱的渔网穿击出几个脸盆般大小的窟窿外，往往连半条柴鱼的影子也难见到。尽管如此，我们从观察柴鱼的习性着手，仍能将凶猛的柴鱼"捉拿归案"。

柴鱼凶残，却是"护犊"高手。它们在水草丛中的水面上精心做窝产下鱼卵后，雌鱼和雄鱼便会寸步不离，不允许任何生物靠近。有时，连一只蜻蜓或一只飞蛾从鱼卵的水面上空飞过，柴鱼都会像发射的子弹一般嗖的一下从水中跃起，驱逐吞咬外侵之敌……见此情形，我们便找来一根粗粗的竹竿，将钩有一块河蚌肉或一只小青蛙的大号鱼钩用细小的麻绳直接连系，在柴鱼筑窝的周围上下甩动。常常不到几秒钟，大柴鱼便会跳起来不管不顾地使劲咬钩……雌鱼钓完，雄鱼又准会前仆后继接着起跳。

柴鱼不易捕获，有时即使鱼塘里的水被抽水机或水车抽干了，它们仍能躲藏在淤泥中十天半月也不出来。这时的我们仿若灵光闪现，常常一吹口哨召来一群水鸭在泥水中进行"围剿"。水鸭长长的扁喙像梳子一样在淤泥中不断地来回啄咬……潜伏的柴鱼们难以抗拒，全都会无奈地冲出淤泥，在遭到群鸭反复围攻、啄咬后，只好乖乖就擒。

还有，在炎炎的夏日，大条大条的柴鱼喜欢躲在水岸边的水草或芦苇丛中一动也不动地"乘凉"，粗看总会让人感觉是一截一截的木头浮在水面上。这时，我们便会手握装有"倒钩"的鱼叉（没有倒钩的鱼叉，即使叉住了柴鱼，十有八九也会逃脱），慢慢潜伏到草丛边，对准柴鱼在水中的黑影将鱼叉猛掷过去。如果刺中了，此时背负着鱼叉的柴鱼还会在水浪中左冲右闯好久一会……小时候，因瞄准有限，或臂力不够，用铁叉叉鱼收获率一般不高，但这种捕捉方式既简单快捷，又惊险刺激，也常常让我们乐此不疲。

跟鱼儿打交道多了，胆量自然也就越来越大。记得十七岁离开故乡的前一年，我还学会了用白船捕鱼，方法则更为奇特和惊险。白船长四五米的样子，宽约一点五米，船体被漆成了白色，船舷两侧还装有两块向船舱内倾斜的木板。水乡湖区的淡水鱼一般都有趋光和逆水而上的习性，特别是在天空漆黑、电闪雷鸣之时，鱼儿最为活跃，也最喜欢弹跳。平日充分掌握了鱼儿的这一特性，在即将电闪雷鸣、大雨倾盆的夜晚，我便头戴竹笠、身穿蓑衣将白船划去鱼儿们喜欢扎堆的流水区域或大型水闸边，等待鱼儿争先恐后地跳进我的船舱。

不一会，我便用木棒使劲敲击船帮，变着节奏发出"嘭嘭嘭……嘭嘭嘭……嗵嗵嗵……嗵嗵嗵"的响声——仿佛到处是雷声隆隆、水声阵阵，加之白色的船体和白木板像极了从高处往下流动的瀑布……这时湖水里的鲢鱼、鳊鱼、草鱼、青鱼、鲤鱼……仿佛像炸开了锅似的，争先恐后，前赴后继地往船舱里跳。不一会，船舱就会装得满满的。有时，盲目乱跳的鱼儿还会撞飞我的竹笠、碰坏我的蓑衣，将我的手臂和大腿撞得酸痛。一次，一条五六公斤重的鳊鱼，蹦跳时不偏不倚，还径直落到了我的怀里。当时的感觉像极了唐代诗人张志和在《渔歌子》里的诗句："青箬笠、绿蓑衣，斜风细雨不须归。"

捉泥鳅

小时候，我们常常光着脚丫，肩背小小的竹篓，迎着和煦的春风，行走在绿油油的稻田田埂上，一会儿追逐蜻蜓，一会儿逮捉青蛙……边玩边捉泥鳅。

泥鳅的习性大体跟黄鳝相近，白天躲在洞穴中，只到晚上才出来游动。它们大都喜欢生活在稻田、鱼塘、水沟边的浅水区域，且有不怕人、不喜欢筑洞，喜好迎水、习惯群居等特性。泥鳅个头小，总也长不大，常见的也就手指般大小，浑身长满黏液，滑溜溜的，不易捕捉。它们还是预报天气的高手，变天之前，它们都会蹿出水面旋转而跃，因而水乡俗语道：泥鳅水中跳——大雨马上到。

春日里的泥鳅总是喜欢三五条一起蜷曲于稻田淤泥的表层，经常会把稻田里的淤泥弄成凸突的一小块一小块，旁边的清水也常被它们戏闹得有些浑黄。见到有人临近，小泥鳅们还特喜欢向外露出长着两根胡须的小脑袋……这时，只要我们蹑手蹑脚，轻轻地靠近稻田中浑黄的小土堆，双手一捧，准能连稀泥一道收获起三五条活蹦乱跳的小泥鳅。有时，我们还会利用泥鳅趋水性的特点，用编织得较密的竹撮箕捕获它们。春天一到，水乡的雨水就会特别多，稻田的积水大多会顺着小水沟往下流，这时的泥鳅们多半会随着雨水的流动，成群结队迎水而上。早有准备躲藏在小水沟旁的我们，只需双手捧着竹撮箕，对准迎水的泥鳅使劲一撮，再往上一提，泥鳅们便会惊慌失措地在撮箕上跳舞。

在水乡，要说捉泥鳅最为常见的还是用灯光照捕。春日的夜晚，我们举着自制的火把，在稻田间照着，发现泥鳅，既难用特制的竹钳钳伏，也难用手捉，只宜用针耙扎。我们先找来母亲用于缝制衣服的一二十根大号缝衣针，并排固定在一根窄长形木条上……转眼就是一把经济实用的针耙。发现泥鳅，只需对准往下使劲一扎，基本弹无虚发，十拿九稳。用灯光捕捉泥鳅最好的照明工具是加长的手电筒，两头用小号麻绳系着，左肩右胁像背手枪一样挎在肩上，右手举起边走边照，既聚光明晰，又快捷轻便，但因电池较贵又消耗较快，一般很少使用。其次是灌着煤油的马灯，马灯四周有用玻璃做的罩子，最大的优点是不怕风吹，但因当时正处在计划经济时代，煤油要凭票供应。印象中，一个五六口人的家庭每月也就一斤左右的计划……因而我们用马灯捕捉泥鳅的概率也非常之小。当时，我们用得最多的是生产队里的抽水机与拖拉机等农业机械使用过后废弃的柴油。先在一根小木棒上用铁丝扎上一些旧布条，醮上废柴油，用火柴点燃便可使用。柴油火把的优点是经济实用，但缺憾却很多，首先要时不时将火把往装有废柴油的小铁桶中捅一下，让布条浸润补充柴油，如果用力过猛，就得常常重新点火；其次是废弃的柴油燃烧起来，浓烟滚滚，时间稍长，我们的鼻孔和脸颊就会被熏得黑不溜秋的。尽管如此，暮色稻田间，我们发出的"这里一条，这里还有一条"，"抓住了、抓住了……"的喜悦声，常常惊飞了水田里的野鸭、中断了田野间聒噪的蛙鸣，引得村野里到处响起了一阵又一阵此起彼伏的犬吠。

水乡的月亮圆了又缺，缺了又圆，眨眼春天过去了，游泳打水仗的夏天也不在了，仿佛一转眼就到了收获的秋天。小泥鳅们也跟着季节的转换渐渐地由小变大，长得像一根根人参般粗壮了。这时的泥鳅们也不大喜欢运动了，随着稻田里的积水慢慢地干涸，它们大都会一群群一伙伙躲进稻田的边角用于堆积草木肥的小粪池中，似乎找到了新的避难安居之所。这时我们三五成群地拿着脸盆、铁斗，先是慢慢地将粪池中的积水戽干，再一点一点将堆积腐烂的稻草、红花籽草及油菜壳一层层翻开，一条条粗壮的泥鳅便会在我们的手脚边滚来滚去，随便一抓就能手到擒来。秋天水乡的雨水少了，在大人们抽干了水用于积肥的大水沟和鱼塘里，我们还会用铁锹像"愚公移山"般一块块地搬移淤泥，也常常能收获到大条大条的泥鳅。一般情况下，小泥鳅们在有水的稻田中或水沟里活动，我们是很难徒手将其捉住的。因为四处是水，追击久了，水就会被人和泥鳅全部搅浑……不甘心的我们，往往只能望水兴叹。离开了水的泥鳅，注定则只有挨捉的份了，我们想留小的就留小的，想捉大的就捉大的。大有"我的泥鳅我做主"之乐。

在水乡，我们还有一种获得泥鳅的方法，便是"捡石灰泥鳅"。春天一到，生产队的大人们先得平整一大块一大块的秧田，用于培植秧苗。但秧田白天平整好后，淘气好动的小泥鳅们一到夜晚便会钻出来筑穴打洞、戏水搅泥，把平如镜片般的泥面捣乱得面目全非。这时，气恼的大人们便会在秧田里撒上石灰粉或茶油籽壳。约莫两小时光景，秧田里刚才还蹦蹦跳跳耀武扬威的所有泥鳅们便会直挺挺地躺着不动了。一同"殉难"的还有黄鳝、田螺及小鱼、小虾们。这个时候，我们捡到的泥鳅，统统称为"石灰泥鳅"。泥鳅们此时虽然还一息尚存，但拿回家也不宜新鲜煮食，只能剖好洗净用粗盐腌制两三天后，再取出来晒干。食用时，用菜籽油或茶籽油将泥鳅干炸至焦黄焦黄，香味能使整个村庄都能闻到咧。难怪，水乡人们总对食用泥鳅赞誉有加，他们常说：水中泥鳅胜人参，鸡肉鱼肉——不如油炸泥鳅。

久住都市，令人有些惊奇的是，每次路过幼儿园，总会听到小朋友们大声哼唱着一首歌名为《捉泥鳅》的儿歌。歌词道："池塘的水满了，雨也停了，田边的稀泥里到处是泥鳅……大哥哥好不好，咱们去捉泥鳅。小牛的哥哥，带着他捉泥鳅……"询问同在幼儿园的女儿，什么是泥鳅？你们在哪儿捉过呀？……女儿的回答竟是一脸茫然。

联想现时的乡村，人们在稻田里施用一种名叫"稻田净"的农药，药物所到之处百草枯黄、生物灭绝。——看来，我们的下一代真的只能在塑料桶里玩玩饲养的泥鳅，也只能在歌声中空唱着"捉泥鳅"的歌谣了。

抓黄鳝

水乡四处是沟渠、水塘、湖泊，水中长满了莲藕、菱角、芡实、芦苇、水柳及各种水草。绿色的湖水、绿色的稻田及绿色的水生植物间活跃着许多大条小条的黄鳝。黄鳝有几大特性：一是习惯冬眠；二是雌雄迷转，一竹筷子长的几乎全是雌性，产卵后逐渐转化为雄性，其额头上便会显出一个十分逼真的"王"字；三是黄鳝常以田间、沟壑中的蚯蚓、水虫为食，白天大都蛰伏于洞穴中，只有夜晚才出来活动。

水乡五六月间的夜晚，水田里的禾苗刚栽种不久，到处流水潺潺、蛙声阵阵，分蘖的禾苗和田埂边的青草叶上都顶着一颗颗晶莹剔透的露珠，星星在天空中眨着眼睛，空气格外清新湿濡……水乡有句俗语"小暑黄鳝赛人参"，这个时节的黄鳝刚刚结束冬眠，既膘肥体壮极富营养，又最易捕获。灯光照去，观看蓄水只有一拳头左右深的稻田底部十分清晰，一条条黄鳝有的在禾蔸边慢慢爬动，有的则弯曲着将圆圆的脑袋伸出水面，微微张开着尖嘴，有人说是黄鳝在吸食露水，也有人说它们是在仰望满天的星斗……这时，只要用右手中指弯成钩状卡住其咽喉处（俗称"七寸"），或用专制竹钳双手将其夹住，或用大号缝衣针做成的针耙猛扎下去，便能将尚在优哉游哉毫无戒备的黄鳝捉进鱼篓。

用灯光捕捉黄鳝，我们一般都会选择两人组合，有时是弟弟、妹妹，或哥哥、姐姐，大部分时间则是村里气味相投，平日玩得比较好的儿时伙伴。一人举着火把在前面开路捕捉，一人背着竹篓及备用油料，间或还会捎带上几个烤地瓜、烤芋头等充饥物在后面跟着；当然，那时我们年龄尚小，捕捉兴奋之处，举着火把会离村庄越走越远，时间越拖越长，收获的竹篓也会越背越重……此时，荒郊田畴间常会传来几声凄厉悠长的水鸟、猫头鹰或野狗、黄鼠狼等不知名动物的鸣叫……有个伙伴在旁，心里便会踏实许多。

随着水田里一望无际的禾苗由发叶、分蔸、抽穗，直至垂下黄澄澄沉甸甸的谷穗，此时的黄鳝也到产卵孵化的时候了。不知何故，也许是为了保护即将出生的小黄鳝，或许是用以迷惑天敌……这时，每条产卵的母黄鳝总会在自己洞口周围吐出许多白色泡沫，将洞口严严实实地遮住，一团一团的十分醒目。殊不知，正是母黄鳝的如此举动，虽然防住了自然的天敌，却无形之中给捕捉它们的人类提供了极为明显的标志。这也许是黄鳝们在生命进化的过程中，连做梦也未曾想到的。又或许是母性使然，正处于产卵孵化期间的黄鳝还特别凶猛、暴烈，此时只要有任何生物，哪怕是一团类似生物的物体接近洞口，母鳝都会毫不犹豫唰的一声，将大半个身子蹿出洞口张口吞咬。正是摸准黄鳝的这一习性，我们先找来一根约一米长的铁丝，或废弃的伞骨，将头部处磨尖，经淬火弯曲成鱼钩状，再抓来一条蚯蚓或一只小青蛙穿绑在钩尖，轻轻地在黄鳝洞口来回上下试探几下，这时铁丝钩十有八九会将黄鳝从洞口中拖出。

如此捕鳝方法，不需更多动脑，加之稻田里的黄鳝一般都只有大人的手指般大小，更何况捕捉正在产卵的母鳝，总感觉让人有些"乘人之危"……故而在稻田间捉黄鳝，常被我们称为真正的"小儿科"，只限于上小学前玩玩而已。待七八岁以后，我们便头戴斗笠、肩背竹篓、手提冬季大人们挖藕用的短柄小铁锹，开始在鱼塘边、水沟旁捕捉大条的黄鳝。深水区域中的黄鳝生性狡猾，其洞口多隐藏在水草茂盛的地方，且还喜欢与蛇为邻，常常和蛇的洞穴交织在一起。水乡的乡亲们一直有个说法：半斤以上的黄鳝都会找蛇来保护它。好在水乡多以无毒的水蛇居多，真的碰到了也无须担心。有时，突然一伸手抓到了水蛇，我们还会提起它的尾巴，在空中甩玩一会（大人告诉我们，任何蛇类只要从尾部提起来甩动，它的骨头便会全部散架），或用来恫吓正好路过的女同学……有了胆量，但要真正找准黄鳝的洞口，并且要将其从半腰深的水中捕获，的确需要一定的技术和技巧。辨别黄鳝洞穴，我们认定呈浑水状的一般是黄鳝洞，呈清水状的洞口十有八九里面是蛇。还有就是，黄鳝浑身多有黏液，它进出的洞口比较光滑；蛇是冷血动物，它的洞口比较粗糙。找准了黄鳝的进洞口后，紧接着还得在其一两米的水沟范围内找到其出洞口。黄鳝的出洞口略小，不经意间常常会有小股的浑水溢出。判断准确后，我们便会将衣裤口高高卷起，一手从黄鳝的进洞口进入，一手远远地从出洞口堵住。如果洞穴从堤坝或田埂中穿过，就得用小铁锹实施土工作业，直至把大条的黄鳝追到手为止。

　　白天捕捉黄鳝，怎样辛苦总是捕获有限，要想增加捕捉量，还须等到晚上，借助一种水乡特制的竹笼方能事半功倍。竹笼用水乡极富弹性的竹片经篾匠精心编制而成，长约一米，手臂般大小，头部薄薄的竹片向竹笼内渐渐收拢成倒须状，水乡习惯称之为"倒须笼"，黄鳝和鱼类只要进入了便难以出来；竹笼的尾端敞开，用以放置进去黄鳝们最喜食用的蚯蚓或新鲜的田螺肉作为诱饵，再用扎紧的草团紧紧塞住竹笼的尾部。晚饭前，将其放置于黄鳝们经常活动的鱼塘或水沟边，用泥块或石头固定好，其尾端要稍稍露出水面一点，用于进入竹笼内的黄鳝换气。待天亮取出竹笼，挑回家中，在专门准备好的水缸边倒举竹笼将尾端的草团取出，一条条又粗又壮的黄鳝便会顺着竹笼流入缸内，间或也会收获一些泥鳅、黄骨鱼、鲇鱼等喜欢在泥水中活动的鱼类，我们称之为"纯粹的意外收获"。置于水缸中的黄鳝只需倒进一些清水，置于露天，不用喂食也能存活十天半月。集市上黄鳝的经济价值远大于普通鱼类，偶尔还会碰上来家里收购的小贩……印象中，当时一斤黄鳝能卖一两角钱，能换好几个作业本、好几支铅笔……嘴馋了，还能买回好几包兰花豆、好几包瓜子花生咧。

水乡习俗，凡过端午，必定要上一大盘拌着紫苏、黄瓜和大蒜煮烂的黄鳝。不然，就不算过节。那真是人间一道美味，回忆起来至今仍口齿留香。现时的乡亲们每到端午，还是少不了这道传统的菜肴。只是黄鳝已经没有野生的了，以人工饲养的居多。它们的头上已不见半点"王"字的痕迹，且一条条长度比野生的短许多，既粗又壮，也非雄非雌。知情人告诉我，饲养的黄鳝大多喂食避孕药物，不让其产卵，专心长肉，从鳝苗到上市仅需半年多的时间。直到现在，我才仿佛对黄鳝们为何爱与蛇为邻，喜欢将洞口和蛇穴交织在一起的行为多了一层同情和理解。

柳笛声声，渔歌唱晚。再回家乡，视觉上总有一种误入陌路之感：河浅了，湖小了，水浑了，树秃了，茂盛的水草没有了；过去满湖满沟的各种鱼儿也基本上绝迹了；野生的少了，饲养的多了；自然的少了，污染的多了……好在儿时的记忆，童年的乐趣有如刀刻斧凿般地定格在我的脑海中，只要踏上家乡的土地，闻上些许家乡特有的泥土芬芳，哪怕是一小股淡淡的洞庭湖中飘然而至的鱼腥味……我的心中便会立马重现一幅天蓝水阔、树绿草青、鱼跃人欢的水乡山水画。

金眼鸬鹚

　　生活在洞庭湖水乡渔村的人们，过去均以捕鱼为业，大都以网、罾、罩、钩、叉、镖、钯等传统的捕鱼工具捕鱼。其中也有部分渔民通过驯养鸬鹚抓鱼，过程独特、场面精彩，曾是水乡特有一景。

　　鸬鹚其貌不扬，粗见像野鸭，也有点像鹭鸶，其身体的每一个器官仿佛专为捕鱼而生，任何鱼类，只要被其带钩状的鹰嘴叼住，任你怎样蹦跶也休想逃脱；外凸圆鼓的双眼，凝视巡睃水面时可以进行360度的快速旋转，丝毫也不会放过水中鱼儿活动的蛛丝马迹；一双带蹼鸭脚，则成全了其善游善潜的特殊本领；为储存捕捉到的鱼虾，鸬鹚的长脖子中间还挂着一个像布袋一样黄色的喉囊，格外醒目；就连一身黑色的羽毛也常常闪着绿光，寒意逼人……平日无论是在水中还是在岸上游走，鸬鹚的脖子也常常是一伸一缩的，探来探去，鬼头鬼脑，完全一副盗贼的样子。

鸬鹚大部分时间都会栖在渔船两舷的竹架上，把脑袋插在翅膀里睡觉。只有听到渔民敲击船板，挥动竹篙，发出"吆嗬嗬、吆嗬嗬"的出征命令后，才会像黑色闪电般，收紧双翅、绷直双脚，凌空一个猛子直刺水中……因此，鸬鹚又有"乌鬼""乌贼""水老鸦""鱼鹰"等别称。诗人杜甫在观赏完鸬鹚捕鱼的场景后，曾有诗云："家家养乌鬼，顿顿食黄鱼"。

金大爷是渔村的一位捕鱼高手，他不但能使用许多传统的捕鱼工具捕鱼，还长期驯养着一棚好几十只鸬鹚。金大爷从小与鸬鹚为伴，摸索和积累了一整套驯养鸬鹚的方法。出壳的雏鸟，金大爷先是喂食一些鳝鱼的血沫，稍大时则投喂一些去骨的新鲜鱼肉，让其嗜血成性。金大爷还说，鸬鹚既有天生的攻击性，也有天生的懒惰性，每次投料不能投得太多，须群投群喂，让其在掠夺、攻击、竞争的氛围中浴血生长。

鸬鹚就像一个颇具争议性的才干家，优点明显，缺点也不少，每次捕鱼时，稍不注意，便会将鱼吞入其粗大的喉囊。金大爷驯化时，一旦逮住"反面典型"，便反复挤压鸬鹚的喉囊，让其吐出吞食的鱼虾，并饿上两天两夜……如此这般，"乌鬼"们便有了记性：没有主人的批准，决不敢偷食。所以，在水乡一带，唯有金大爷驯养的鸬鹚群在捕鱼时，不用在其喉囊下端系上小麻绳（偷食了鱼却吞不下，会被主人用专门的抄网兜住，活生生地用手挤压，进行鸟口夺鱼）。还有，金大爷赶鸟捕鱼，也是唯一一个不拿抄网的人。浪里白条的鸬鹚捕到鱼浮出水面后，金大爷只需顺手将划船的竹篙向前一伸，鸬鹚便会衔着鱼跳上竹篙，爬进渔船的活水舱，将鱼丢下。待金大爷用小鱼小虾犒劳一番后，又扑入水中继续投入鱼鸟大战。

每天清晨，当我们背着书包走在湖边的堤岸上，随着湖面上一层层水雾慢慢散尽，这时不远处总能传来金大爷那特有的嗓门发出的"吆嘀嘀、吆嘀嘀"地叫唤鸬鹚起床出征的吆喝声。不一会，一阵阵悠然的桨声，以及鸬鹚们"扑哧、扑哧"的展翅声，还夹杂着一阵阵"嘎嗨嗨、嘎嗨嗨"的叫唤声，便会划破一湖晨曦。这时的金大爷总会约好渔村的其他几条鸬鹚船，将湖堤边上一处藏鱼深潭作为集中点，赶着鸬鹚从远处的湖面慢慢向深潭靠拢。

鸬鹚是鱼类的天敌，水中相遇总是惶恐逃窜。众多鸬鹚组成的"天网"在水中刮过，大小鱼儿便乖乖地逃向深潭藏身。这时，随着金大爷一阵"噢哟哟——噢哟哟"的仰天长喊，参与围歼的所有鸬鹚船也是一阵阵"噢哟哟——噢哟哟"地响应，紧接着便是一阵又一阵"梆梆梆……梆梆梆……梆梆梆"——竹篙敲击船舷发出的响声，一阵紧过一阵，敲喊得湖中的鱼儿晕头转向。鸬鹚们则斗志昂扬，如同天兵天将下凡，将如丧家之犬的各类鱼儿追剿得无处躲藏。渔民们粗犷的吆喝声，用力敲击船帮的击打声，以及亢奋的鸬鹚们冲水破浪的搏击声……响成一片。让人与鸟都仿佛置身于一场土著人的篝火晚会，参与者浑身每一根血管都充斥着原始野性的力量。

水中鸬鹚不但精于单个作战，也善于集体协作。常见几只、十几只鸬鹚共同发力，将一条条十多斤、二十多斤重的大鱼在被追逐得精疲力竭后，被鸬鹚们长长的鹰嘴分工叼住大鱼的嘴、眼、鳍、脊、尾等处（只有这几处地方才好下嘴），合力拖出水面。这时已成鸬鹚口中俘虏的鱼儿，大都鱼鳞散尽、体无完肤，命若游丝。

鸬鹚成为捕鱼高手，除了有一身十分高超的捕鱼技巧外，还得益于它们都有一双在水中能见度高的潜水眼。一般鸬鹚的眼睛都是黑色的，在水中能看过几米，唯有一种长着金色眼睛的鸬鹚视力极强，在水中能见度可达十几米远。水乡渔村的人们在夸奖一个人厉害能干时，总是会这样说："你是一只金眼鸬鹚哪，看水都要看透三丈深！"金大爷姓金，不但会捕鱼，而且也长着一双不同于别人的淡褐色眼睛；平日，金大爷站在岸上只需往水中投入一块小石头，便能根据水的成色和波浪的形成，判断出水域中大致有多少鱼，甚至连鱼的种类及雌雄都能说出个八九不离十；加之，金大爷又饲养了一只名叫"鱼雷"的金眼鸬鹚，所以渔村老少都称金大爷为金眼鸬鹚。

英雄相惜，金大爷一直对金眼鸬鹚厚爱有加，不但给其配有专门的鸟舍，还常常用小鱼小虾给它"开小灶"。别的鸬鹚出征时都是栖在船舷边的竹竿上，唯有金眼鸬鹚是站在船头正中——金大爷为其专门用木架子在船头筑有一个"钓鱼台"哩。金眼鸬鹚不负厚望，一般的鸬鹚最多一次也就捕个三四公斤鱼，唯有金眼鸬鹚每次捕获的鱼类都会在十公斤以上。一次，邻村的一位渔民看中了金眼鸬鹚，提出以两头水牛互换。金大爷闻言把头摇得拨浪鼓似的直嚷嚷："哼哼，别说两头，就是十头水牛也不行，除非你用渔船装一船金子来！"

深秋的一天，金大爷邀请渔村所有的鸬鹚船，足有上百只鸬鹚一起摇船划桨走了几十里的水路，来到位于洞庭湖城陵矶码头，一个三江汇合处的深潭，决心来一次重大捕获。急骤而热烈的围歼开始后不久，金眼鸬鹚却第一次有些反常地无功而返。当它扑爬着站在钓鱼台上，似乎有些绝望无援地望着主人时，金大爷却有些不解其意，疏忽中只是挥挥手中的竹篙又把金眼鸬鹚赶入水中。不一会，在离渔船十多米的深潭处卷起了一阵又一阵的漩涡，潜在水潭中的十几只鸬鹚也惊恐地浮出水面，向远处逃散。约莫几分钟光景，潭面便浮泛起一片又一片红色的血水和许多鸬鹚羽毛……半小时后，金眼鸬鹚的尸体和一条重十多公斤重的鳡鱼便一同浮出了潭面。鳡鱼是洞庭湖中专吃鱼类的超级杀手，其头部外形像极了一枚加长加大的步枪子弹，一次可穿透十多层渔网……强敌相遇，金眼鸬鹚最终和鳡鱼一起同归于尽，魂归波浪。

黄昏秋水，自从湖区的人们开始用电船电鱼（连躲在淤泥中的泥鳅也休想逃脱）、用迷魂阵捕鱼（大鱼小鱼，以及鱼子鱼孙均无一幸免），加之人为污染，洞庭湖的渔业资源日趋枯竭，渔村周围上百公里的湖面渐渐已无鱼可捕。不久，失去了金眼鸬鹚以及无用武之地的金大爷便忧郁成疾……一日黄昏，金大爷将剩下的几十只鸬鹚全部放归到了洞庭湖深处一片一望无际的芦苇林中，折断划船的竹篙，把捕鱼船也拖到岸上倒扣在自己家的禾堂中……结束了近五十年靠水吃水、捕鱼为生的生涯。

在渔村凡有老人去世，都有在其棺材上绑扎一个纸制仙鹤的习俗，取其鹤寿正寝、驾鹤西去之意。不知是扎纸艺人有意如此，还是乡亲们思维习惯使然，抑或别的什么原因，金大爷去世后，绑扎在其棺材上的仙鹤，人们无论是从前从后，还是从左至右……怎样看去，感觉都像一只眼睛有些特别的鸬鹚！

葬途茫茫，微风拂送，在亲人们的泣号和哀乐声中，纸扎的"金眼鸬鹚"微微地抖动着双翅，向上张动着鹰嘴，一停一顿之间，仿佛在向天发出一阵阵轻微的哀鸣。

赛龙舟

一

水乡水多，木船多，以水为生的水手、渔夫、排鼓佬也多。江湖之中，两船相遇，或多排同行，难免会争出个先后输赢，久而久之，便有了水乡龙舟竞渡的雏形。

据传，赛龙舟最早是水乡的祖先们用于祭祀水神和龙神的一项仪式，时间可追溯至原始社会的末期。至今在水乡临资口古镇，面对湘江和资江流入洞庭湖的桥边，还留有"龙王庙""洞庭庙""湘夫人庙"等龙舟竞赛开始前用于祭祀活动的远古建筑。后来，爱国诗人屈原从资江的上游一路驾船东行，途经古镇，在离古镇十多公里处的汨罗江投江后，龙舟竞渡就变成了人们纪念屈原的独特方式。水乡古镇自古民风剽悍，年轻的水手和排鼓佬们也是个个喜欢争强好胜，对龙舟竞渡格外钟情。由此，"宁荒一年田，不输端午船"也成了挂在乡亲们嘴边的一句口头禅。

就连乡场上读过几天私塾的老头，摇头晃脑之间，说出的也是一脸轻巧："龙舸竞渡，纪念的不过是汨罗旧事；大江奔涌，翻腾的无非是湘水余波。"

水乡的龙舟大都模仿神话传说中的龙形而造，每当长长的龙舟行进在江河之中，总会发出"呼啦、呼啦、呼啦啦"的吟唱，从此岸传到彼岸，从远古传到如今……替寂寞的水乡增添了许多野性和灵性，也增添了无尽的生机与活力。

二

湘楚大地自古巫风盛行，祭祀、招魂、巫术、放蛊等现象十分普遍。同样，巫风楚韵也贯穿着龙舟从制造、下水、竞赛的全部过程。制造龙舟，首要的是选好木材。水乡人认为，樟树是神木，有灵气、能通神，龙头龙尾要选用成年的大樟树；船体则要用上好的杉木，杉木材质上乘，光滑轻盈，用这样的木材制造的龙舟轻巧快速，极富灵性。但是，这些树木既不能到集镇上购买，也不能采自本村，要到邻村的山上去偷。偷东西必有人追赶，做贼心虚，逃的人也会逃得很快。由此类推，用偷来的木头打造出的龙舟也必会划得快，取得好的名次。

采伐前，先让有经验的工匠到乡邻山上高调踩点，给看上的树木做上印记，实际上也是给被偷的人家发出信号。见此，乡亲们早已习以为常，被偷者不但不会心痛，反而还会暗自高兴："自家的树木都能做龙骨了，家中的子弟将来肯定能'鱼跃龙门'。"于是，他们大都会在偷伐当日倾情予以配合。第二天，待偷伐的工人们在放倒的树木前摆好祭品，燃放鞭炮，准备扛起树木起身的时候，主人家便会大声吆喝着"抓贼呀，抓贼呀"，使劲追赶……村民们这时也会越聚越多，加入追赶的行列。他们虽然人员多、声音大，但却不是真正地追撵，真正地拦人夺树……追赶的人越多、越快，预示着将来制造的龙舟在江面上也会更加劈波斩浪，快速如飞。

龙舟的制造一般定在农历的四月，须挑选一个黄道吉日开工，"掌墨师"和工匠要挑，连制造场地也要选，照例是要祭天、祭地、祭龙王，还要祭鲁班；工匠开工前还须斋戒沐浴、焚香叩拜，颇多禁忌。龙舟造好后，得用大量的猪油、蒜泥将船底和船边擦得油光闪亮，以增加滑度，减少水的阻力。紧接着，便是杀猪宰羊，行礼鸣炮，隆重举行"接龙头"和"续龙尾"仪式。鞭炮从"掌墨师"家放起，一直放到龙头、龙尾安置在龙舟上，一路上炮声震天、鼓乐吹鸣、人龙相随……只有举办了"接头""续尾"的仪式之后，龙舟才不再是木头，而是一条龙，有了天、地、人三者的相连，有了生命，有了灵气。

水乡江河密布，龙舟竞渡常以临资口古镇为中心，以水域不同划分四个区域。红色代表湘江东岸的村庄、黄色则为西岸村庄，资江南岸的村庄属白色、资江北岸的村庄为黑色。龙舟则分别涂以红、白、黄、黑四种油漆，冠以红龙、白龙、黄龙、黑龙的称谓。不仅船身，就连船上的旌旗罗伞，以及桡手、鼓手、锣手、指挥们所有的服装，以及船桨、船篙、船绳等都为一色。江水翻腾，人欢浪飞，彩龙竞渡，水乡顿成人间仙境。

如今，水乡赛龙舟均以红、黄、白三种颜色居多，尤以黑色龙舟缺席时间最长。老人们说，很久以前，水乡的红、黄、白、黑四条龙舟在湘江河道中竞渡，突遇狂风，黑龙舟全舟翻覆。龙舟竞渡奉行一条铁定的规矩，不开赛则罢，一旦开锣动桨，哪怕遇上狂风暴雨，翻江巨浪也不能中途停赛，须一赛到底。也有人说，黑龙舟在竞渡前曾有妇女上船戏水。这也触犯了龙舟禁忌，凡竞渡龙舟一律不准妇女登船；即使桥下经过，也不许妇女站在上面。结果，在狂风巨浪中倾覆的黑龙舟除了一位舵手、一位鼓手出事时，拼命抱住散落的船舵和大鼓侥幸活命外，其余三十六名桡手、一名指挥、一名锣手，共三十八人无一生还。神奇的传说还在后头，老人们言之凿凿，还说，黑龙舟出事后，每到狂风暴雨的夜晚，乡亲们都能隐约听到湘江河道的中心传来一阵阵龙舟行进时发出的"呼啦——呼啦——呼啦啦"的吟唱声，还听到有人在嘶哑地叫喊："好是好，差个打鼓佬；行是行，缺个掌舵人。"果然，不出三月，黑龙舟的两位幸存者，尽管都水性极好，但皆阴差阳错，有些莫名其妙地在湘江河道中游水洗澡时，先后都给淹死了。人们把黑龙舟打捞上来后，郑重其事地用三牲祭祀跪拜一番后，在龙王庙前深埋起来，从此不再起龙。

新的龙舟制造好后，下水前一天晚上还要举行"亮灯"仪式，时间一般选在农历四月三十日晚上。五月初一新龙舟下水，桡手们进行赛前练习，检验班子，称之为"齐桡"。龙舟正式下水前，按惯例还要面对屈原投水的方向，摆上猪、牛、羊三牲，点燃香烛进行"朝庙"。然后主持人再为龙头系上红绸、鸣炮奏乐，预示龙舟在竞赛时，能顺风顺水，旗开得胜。

三

龙舟建造好了，就得开始选人，要选舵手、鼓手、锣手、指挥，还得选三十六名桡手。这时，村里的村长、支书、村干部们说了是没有用的，须由"龙舟头"和"龙舟趸"说了算。龙舟头资历老，久历江河湖泽，见风经雨，是大伙的主心骨；龙舟拥趸则是村里爱好赛龙舟的一大帮男男女女，老老少少。只有经他们集体议定认可，才能成为正式的龙舟赛手。龙舟队员的组成一般都是老、中、青三结合。舵手、鼓手、锣手、指挥须由有经验的中、老年人担任。其中舵手（也叫艄公）是主帅，自古就有"鼓是令，艄是命"的说法。能当上舵手的，不但家人为之高兴，也是整个家族的光荣。桡手则必须从踊跃报名的年轻人中筛选，要求身强力壮、爆发力强，富有极佳的组织纪律性和集体荣誉感。特别是划头桡的队员要求更严、标准更高。因为，他们是龙舟队伍里的灵魂，也是龙舟的精气神。头桡是指雄踞船头左右的两名桡手。龙舟竞渡时，头桡一般不轻易下桨，他俩常常掌擎着桡子，随着鼓点频频虚晃，只有龙舟进入赛道，头桡和鼓手、锣手、指挥认为有把握胜出时才开始动手，其他桡手见状便开始拼命下力，大伙心往一处想、劲往一处使，将龙舟划得飞起，也将龙舟"呼啦啦——呼啦啦"的吟唱声响到极致。龙舟到达终点时，均以头桡举桨为准。

水乡情窦初开的村姑，均有在龙舟桡手中寻觅意中人的习惯。在她们眼中，能成为桡手的小伙子已经大伙千挑万选，人品好、口碑好、身体好，肯定是人中之龙，将来组建家庭，安全可靠，幸福美满。歌云："鼓槌短龙舟长，俏妹子眼睛格外忙。小伙子水中显身手，端阳节里选情郎。"龙舟得胜后，当全身湿漉、胸肌凸现的桡手们高举龙桨走在上岸的路上，这时年轻漂亮的姑娘们大都会不顾羞涩和矜持，蜂拥向前将象征爱情的鲜花和香包使劲抛向桡手们的怀中。其中，尤以头桡得到的鲜花和香包最多。

四

"五月五，龙舟下水打烂鼓。"龙舟决赛通常在端午节的当天上午吃过早饭后进行，先要举行"放龙"（开赛）仪式，随着主持礼乐的长者发号枪声一响，霎时鼓乐齐鸣、爆竹炸响，两岸黑压压的人群中发出的欢呼声、呐喊声响彻云霄。宽阔的江面，一艘艘龙舟并排飞出，水花四溅，场面壮观热闹。

这时，宽阔的江面喊声阵阵、鼓点咚咚、锣音铿锵，均有板有眼，时急时舒。"咚咚咚——锵，咚咚咚——锵"的锣鼓声是表示龙舟在江上闲游；当听到"咚咚锵——咚咚锵"的声音，是表明龙舟在小试锋芒，好戏即将拉开序幕；当锣鼓敲出"咚锵——锵——咚锵"越来越急促的声音时，定是龙舟决赛进入最后的冲刺阶段了。划龙舟有一句俗语，叫"听鼓下桡"，鼓声就是号角，鼓声就是命令，桡手们热血齐涌，干劲倍增，由先前的坐着划桨，一律改为跪着一条腿、弓着一条腿，半蹲半站式地拼命用力。此时，锣手和鼓手挥舞着棒槌，一阵更加紧似一阵地拼命敲击，大有将锣鼓敲破之势；手舞竹竿的指挥也是站在船头，随着鼓点左摇右晃，高声叫喊着"加油、加油"的号子，给队员们鼓劲加油；红色的龙舟比黄船、白船多了一名炮手，不停地在船尾点燃着一种自制的土炮，"砰砰砰——砰砰砰"地发出一声声巨响，极有冲劲和气势……

两岸成千上万的观众此时此刻也进入了一种忘我激动的状态，有声嘶力竭叫喊不停的；有挥舞双拳蹦跳不止的；有竟情不自禁地把手中的遮阳伞，还有别人头上的草帽、斗笠抓了往天空抛撒的；这时最为吃亏的要算是妇女们背褛和怀中的婴儿了，忘情之处，勒伤、抛伤娃娃的事故时有发生。"水中龙舟拼命飞，岸上妇人箍死崽"的俗语，描述的就是当时的情景。

这时，最揪心的要算是同在岸上观战的爷爷奶奶、外公外婆等老人们了。因为有的儿子属红船，女儿属白船；孙子属黄船，外孙属红船；甚至一家红、白、黄船杂处的也不在少数。每逢竞赛，界限分明，均是"物以船聚，人以船分；各为其主，各为其船"；遇到保密的事，纵是夫妻、父子、爷孙，不同属一条船也是互为保密，不通消息；为了争论输赢，更是脸红脖子粗、六亲不认……有时等到龙舟竞赛过去大半年了，夫妻、父子、爷孙之间仍有赌气互不说话、讲和的。

一位水乡诗人，在目睹了乡亲们竞赛龙舟的热烈场景后，曾即兴赋诗，摇头晃脑地吟哦道："火之血、酒之气、山之骨、水之魂，五月湘江看龙腾，方识水乡人！"

五

龙舟竞赛告一段落后，龙舟所属村庄或祠堂的亲戚朋友，就会将准备的红布、红包、烟酒、包子、粽子等物品用长长的竹竿挑着，拥至江边，燃放鞭炮，给龙舟"上红"，以示慰问；也有将长条的红布放在竹竿上，等待获胜的龙舟来取，名曰"抢红"。待龙舟赛事结束，各村都会烧好几大锅大鱼、大肉和大米饭，称为"龙船饭"，全村男女老幼都来食用，寓意接通"龙气"，广结"龙缘"，遍得"龙福"。

鼓停了，舟歇了，江水也恢复了以往的平静，唯有乡亲们把热闹、兴奋、希望等都写在了脸上，久久也不曾平静和消退。

水禽记忆

牧　鸭

水乡多水鸭。

水乡一望无际的湿地间到处苇林丛丛、水草茂盛，水禽们喜欢啄食的田螺、河蚌、小鱼、小虾等水产品丰富，人工饲养的水鸭也特别多。站在水乡祖祖辈辈燕子衔泥般筑起的防洪堤坝上向下俯瞰，望不到边际的湖洲、浅滩及稻田间到处是不停蠕动着的黑、白、黄、绿色的斑点，以及"嘎，嘎——嘎嘎"十分聒噪的水鸭们的叫声。

小时候，我常和村里的小伙伴们一起坐在田埂上或湖沟边隆起的土堆间，用小手托着双腮饶有趣味地观看大人们牧鸭。只见他们驾着两头尖尖的"鸭筏子"，胸前用长麻绳吊着一只铁皮口哨，手中举着一杆特制的长柄鸭锹，驱赶着一大群黑压压的水鸭，一会用鸭锹甩着泥巴指挥水鸭们赶到刚收割完的稻田里抢食；一会拿起胸前的哨子"嘀嘀——嘀嘀"有节奏地吹着，将吃饱了的水鸭领至河滩上，或集合"开会"，或集体"洗澡"……他们的神态像极了一个个指挥千军万马的将军，牧鸭人常被乡亲们叫成"鸭司令"也由此而来。

记得那是我上小学的前一年春天，父亲用半箩筐稻谷给我换回来了十几只毛茸茸的小鸭。我兴奋地用废旧砖头在我睡房临窗边的坪地上，给小鸭们搭建了一个鸭棚；还砍来结实的柳树棍，用小铁丝连接，在鸭棚前面圈定了一块十来平方米的活动场地；没有"鸭筏子"，我便从菜园中砍来几根楠竹，扎到一起做了一个简易的小竹排；鸭锹则是用母亲废弃的锅铲，将其敲直，接上一根长木棍，甩起泥巴来倒也经济实用；后又用捡来的两个鸭蛋换来了一只崭新的铁皮哨子……由此，我便开启了难忘而又有趣的牧鸭生涯。

小鸭极好饲养，开始只是让其在家门前的鱼塘和稻田边的小水沟里活动，待其翅膀长出硬羽来了才赶至河汊及湖面上经风历雨。放牧时，我还常常会用小鸭锹挖来蚯蚓，或从水沟里捡来田螺及河蚌砸碎，或抓来青蛙煮熟拌着剁碎的青菜等喂食小鸭。大清早起来，我还会根据小鸭们大便的成色和稀硬程度判断小鸭子是否生病了。请教喜欢我的鸭司令得知，水鸭不管得什么病，水乡田野间到处生长的车前草皆是医治鸭病的一味特效药。有此经验，三天两头我便会扯来一大把车前草捣碎掺在鸭食里进行喂食。这样一来，我喂养的小鸭几乎从来没有生过什么大病，只只健硕有力，长得也特别快。

初学牧鸭，小鸭们常常不听我吹的口哨。无奈之下，我只好窝着嘴唇，学着大人们驯鸭的老办法，用喊叫声对小鸭们进行调教。比如："喇喇，喇喇"——是呼叫"集合"，"嘘嘘，嘘嘘"——是呼喊"停止前进"，"吆嘻，吆嘻"——是催促"快走"……小鸭的生理特征是身躯内只有一根肠子从头通到尾，俗称"直肠子"，消化能力极强又快，特别贪吃。常常是小鸭们刚吃饱不到十来分钟，转背又会"嘎嘎——嘎嘎"地发出饿了的呼叫……这时，便是驯化它们的极好时机。我常常高举着鸭食，吹着口哨，只要哪只小鸭不听我的号令，就决不喂食……久而久之，小鸭们基本上也就都能令行禁止，听我的指挥了。

在水天一色的湖区牧鸭也有许多诀窍。比如：在流水区域赶鸭不能逆流而上，须顺流驱赶，不然水流一冲，小鸭们便会乱了阵脚，四处逃散；在堤岸上行走，遇到刮风，也只能让水鸭们走顺风，如果逆风追赶，河风便会将鸭尾的羽毛吹得像一朵朵盛开的向日葵，让水鸭们满地乱滚……因水鸭和小狗习性相容、趣味相投，那段时间，我还常常举着饭团和锅巴，训练我家的小花狗帮我在湖洲上和稻田间放牧水鸭。有时，遇到水鸭们偷食生产队稻田里的谷穗，小花狗便会连跳带叫进行驱逐；夜晚常有野猫、黄鼠狼等钻进鸭棚里骚扰，小花狗则会不顾一切，用爪抓嘴咬，赶跑这些水鸭的天敌。

小鸭们在我的精心喂养下，一天天长大了，开始是跳，接着是飞，后来跳不成飞不动，连走路都一摇一摆的了。转眼之间，炎热的夏季将至，水乡的水稻就到了收割季节。收割完的水田里既有遗剩的稻谷，又有禾虫、水蛭、田螺、泥鳅等水鸭们极好的"活食"。不久，十多只水鸭就全都开始下蛋了。水鸭每下一个蛋，我便用粉笔头在鸭棚的泥巴墙壁上添写一笔"正"字。我边扳着手指头边统计，经我饲养的水鸭，当年每只下蛋都在一百五十个以上，一直到临近过年的冬季方才停止。

水乡下雪的日子不长，只要天气好转，我便将水鸭们赶至离家尚不足千米的南洞庭的湖洲上放牧。广阔的湖洲冬日里虽百草凋零，但因湖水干涸，裸露的湖洲和浅滩上鱼虾遍布，田螺、河蚌比比皆是，还有密布的水草根茎……一时成了无数南迁的候鸟、野鸭、天鹅，以及水鸭等水禽们自由觅食的天堂。只要每次我吹着口哨，赶着水鸭从家门后越过湖堤，水鸭们便欢舞跳跃，拥至湖洲和野鸭、天鹅们混迹一处，抢食湖洲里的野味佳肴。在洞庭湖区一带因饲养的水鸭长时间和野鸭混迹一处，久而久之就会互相熟悉，直至相依相亲，融为一体。记得当时，水乡饲养的水鸭，绝大多数便是和湖里野生的"青鸭"杂交而成，学名叫"洞庭麻鸭"。

当然，把大群的水鸭赶至湖区喂养，如果偷懒，疏于约束管理，缺乏人与水鸭之间相互的依赖与默契，水鸭就会变成野鸭再也赶不回来。听大人们说，邻队的一棚六百多只水鸭，由于牧鸭人总是十天半月放出去却懒得费力赶回来，结果全部放野了……

有趣的是，我划着小竹排在湖区里放牧的水鸭，不但一只也未曾丢失过，而且在第二年春天的一个傍晚，水鸭们竟还帮我一起带回来了五只青头蓝羽的野鸭。开始时，野鸭和水鸭们只是时聚时散，后经不住我用稻谷和晒干的小鱼小虾使劲催肥，以及精心照看和慢慢地接近……不长时间，五只野鸭就和我饲养的水鸭们形影不离，乐不思归了。

转眼到了第二年的秋季，我要背着书包上学了，只好恋恋不舍地把水鸭的放牧权交给了弟弟。但只要我放学回来，或听到我吹的口哨，水鸭们依旧会"嘎嘎——嘎嘎"地欢叫不停，伸长脖子朝我一摇一摆地跑来，或踩踏我的脚背，或飞跳起来用扁嘴巴追啄着我的书包……甚是亲热哩。

再后来，我家和所有邻居家饲养的水鸭就被当成"资本主义的尾巴"，全部"割掉"了。可怜的五只野鸭直到被民兵营长用竹篙扑打死了，还睁着两只圆圆的眼睛未曾闭上呢……

喂天鹅

小时候，翻上房屋后的堤坝，便是一望无际的南洞庭湖湿地。湿地里有许许多多白天鹅、黑天鹅，还有黑压压的一片片、一群群的白头雁、斑头雁，丹顶鹤、白鹳鹤，以及秋沙鸭、赤麻鸭、对爪子、八爪子等叫得出名字和叫不出名字的各种野生水禽。

天鹅们大部分时间里是两只一对，时而慢慢地用红色的脚掌划水，在湖水中优雅地游来游去；时而用嘴巴相互啄咬羽毛，或窃窃私语，或交颈而歌……间或，我们仰望湖面的天空，看到的也是一排排一行行的队形，一会儿排成"人"字，一会儿排成"个"字，一会儿又排成"一"字，或"呦呦——呦呦"，或"克噜——克哩"……不停叫唤着继续南飞的天鹅。大人们说，南飞的天鹅硬要飞到离我们水乡不远处的衡山，绕"回雁峰"三圈后，再飞返洞庭湖。

邻居胡爹是我出生时认的"干爹"，老人喜欢养鸭、养狗，还会抓鱼、讲故事。从记事开始，我和村里一大帮穿开裆裤的小伙伴便整日整夜地跟着胡爹到处乱跑。一会儿背着竹篓跟老人学习捉鱼捕虾，一会儿扛着鸭锹请老人教我们牧鸭驯狗，更多的时候是缠着老人，请他讲述自己如何由一个"猎鸟人"转变成一位"爱鸟人"，以及如何尽心尽力保护天鹅的故事。

胡爹告诉我们，年轻时他和生产队里许多村民一样被拉进"打雁队"当过一段时间的学徒。第一次猎鸟，便目睹了天鹅殉情的惨状。二十世纪六七十年代以前，因生活所迫，水乡的乡亲们喜欢用一排排铸铁管改装成的"洞枪"，装上霰弹猎捕天鹅及水鸟。被枪声惊飞到半空中的天鹅，稍许镇静之后，如果在同样惊飞的幸存者中间未寻觅到伴侣，立马便会像坠落的子弹一般，哀鸣着从高空中垂直坠向湖面，在同伴的尸首边，扑棱着双翅，不停地哀鸣独舞，直至气绝而亡……后来，跟胡爹一起当学徒的水生被洞枪炸死，则让老人彻底萌生了放下"屠刀"的念想。那天凌晨，胡爹和水生受命一起到洞庭湖湿地中的天鹅潭捕猎天鹅。水生躺在像坟茔一样的掩体内点火，洞枪没响。水生等了一会没动静，便上前查看，洞枪却突然炸响……鲜血从水生的喉部流出，如一口泉眼……湖面的一大群天鹅却连羽毛都未伤着一根。它们在天空中盘旋了几圈后，也是"克噜——克哩"地鸣叫了一番后，才向远方的天空飞去。从此，胡爹便认准湖中的天鹅是灵性之物，伤害不得，否则必遭天谴。

至今，我依然记得胡爹的"经典"装扮：一顶竹笠、一身蓑衣，挂着一根分杈的柳树拐杖；肩扛一把自制的长柄抄网，用以打捞负伤的天鹅、鸿雁及水鸟，抱回渔棚精心疗伤喂养；左肩右肋背着一个长长的自制布袋，里面装满了晒干的小鱼、小虾和一些稻谷、炒米，这些都是老人喂食天鹅及水鸟们的上好饲料。平日，我们一有空闲便会跟在胡爹后面，或帮他扛抄网、背饲料，学习些如何替受伤的天鹅、大雁们喂食、疗伤等方面的知识。在湖边的时间长了，天鹅们已能分辨出老人的脚步，胡爹喂食的鱼虾稻谷，天鹅们都争着抢食。有时，我们也会学着胡爹的样子，从他的长布袋中掏出一捧捧干粮，在同一地点抛撒喂食，天鹅们却躲之唯恐不及……胡爹见我们满脸疑惑，苦笑着长叹了一声："小子们哎，你们和许多大人一样六根未净，杀气太浓……天鹅害怕呐。"

胡爹告诉我们，跟天鹅打交道，要有诚心、善心和耐心，要慢慢地用行动消除它们对人的戒备和敌意。一个"天鹅亡机"的故事，便是那时胡爹讲给我们听的。说的是一个渔民每天去湖边捕鱼，常与天鹅相伴相戏，其乐融融。一日渔民的妻子说，既然天鹅那么好玩，你捉只回来给我玩玩。渔民答应了妻子。第二天，渔民再去湖边，天鹅见了他就远远地飞走了……原来是天鹅看破了渔民的心机哩。

不久，我帮胡爹疗伤、喂养过的几只天鹅，居然也能从湖边认出我来，也能近距离地慢慢啄食我投放的鱼虾和饵料了。见此情形，胡爹便准许将一只腿部受伤的白天鹅让我抱回家中饲养。我把受伤的天鹅圈在家门前的鱼塘里精心饲养，一个多月时间，天鹅便恢复了健康。这时，我发现伤愈后的天鹅整日郁郁寡欢，食量也日渐减少……有时还总是面向洞庭湖的方向伸长脖子鸣叫不止……于是，我特意选择了一个风和日丽的晴天，扯开罩着鱼塘顶部的旧渔网，击水挥篙驱赶着天鹅起飞，让它回归自然。只见天鹅"扑棱——扑棱"几下翅膀，歪着长脖子求援似的叫唤了几声……便又垂头丧气地不动了。请教胡爹，老人拍着我的小脑袋嬉笑道："蠢家伙，天鹅在鱼塘里飞不起来，是因为鱼塘太小，没有供肥重天鹅起飞的'跑道'哩！"听后，我和一大帮小伙伴一下子恍然大悟：在十分广阔的湖面上，哪只天鹅不是扑棱双翅，像飞机在跑道上起飞一样，由低而高再慢慢地拉起来起飞的啊。

春来秋往，胡爹整日整夜守护在天鹅和水鸟们活动的湖边，收拆专事猎鸟的"滚钓""渔网"，掩埋拌有剧毒农药的稻谷……此举却常常遭到一些盗猎者的忌恨，认为胡爹有意跟他们过不去，是多管闲事。不久，胡爹家的水牛就被人踢伤，插上秧苗的稻田也被人有意踩坏……更有甚者，还扬言要趁月黑风高的夜晚把他丢进湖中淹死。尽管如此，胡爹依旧挂着那根分杈的柳树拐杖，整日整夜地在湿地周边默默地守望，孤独地行走——尖尖的竹笠，配搭上像长了两个翅膀的黑色蓑衣，远看胡爹像极了一只年迈孤寂、独行独舞的黑色天鹅。

又见天鹅和老人，已是十多年后。好几个清晨和傍晚，我依然习惯地站在湿地的湖堤上俯瞰，较之以前抬高了许多的湖床，仍旧到处是许许多多的黄点、灰点、白点和黑点……这些都是天鹅和各种水鸟的身影。在这些小点中间，一个大一点的黑点却仍在踟蹰独行。胡爹告诉我，现在偷猎天鹅的人虽然比过去少了许多，但其使用的手段却更为现代。他们有的布设"天网"猎捕；有的用化学药品毒杀；还有的用"强光"照射，激光一般，直射距离可达几百米远，"光枪"过去，天鹅们全变成了瞎子傻子，只好乖乖就擒……

近看胡爹，老人腰身更加佝偻，头发胡子全都变成了白色，双眼也是半睁半开一片混浊……抄网仍在、拐杖仍在、布袋仍在，竹笠和蓑衣却不见了，取而代之的是一把"天堂牌"黑色雨伞。

猎野鸭

小时候，老家土砖砌墙、茅草盖顶的房屋后面便是一眼望不到边的南洞庭湖湿地，无数个秋冬的夜晚，我们常常被"叽叽——喳喳""呦呦——哦呀"的各种野鸭和水鸟的鸣叫声吵醒。

湿地中要算野鸭最为常见了，那些被我们称作"一爪子""二爪子"……"七爪子""八爪子"的野鸭，单从名称上便能知道它们的生存状态。一爪子一般都是形单影只，二爪子是两只一伙……八爪子则是八只一群。它们的重量却是数字越小的越重，数字越大的越轻，八爪子加起来的重量刚好与一只一爪子或两只二爪子的重量相等。野鸭们喜欢群居群聚，常常是成百上千一伙伙游水觅食。稍有响动，惊飞的野鸭群能遮住半边天空，满眼都是黑压压的一片。

因迷恋洞庭湖湿地丰饶的鱼虾、田螺、河蚌及水草、芦苇、湖藕根茎等食物，天气转暖的时节本应北飞的它们却大都选择留在洞庭湖的湿地里孵化小鸟，乐把他乡当故乡。

常住湖边，经常听到高亢而兴奋的群鸟鸣叫固然是一幸事，但清晨的睡梦中，常常突然被一声声巨大轰然的打鸟"洞枪"声惊醒，于人于鸟而言，无疑是一场惊悚的灾难。

二十世纪六七十年代，"洞枪"是洞庭湖区盗猎者偷袭水鸟的一种专用械具。它们有的是用现成的铸铁管或钢管加以改造，有的则是将成年笔直的杂木树干掏空，捆箍上铁丝做成，长四五米，形状极像一根加长的榴弹炮的炮管，乌黑锃亮，枪管后端有一个专门填插导火索的小孔，猎鸟者先往枪洞里填充进黑色的火药，用木棍杵紧，再装进足有半箩筐的霰弹。洞枪经点火发射后，霰弹呈扇形发射，一扫一大片，湖面顿时哀鸿遍野，惨叫连连！

物质匮乏的年代，水乡的水田产量低，收入有限，加之法纪观念及动物保护意识相对淡薄，乡亲们便想起了靠山吃山靠水吃水，想方设法闯进洞庭湖湿地讨生活。秋冬的农闲时节，生产队里组织了许多"副业队"，印象中有打鱼队、挖藕队、猎捕野鸭队，还有砍伐芦苇队等。他们肩扛砍刀、藕锹、鸟铳、渔网，驾着渔船浩浩荡荡地开进了洞庭湖区，从此广袤无垠的湿地鱼逃鸟飞、虾跳雁鸣、烽烟阵阵，到处一片嘈杂和惊恐。

跟在大人们的屁股后面，我们观看得最多的是他们用洞枪捕猎野鸭的场景。说起乡亲们热衷于猎捕野鸭，他们还有一个朴素的心理，认为野鸭在洞庭湖湿地既普通又普遍，也不是什么珍稀保护动物；还感觉湖中的野鸭有相当一部分是牧鸭人在湖边放牧时不小心放野的，猎捕它们是自养自取。小时候，常听大人们说起，这个集体或那个牧鸭人饲养的一棚棚一群群家鸭在湖中放牧时被野鸭们带"野"了，再也赶不回来的话题。久而久之，在乡亲们的心目中，冬天到洞庭湖湿地猎捕几船野鸭，则如同砍伐几捆芦苇，捕获几担鱼虾，挖掘几车湖藕等一样自然和随意。

严寒的冬日夜晚，猎捕队员划船悄悄靠近野鸭们经常扎堆活动的湖洲，逆风面对湖面挖好一个像坟茔一样的掩体，呈扇形填埋好一排洞枪，数量一般都在七八支以上。为了迷惑鸟们，洞枪和新挖的掩体上方都被细心地覆盖上了一层厚厚的茅草、芦苇和柳枝。夜幕下，一名自带干粮的枪手悄悄藏进掩体之中（运气好，第二天凌晨便可以点火开枪，如果时机未能成熟，枪手要在掩体中继续埋伏守候几天几夜），有经验者还会带上一只拴上绳索的小狗，用以迷惑警惕性较高的野鸭。

天蒙蒙亮了，野鸭们慢慢随风浪漂至掩体边的湖面，像往常一样自由散漫地游来游去，或互相追逐嬉戏，或漫不经心地捕鱼食虾和水草根茎。其他猎捕的队员则每人驾驶一条小船，在埋设的洞枪前方的湖面上，躲在船舱中划动竹篙，由远而近让小船慢慢随风漂移，逼迫野鸭们往枪口的湖面集中。这时，担任放哨和警戒任务的野鸭见到慢慢靠近的小船，以及白天印象中未曾见过的土堆，时不时伸长着脖子，睁大眼睛，四下张望，警惕异常。

也许是天性使然，也许是见多了人类的杀戮和猎捕，在洞庭湖湿地生活的成年野鸭们无论是群体觅食还是集体休息，也无论是白天还是黑夜，它们都有轮流担任警戒的习惯。对此，它们的要求往往太高，不容担任警戒的野鸭出半点差错。如果哪只"值勤"的野鸭误报了"警情"，虚惊一场后的野鸭们就会用内带尖齿的鸭嘴群起而追啄……猎鸟人正是熟知了野鸭们的这一习性，猎捕之前总是有意给野鸭们制造一些虚假的危险情况，如此一而再，再而三之后，负责警戒的野鸭就会陷于疲惫而慢慢放松警惕。

一见时机成熟，埋伏在土堆里面的枪手便适时放出小狗（我们见到的一般都是小黑狗居多），躲在里面抛撒饭团，逗得小狗像耍杂技一般左蹦右跳。野鸭们乍一见到嬉戏的小狗，似乎彻底放松了警惕，纷纷抬起头，目不转睛左右摆动着脑袋，好奇地观看小狗表演，水中的双蹼则不由自主地向黑洞洞的枪口前面划动……就在这时，天空中突然闪起一道红光，接着便是一阵"轰隆——轰隆——轰隆隆"的巨响——水波回应，哀鸣起伏，响声成片。无数只野鸭全都倒在了血泊之中，天空血雾弥漫，湛蓝色的湖水霎时被染成了红色……

小时候，我们爱看大人们打鸟，一是感觉猎捕野鸭的场面激烈，人与水鸟的战争很是符合我们当时猎奇的心理；二来一排排密集的枪声响过，我们还能用拾粪的钉耙在湖面上偶尔收获一两只受伤的野鸭。奄奄一息的野鸭宰杀后，用胡萝卜白萝卜一起炖煮，味道奇香。懵懂和嘴馋的年代，我们还曾一度学会了在严寒的冬日夜晚，将鲜活的河虾穿挂在鱼钩上猎捕野鸭。寒冬时季，洞庭湖湖面千里冰封，野鸭无处觅食，傍晚时分我们潜伏在野鸭们经常扎堆活动的湖洲水边上，放置挂着诱饵的鱼钩……凌晨时总会有几只贪吃的野鸭被钩挂在尼龙鱼线上，动弹不得。有时，我们还从反复看了多遍的《地雷战》《地道战》《小兵张嘎》等战争电影片中受到启发，找来"Y"形柳树枝砍削好，再绑扎上许多橡皮筋做成的"弹弓"，头戴用于伪装的茅草帽在茂密的芦苇丛中匍匐前进，接近湖洲中栖息的野鸭后进行偷袭，常常把它们打得晕头转向，哀鸣不止。

当时，我们的这些行为和举动常会遭到邻居胡爹的强烈反对和制止。胡爹是我们水乡远近闻名的爱鸟老人，他经常没日没夜地扛着一把长柄铁锹在湖边巡视，阻挠人们猎捕水鸟。胡爹见着我们这帮半大小子也学一些大人的"坏样"，特别气恼。他不但没收了我们猎捕野鸭的全部鱼钩、渔网和弹弓，还不厌其烦地给我们讲述野鸭及天鹅们灵性十足，猎捕多了会遭报应的故事……久而久之，我们便放下了手中的"屠刀"，一同加入了老人领头的爱鸟护鸟的行列，也让南洞庭湖湿地多了一抹自然和谐的景色。

卷旗花开

生活在洞庭湖区的人们最能感受春天到来的气息，当残冰下绿色的湖水开始潺潺流动，柳芽儿悄悄抖落紧箍在身躯上的残雪……春姑娘便在春风的护送下，悄悄地来到了洞庭湖广阔的原野。

不久，柳枝儿便穿上了绿装，飘飞着一团团雪花般的柳絮；被刀砍过、被火烧过的芦苇林中，丛丛簇簇的苇笋仿佛一夜苏醒，像一柄柄利剑般挣破地面，直指蓝天；在绿色葱茏的湖岸上则开满了一眼也望不到边的杆状红花。此花形如伞状，花瓣艳丽，朵朵盏盏如一杆杆被春风卷开的红旗，云卷云舒，猎猎飘扬，因而此花又叫卷旗花——是广大的洞庭湖区人民，专为纪念一千多年前战斗在此地的洞庭湖农民起义军而特地命名的。

南宋时期的钟相、杨幺率领的洞庭湖农民起义曾被载入中国农民起义的重要史册。起义军大多都是沿洞庭湖周边各县的渔民，他们打出"等贵贱、均贫富"的旗号，聚众四十多万，一个月左右的时间便攻下洞庭湖区周围的十九个州县，持续时间长达二十余年。南宋政权多次派兵征讨，均以失败告终，最后不得不从抗金前线回调最能打仗的岳家军前来征剿，方才平息。几十万起义军先后在不到半个月的时间内被岳飞统率的官军绞杀殆尽。湖风习习，百草凋零，一片凄凉，唯有一杆杆起义军的战旗还在洞庭湖的芦苇和杨树丛中猎猎飘扬。后来，战旗朽烂消失，旗杆下面便开出了一串串红花，鲜艳夺目，如卷旗之状，因而得名卷旗花。

起义之初，钟相、杨幺率领的义军大本营设在与古镇临资口遥相对应的洞庭湖中一个名叫畎口的小岛上。毗邻古镇的湖边有一大片茂密的杨树林，正是起义军进行水上操练和隐蔽战船、伏击官兵的重要场所，被直接定名为杨林寨，一直沿袭至今；相距不远一处肥沃的湖洲，则长期被朝廷派来镇压起义军的官军占据，后因屡讨屡败，官军只好长期在此垦田筹粮，此地被叫作营田；而我自己的出生地，那个距离起义军大本营畎口不到两公里，名叫买马的村庄，相传却是钟相、杨幺招兵买马、囤粮铸钱之地。前不久，我家邻居起屋挖地基，一次性还挖出了一卡车长满绿色霉菌的南宋铜钱，里面还有几枚锈迹斑斑、铸刻着有"杨"字的铁制发兵令牌。

起义军选择在四面环水的畎口安营扎寨，在方圆上百里的湖区用削尖的杨树扎成迷魂护寨屏障，并巧设水路，唯有义军乘坐的两头尖尖的小筏战船在迷魂阵中巧驾如飞，而笨重的官军战船每次却无法靠近水寨，常常被从杨树林中冲出的义军战船打得丢船弃甲，落水而逃。然而，起义军首领钟相举事不到两年便战死疆场，继任者杨幺（兄弟排行最后，俗称幺儿）高举义旗，继续战斗，遂成燎原之势。

也许是天欲灭杨，起义军在成功地拒退了官军数百次围剿后，杨幺面对固若金汤的营寨自喜豪言："官军谁也无可奈何，除非飞来。"谁知一语成谶，朝廷派来了岳飞。岳飞，飞来也。是年秋末，正值洞庭湖区秋汛，岳家军善于马背作战，到了水浪滔滔的湖区却一筹莫展，加之抗金前线频频告急，时间紧迫，根本等不到冬季湖区的枯水期。谁知开战前的半个月时间，整个洞庭湖急速退水，提前进入枯水期，整个义军营寨全部暴露，水战改成了陆战，义军的长处变成了短处，岳家军先败后胜。事后，也有人传，杨幺不该选在畎口安营扎寨，因为"杨"和"羊"谐音，"畎"与"犬"同义。自古羊入犬口，凶多吉少。

由此，不由使我想起了远在欧洲的战争狂人希特勒，"二战"时期他以闪电战术在欧洲犁庭扫穴，打败和占领一个国家少则几个小时，多则十天、半月。后来进攻苏联，也只用了二十二天的时间，就将部队推进到了离莫斯科只有二十四公里的地方，站在战车上可以看到红场尖尖的屋顶。希特勒狂妄得连在莫斯科红场阅兵的计划都准备好了。谁知天有不测风云，这一年欧洲严寒史无前例地提前了四十多天。德军的坦克和汽车水箱冻裂、武器失灵、飞机无法着陆，士兵也被直接冻死十多万人……德军从此走向失败。同是战争、同是气候，一场遏制了侵略，一场却让起义军落得如此下场，让人不胜唏嘘哀叹。

花开花落，一千多年过去了。至今，在南洞庭湖的千里湖洲上仍留有与钟相、杨幺农民起义相关的许多地名。杨幺抛铁叉的地方叫"铁叉湖"，丢车的地方叫"车洲"，被割头示众的地方叫"晒头"；战争最后幸存的一万多起义军藏匿在芦苇和杨树林中，被岳飞下令放火活活烧死，其殉难之地至今仍被叫作"万子湖"……如今的万子湖畔早已芳草萋萋、杨柳依依、苇林阵阵、卷旗花开，唯有阴雨雷鸣天气，附近的渔民仍然常常听到刀枪碰撞、战马嘶鸣、军士们哀号惨叫之声不绝于耳，惨烈人寰。消失的，终会随着时光的飞逝灰飞烟灭；留下的则和日月山川一起，传承于世。

轰轰烈烈的农民起义虽然失败了，但洞庭湖区人民却以自己最为隆重的方式纪念杨幺——人们自发捐钱捐物，在起义军占领的每一个州县和曾经重要的战争之地为杨幺建庙。因害怕南宋政权阻止和追究，人们便以杨幺大名杨四（杨幺兄弟排行第四）为庙号，后又统统在四字前加上"三点水"，定称"杨泗庙"，用以迷惑当朝官员。

失败后的杨幺被岳飞手下大将牛皋取了首级，用铁笼装着在湖区周边各州县曝首示众，后被义军家属和几个幸存的义军将士在一个伸手不见五指的夜晚偷走，掩埋在了南洞庭湖中青山岛的下山村，此地也因此被人们改叫"杨幺头"。

黄昏秋水，沙鸥低吟。在"杨幺头"的石碑边，至今仍居住着一位为杨幺守灵的老人，名叫张训政，现已八十五岁高龄了。据传，老人的先祖名叫张彪，是起义军中的一员虎将，曾拜杨幺为义父。张彪战死沙场前曾立下遗训，要其后代世辈替杨幺守灵扫墓、祭祀上香。张家恪遵祖训，结庐守灵已有二十多代了。

　　老人祖辈仿佛与战争有缘，其长住的青山岛不仅曾是杨幺起义军的练兵场和抗击官军的根据地，也曾是抗日战争的重要战场。青山岛横亘在资江和湘江交汇流入洞庭湖的入口处，是进洞庭、通长江的一道天然水上门户。彪炳史书的三次长沙会战，日寇的进攻和溃退，几乎次次都把青山岛作为攻击和留守的据点。战争开始，张训政老人就被日军抓去当了伙夫，他用挑水的扁担将一名监工的日军打伤，自己则潜入洞庭湖中，用两块木板当船，侥幸逃脱。后来，老人又参加了洞庭湖水上抗日游击队，曾经立下许多战功。

　　日寇在青山岛上先后多次进行了惨无人道的烧杀掳抢，先后有五百多名岛上渔民和两百多名国民党守军惨遭杀害，青山岛一度沦为荒岛，史称"青山惨案"。战争结束后，张训政老人回到家中，方才得知爷爷、奶奶、两个哥哥、一个姐姐，四个侄儿侄女共九位亲人，全遭日寇杀害。那个时期，青山岛上的卷旗花开得尤为鲜艳，火红火红的花瓣红遍了岛上的每个角落。

　　每年的清明时节，张训政老人都会采撷一把青山岛上开得最为鲜艳的卷旗花，祭奠在抗日战争中牺牲的两位守军营长。两位营长一位名叫刘儒卿，一位名叫曹克人，都隶属国民党第九战区。老人曾目睹了两位营长在守卫家乡的战斗中，英勇抵抗，血洒卷旗花的惨烈场景。

一九四一年秋天，日寇第二次进犯青山岛。不知是国民党守军怯战，还是得了上峰的什么命令，知晓日寇来犯，刘儒卿营长却命令岛上的全部居民一个也不许离开，并将全岛四百多条渔船全部集中锁死在青山港内，还派兵用机枪封锁。后来日军在飞机和登陆舰的掩护下偷袭成功。守军仓促应战，很快战败。集中在港口的船只立即被日军炸毁焚烧，彻底切断了岛上军民的逃生之路。日军将五百多名被抓被俘的渔民和国民党守军用铁丝穿着肩胛骨，集中赶到一片开满卷旗花的荒原之上，用机枪扫射，无一幸免。鲜血将青山原野染成了赤色，洞庭湖水一片红光。营长刘儒卿也遭日军活活剥皮，焚烧至死。

青山岛沦陷后，日军平野支队又继续押着当伙夫的张训政老人，登岸来到只隔青山岛十多里水路的县城，准备继续南犯长沙。驻守县城的是国民党军第九战区九十九师曹克人营。日寇由县城边的箭毛嘴登陆后，遭到了曹克人营官兵的英勇抵抗，终未得手。后从长沙北溃的一万多名日军蜂拥而至，曹营腹背受敌。守军官兵们前仆后继，英勇奋战，全营一千多人除一名军医幸存外，其余全部阵亡。曹营长也身负重伤，为敌所俘，但仍面不改色，怒斥敌寇。日军恼羞成怒，将其钉在县城熊家祠堂的墙上，剖开胸膛灌入煤油焚烧致死，其膏血渗入墙壁显现人影，像一朵永开不败的卷旗花，经年不褪。

张训政老人每次来到两位营长的墓前，一大把祭奠用的卷旗花，老人总会在曹克人营长的墓碑前放得多些，在刘儒卿营长的墓碑前放得少些。边放还不忘边喃喃自语："刘营长啊刘营长，你为什么要封锁渔船，不许老百姓逃难呀……为什么？为什么？"老人神情肃穆，追问悲切，这也成了老人一辈子挥之不去的疼痛和哀怨。

多年来，孤守在青山岛上的张训政老人深居简出，常与两只小狗为伴。前几年，远在深圳打工的儿子给父亲捎回一台电视机，想叫老人没事看看电视，排遣寂寞。老人只要在电视中看到日本人，特别是看到有领导接见日本民众和官员，他总会抖着双手将电视关掉……老人有太多的灼痛悲伤。他说，我人微言轻，也不懂什么国家大事，我能做的也只有如此而已。

战争，一直是水乡人民无法绕开的心结。

去年夏日，水乡村庄里十几位富裕起来的农民组团上杭州游玩，玩遍了西湖边的所有景点，唯有走到香火旺盛的岳王庙前却止住了脚步。导游挥舞着手中一大把预购的门票，满脸疑惑。最后还是洞庭湖的养鱼专业户杨百万说出了其中的原因："岳飞曾是镇压我们洞庭湖农民起义军的刽子手，他的双手沾满了我们先祖的鲜血。""我们不管他是身不由己也好，还是民族英雄也好，但对我们洞庭湖人民不好，就凭这一点，我们是绝不会去参拜和祭奠他的。"

我也曾多次到过杭州，作为洞庭子民，可谓感同身受。伫立在西子湖畔，感觉岳王庙前缭绕的香火，恰似一次又一次燃起的洞庭烽烟；开遍满湖的荷花则像极了家乡的卷旗花……

庄园梦

我有一个庄园梦。

年少时，我梦想的庄园是母亲辛苦劳作，侍弄得整日绿色盎然的农家小院：柴扉半掩，春天有毛茸茸可以生吃的蚕豆，夏日里有黄瓜的鲜脆与西瓜的凉爽，秋日有花生从地里凸起的泥土芬芳，冬日有那掰开瑞雪找到的一蔸蔸翠绿；还有，布谷鸟的鸣叫，小虫的吟唱，蟋蟀的呢喃……

长大了，我周游列国，曾在用黄金堆砌的科威特皇宫前沉思，在巴黎的凡尔赛宫远眺，在圣彼得堡俄国沙皇的冬宫前遐想……可以说，算是见到人类最壮观、最豪华的庄园了。但它们似乎都离我的生活太远太远，有些可望而难以企及。

于是，我便开始在居住的都市中寻找。然而，我入住都市的那个庄园，虽有美丽的景色、华丽的外表，但属于大家，我只是其中的一分子，且均被一个叫作"物业管理公司"的统管着。你房前有地，但只能统一种草；你屋后有空，但须规划栽花。你想放猫养狗，还要统一办证。如此种种，不开心颜。

客旅他乡，虽时日已久，但我总感觉到难以融入其中。譬如，我曾洗净脚上的黄泥，入住繁华的都市有三十多个年头了，可连他们本地的话都不会说，平日交往也只是连猜带听，充其量弄懂个大概而已。我就像一颗被人丢入沸锅里的铜豌豆，煮不烂嚼不动。整日还是操着那口怎么改也改不了，也不曾想改的带些辣椒味的普通话，常常让听者云里雾里，郁闷不已。乡村的本色于我而言，像极了一只乌鸡，连骨头都是黑的。同我一起来广州工作的老乡张老板，也能说上一口被我们这些外地人称作是"鸟语"的广州话。我不管怎样听，总感里面有熟悉的成分。所以唯他讲的"鸟语"，我竟每句都能听懂。一日我跟老张开玩笑：我以前学的英语早已还给老师了，哪天你讲讲英语看，保准我也能听懂。所以，无论我再在都市生活和工作多久，本地的朋友们还是会把我当成外地人。即使哪一天，我也许会说他们一样的本地话，唯有我自己清楚，我的心乃至我的灵魂仍将属于洞庭湖边那个炊烟袅袅，渔歌唱晚的水乡村庄。她是我心灵的安适之地，更是我灵魂的栖息之所。都市生活，过于繁杂和喧嚣，以致让我无时无刻不想逃离。

我梦想建一个能让自己心安的庄园，一个没有喧嚣但却朴实自然的世外桃源。熟悉的朋友大都建议我把庄园建回家乡。乡土已经存在于远方游子的血脉之中，是寻找心灵安适之地的最佳处所。好在现时的交通非常便利，从都市回到家乡也就两三个小时。想想在都市有时约朋友吃餐饭，十有八九都会堵车，同样也要花去不少的时间。现实的距离如此，心的距离似乎更近。

选址时，不知何故，我仍确定在县城的旁边购买一块土地。我自己解释：过于寂静，我担心难以安于久长的孤独；过于热闹，我又害怕难以静处。俗话说，此心安处是吾乡，建家容易心安难哪。

建设中，规划的围墙只有两米高。动工时我又突然决定增高到四米，上面还加了一层铁丝网，后来还添加了红外线监控。当时，美其名曰是防盗，但内心深处却是自己那无处不在的自我封闭的心思在作怪。没有城堡时，哪怕是历尽千辛万苦也想把自己的一切包裹起来；哪日在城堡中待久了，又恨不得亲手砸碎那坚硬高耸的围墙，走出来漫步逍遥。也许这就是现代人的通病吧。

庄园的屋基确定后，我请挖土机绕主体建筑前面的半周挖出了一个大的鱼塘，一个游泳池，一个荷花池，并用一座弧形拱桥进行连接，水塘边上又加修了三个六角亭。鱼塘和人工池内种有荷花和睡莲；放养了五颜六色的锦鲤和憨态可掬的金钱龟……我有些人为地想将八百里洞庭水乡在庄园内进行浓缩。荷塘月色固然令人神往，但我似乎更喜欢在天空飞舞鹅毛大雪的冬日，能偶见荷花池中残荷败叶的萧瑟……庄园取名为"清和园"，拱桥则搬来了《清明上河图》中小桥的名字，定名为"彩虹桥"。三个亭子则从东往西依次排名为"清晖亭""清颐亭""清和亭"，其意还是一种对清和自然、心安逸静的向往。在清和亭内，我还请来了黄永玉的笔墨：一个士兵要不战死沙场便是回到故乡。唯愿我能站在浩渺的洞庭湖边，遥望西南那连绵不尽的湘西青黛，沾些沈从文老先生的灵气。

鱼塘挖出来后，我先是在塘中立起了一个高出水平面的平台，装上了音乐喷泉，还不忘在旁边加修了一个钓鱼台。我梦想此处能容我实现：戴一顶竹笠，穿一袭蓑衣，想钓多少鱼就能钓多少鱼，想钓什么鱼就能钓什么鱼的梦想与惬意。

在规划园林时，除了栽种一些桂花树、玉兰树等常见的树木外，还种植有小片的玫瑰、蔷薇，小块的郁金香、薰衣草……结果，西洋的东西栽下去不到半年就惨遭罕见的大冰灾，全被冻成了枯枝。也将自身那半洋半土，既看破红尘又恋红尘的矛盾心态，冰冻得像极了挂在树枝上也悬在半空中的冰条雪棒。

有人说，男人的一生有三件事须做：建一栋房，栽一棵树，写一本书。还说，男人如不亲手建一栋房，就等于女人一辈子未曾生育一样，会留下终身遗憾。实践证明，构建梦想的过程要远比实现梦想的结果更让人兴奋。与其说，人因梦想而伟大，倒不如说，追逐梦想的过程更使人充实，更使人充满激情，她能穷尽你所有的创造力和想象力，裹挟着你艰辛而又豪迈地向前奔跑。

就在梦中的庄园建至一半的时候，一位文学界的朋友还向我建议，在主楼的地基边开挖一个大大的地窖，放置一些平日市场上稍微好些的陶瓷碗罐，以及流通的硬币和铁制钢铸的生活工具等。朋友说，别看这些实物现在不起眼，若干年以后也许就是价值连城的古董和宝贝。有的朋友还建议在庄园的西北角，球场旁边的一块空地上，建一个像鲁迅先生《社戏》一文中所描述的那样的戏台，或修筑一座小型的教堂……但由于种种原因，我却一直未予采纳，只是退而求其次，把自己的书房建得很大，梦想让文学成为我心中的宗教。每当夜深人静，万籁俱寂之时，我端坐其中任凭思绪像神驰的天马在无边的天际驰骋翱翔，梦想总能听到上帝的声音："我是门，凡是进来的，必然得救……"

庄园建好后，我一住就是两个月。若不是都市这边还有些俗务缠身，也许我还将继续住下去。每天早晨我沿环绕庄园的卵石路跑上两圈，午饭后在园内走走，闻闻花香，逗逗藏獒，晚饭后则定时在园内自建的篮球场上打一个小时的篮球，然后是看看书写写字，倒也清静怡然，乐在其中。至于说到钓鱼，新挖的鱼塘内虽然放养了不少淡水鱼，但我端坐在钓鱼台上，却难以钓到自己想钓的鱼——我自己最为清楚，那时肯定与鱼无关，有关的是自己的心境。

倒是园内母亲饲养着的一头母猪，在我搬进园内不久，一胎就下了十三个圆滚滚的猪崽。鸡鸣、猪叫、狗吠、鱼跃，花开、叶落、草长、莺飞，还有园外的车鸣，朋友的造访……宁静又总是被热闹所打破。

小桥边，树荫下，经工人们精心建造的游泳池在初夏的阳光照耀下，彩色的瓷砖常常被映照得熠熠生辉，因长时间没有使用，池内便滋长了一层绿色的浮萍。凝望着这无根的植物，整日随波漂荡，竟顿生惶惑——我深深地知晓：故乡，我终究难以抵达！

距离美

我一直认为距离很美，因为距离可以产生想象。

脸上开始长青春痘时，觉得村支书的女儿最漂亮。她是我上学时班里的同桌。只见她整日穿着花衣裳，扎着两只羊角小辫，蹬着皮凉鞋，整日蹦蹦跳跳，像个快乐的公主。不像我们平民百姓的孩子，上初中了，还打着赤脚，穿着哥哥、姐姐的旧衣服，背着打满补丁的书包上学。

当兵走出乡村，我还真的有几次梦见过村支书的女儿，写好了给她的问候信却不敢寄出去，只好偷偷地压在枕头底下。有几次还真的将口水流到了枕巾上，被一同入伍的战友笑了好多天。

八年后，当我穿着"四个兜"的干部服第一次回到老家时，很是渴望见到村支书的女儿。我看过父母，骑着自行车，怀揣着两包水果糖有些心急火燎地赶到村头时，却被眼前的一幕惊呆了：

只见村支书的女儿满头草屑坐在家门前的台阶上奶孩子……望着脸色有些呆滞，胸脯一高一低还明显有些湿印的梦中美人递来的茶水，我竟有些不知所措，无言以对。

结果半个月的探亲假，我在家只待了一个星期，陪父母过了一些时日，便悻悻地返回了部队。

情窦初开了，我觉得不爱红装爱武装的女兵很美。

那时，我正在基层的团队从事新闻报道工作，经常需要通过部队的长途台与广州、北京的部队新闻单位用电话传稿。一来一去，便在电话中"认识"了一位在北京长话连服役的女话务员。女电话兵操着标准的京腔普通话，不厌其烦地帮我接转电话，还不时巧妙地指导和纠正我那不标准的辣椒普通话。遇上她值班电话不忙时，还偶尔会将电话打到远隔千里的团部找我。当时几千人的野战团队，几乎全是清一色的"和尚"，鲜见女兵的身影和声音。每次女兵来电话，团里总机班的老乡总是拧开扩音器让我俩通话。好让大家享受一次免费的"声音会餐"。后来，女兵听说我正在复习考大学，又利用星期天的休息时间，上北京的王府井书店给我买了一大堆复习资料。临考前，她夹在信中给我寄来了一朵"七瓣丁香花"。她在信中说："北京香山的丁香花的花朵一般只有五瓣，谁要是能见到七瓣丁香一定会心想事成。我有幸采撷了幸运之花，但我愿意将她寄给你，祝你心想事成……"

不久，我果真如愿地考上了大学，也备感北京的女兵不但声音美，心灵更美。

大学毕业后，我利用一次上北京出差的机会，在一个戒备森严的总部大院里见到了梦中的女兵。

女兵没有我想象中漂亮。加之超期服役的她，父母已在北京给她联系好了工作。我也因学校毕业后，主动要求到基层连队任职，事情多了，条件也更为艰苦……我们的联系便慢慢中断了。

后来因爱好文学，又觉得能把生活和感情，通过细腻的文字进行描绘的文学女青年很美很美。她们或矜持或含蓄，将小说写成优美的散文；她们或豪放或粗犷，将男女之情、两性之爱尽情挥洒；她们还是写故事、编故事的能手，心细如发，点石成金……

然而，每每当我提及她们的美，道中的朋友却不以为然。说她们总是生活在梦中，不愿回到现实；还说她们忧郁敏感，思想激进……

对此，我虽有过疑惑，但也不想走得太近，太近则看得太清。生活已经让我明白，距离才产生美。有道是：相见不如怀念。

车　　缘

少年无梦。

二十世纪六十年代初出生在洞庭湖水乡农村的我，所见所闻均是勤劳的长辈们在为生计而奔波，为一日三餐而忙碌，似乎很少见到更多的喜庆和笑脸。

然而，让年少的我及伙伴们感到新奇和兴奋的，竟是村里买回来的第一台四轮东方红牌拖拉机。记忆中那种感觉绝不亚于现今在电视里看见神五、神六上天揽月。现在想来更有趣的是：住在我家隔壁年逾花甲的何爹，孩子似的以一个煮鸡蛋的奖赏硬是叫我扶着走了五里多路，陪他老人家将四轮拖拉机抚摸了几遍，他还叫我找来一把青草亲手塞进拖拉机的机头。见铁牛无言，何爹则不停地嘀咕："这就怪了，这牛咋就跟我家的水牛不一样，只喝水不吃草呢?!"

然而，铁牛进村硬是把我们一帮放牛娃的生活搅得乱了套。我们除了正常放牛、钓鱼、做游戏之外，那就是不论白天和黑夜成群结队地追撵和攀爬拖拉机。当时有一个较为明显的现象是，村办小学里经常只有一半女生在上课，男生则大多数成了追车一族。老师和家长便不约而同地找到了拖拉机手，请他来制止。有时，机手会在拖拉机行进一半时突然停下来，手拿拖拉机的摇手追撵我们。被追上者，轻则遭一顿训斥，重则会惨遭一顿机手的"钉弓"（鲁迅先生曾称之为"栗凿"）。当然，我们也有对付机手的办法。一是我们受电影《地雷战》的启发，经常在拖拉机的必经之路上挖坑设陷；二是列队站在路边，见拖拉机路过，便齐声扯着童音叫骂："拖拉机，不稀奇，一边一块洋铁皮，中间坐个猪×的。"

光阴荏苒。似乎眨眼工夫，我便由无梦少年长成了一个满脸布满青春疙瘩的半大小伙子。于是我又羡慕起当时只有乡干部和城里人才配骑坐的自行车。当然，村里面个别人家也会拥有一部半新不旧的自行车。那种眼热和感觉竟无法用言语表达。夏日的夜晚，年轻的小伙子穿着雪白的的确良衬衫，骑着擦得锃亮的自行车，车头上挂着一台装有干电池的三洋牌收录机，一边骑一边播放着时髦的花鼓戏。往往是自行车刚过，车前车后必定有一群穿红戴绿的少女少妇前挡后追，吆喝着想搭顺风车。常常是铃声一片、戏曲声一片，还夹杂着打情骂俏声一片……

为赶时髦，我硬是软磨硬泡，叫当时已是家乡种粮大户的父亲卖掉两拖拉机稻谷，托人从城里购回来了一辆属于我个人的自行车。记得，我将新车骑回来的当天，儿时伙伴们硬是凑钱"噼里啪啦"放了好一阵子鞭炮，姐姐则用毛线帮忙赶织了一个车套。每晚睡觉，我则将自行车搬到床头，除了用车锁锁住外，还不忘叫大哥用牛绳将自行车绑在床头。

印象中，老家的路全是泥巴路，只有区镇上才有五百多米长的煤渣和麻石路，村子到区镇却有十多公里的路程。家乡的泥巴路往往要天晴十天半月才能骑车。有时，遇上下雨或是泥路未干，我要上区镇寄稿借书，又想"显摆"不愿走路，经常是用肩先扛着自行车走十多公里的泥巴路，再放下自行车骑上五百多米的煤渣麻石路。回到家里，还不忘在煤油灯下将自行车擦得锃亮，周而复始，乐此不疲。

三十多年后，我开着车从广州重返故乡。在参加由我捐建的村办希望学校庆典的间隙，见到了儿时极为熟悉的村里的拖拉机手。招呼过后，他一边十分亲热地拉着我的手，一边询问我还认识他否？见此，我竟潜意识地摸着脑袋瓜戏谑地说道："讲别人我可能记不太清了，唯有你烧成灰我还认得，我年少的铁头不知吃过你多少'钉弓'咧。过去我们爬你的拖拉机常常被你追打，今日你坐我的车，叫司机拉上你在村里兜上十圈、八圈如何？"……由此引来大伙一阵开怀大笑。

三十多年来，随着人生之曲的高歌奋进。我由自行车换成了摩托车，继而又用摩托车换成了北京牌吉普车、四缸三菱车、六缸丰田车、进口奥迪车……然而，真要说上感觉的话，无论坐上哪种小车，其情其感竟远不及年少时爬拖拉机和肩扛自行车走在泥泞小道上的美妙和兴奋。

车缘悠悠，我心依旧。

寻　狗

年少无娱，终日与狗为伴。

开始，伴我左右的是一条被我唤作"小花"的斑点狗。春天它陪我钓黄鳝抓泥鳅，夏日它伴我摘桑葚掏鸟窝，秋天它随我叉水鱼捉乌龟，冬天它又帮我罩野鸡撵野鸭。即使在我上学的路上它也是一边欢快地争抢着我手上的锅巴，一边在我跟前撒欢撒娇地陪我走到校门口。放学了，只要我一声呼哨，它又准能立马从草丛或柴堆中冲出，伴我回家。后来，小花因误咬了邻居一只下蛋母鸡，被狠心的邻居用裹着农药的包子毒死了。

记得当时，我硬是抱着还有些温热的小花，坐在邻居家的台阶上不吃不喝整整一天，且一边哭一边擦着鼻涕十分倔强地扬言：不赔我小花，我就要毒死他家的母牛！任我母亲怎样拉扯，就是不回家。邻居无奈，只好赔了我一条小黑狗和两个煮鸡蛋了事。三十多年过去，只要我一踏上故乡的土地，邻居们还会常常将此作为笑料，在我面前往事重提。

　　小黑和我在一起，我长它也长。就在它将老去之时，我也到了当兵的年龄。

　　那是一个秋日的早晨，小黑伴着敲锣打鼓的乡亲一直把我送到村口。就在我跨上汽车的那一刻，小黑竟咬着我肥大的军衣裤脚不让我上车。后来是弟弟强行抱开，小黑才极不情愿地松口。为此还差点咬弟弟一口。

　　后来，邻居告诉我，每日傍晚，只要有汽车在村口停下，小黑定会快步跃向车门，四处寻找我的身影。几年如一日，直到小黑老到步履艰难地又将我弟弟送上当兵的汽车，它才蹒跚地走向荒凉的湖洲……从那一刻开始，我便感觉：狗和人一样，有性格，有灵气，也有感情。

　　白云苍狗。一晃三十多年过去，官场、商场、情场流连，见多了笑里藏刀，见多了背信弃义……总是让我梦回故乡，梦见儿时曾不离不弃伴我左右的小花、小黑，平添几许想念和感怀。

　　不久前，我购买了一块有山有水的土地，规划着建一个质朴而又回归自然的庄园。其中，最让我激动的是，终于又有条件可以与狗为伴了。于是，我又开始了有趣而又兴奋的寻狗时光。朋友建言道："养就养一只藏獒吧。养一只藏獒，即使病了老了，也会紧紧地跟着你，不离不弃，像一个真正的兄弟。"

朋友的话语，似乎有些击中了我的软肋——茫茫都市，生存不易，人们似乎都裹上了一层厚厚的金盔银甲，人为地自我保护与封闭，宁愿把目光和心思转向索求甚少、回报甚多，不问是非、忠勇无畏的牲灵。四月末的一天，我购了一张广州飞往青岛的机票，因为青岛正在举行一个全国性的藏獒展。

于是，我第一次亲眼见到被称为"天狗"的藏獒。它目光如炬，头如脸盆，浑身长毛，凶猛而且霸道。据说它还能储藏人的基因和信息，只要你曾喂养过它，哪怕十年、二十年都会记得你。甚至爷爷喂过它，它还能认得孙子。

但此狗价格不菲，马俊仁的纯种藏獒挂牌价均在几十万、上百万元一条。无论是其相貌，还是价格，均让人敬畏不已。獒展旁，我咬了咬牙，倾尽包中所有，以十多头大水牛的价格，换回了两只半大的藏獒。

两只小獒运回家的第一天，一扑便把母亲饲养在庄园里的两只下蛋母鸡咬死了。我用树枝抽打着闯祸的藏獒，却发现它高昂着狮子头，越打越凶，无半点畏惧和退缩。倒是小藏獒半夜发出的沉闷且有极强穿透力的吼声，硬是让一群一直活跃在庄园后山的黄鼠狼，一夜之间销声匿迹。

小藏獒一天天长大，仅大半年时间，体重就超过了百斤，乍一看就像两头壮硕的小牛犊。这时，与藏獒同时饲养的两条母性纯种德国狼狗也到发情阶段。负责饲养的保安出于好意，总是牵着藏獒来到狼狗的身边培育感情。然而，不管正处发情阶段的狼狗怎样摇尾，怎样渴望，威严得像一位出征大将军似的藏獒兄弟却总是把头抬得高高的，不为所动。

一段时间，我整日与藏獒为伍，总不断地想去揣摩和读懂其生存和情感的信息，努力培育人狗之间的默契与感情。然而，我却时常不得要领，两只藏獒常常深沉和坚韧得像两个饱经风霜不苟言笑的藏族汉子，不会摇尾乞怜，也不会在表面上讨得我的欢心。尽管我总是尽我所能，让其好吃、好喝、好睡，但更多的时候却总见它俩遥望远方，不开心颜。

我关注着它们渴望战斗的神态，凝望着它们执着的眼神，感觉它们无时不在向往着广袤无垠的酷寒高原，向往着与恶狼、与雪豹奋勇的厮杀，向往着去掉脖子上的铁链……

也许，它们也是在寻找，寻找那久失的故园；在渴望，渴望着那天性的回归。

乡
愁

面对故乡我总有一种复杂而又难舍的情感。十七岁离开，至今已近三十多个年头了。有时连我自己也弄不明白，岁月长河的浪花为什么没能湮没我那年少的记忆，时光的流逝又为何未能让我淡忘那份对故乡浓浓的思念？反而随着年龄的增长，对故乡的思念却日久弥坚。

平日，即使刚刚领略完都市的繁华和热闹，也总是会顿生一种怅然若失之感——那是一种来自灵魂深处的孤独和寂寞。所以，每有空闲，我总想回到故乡，去寻找梦中遗失的家园，寻找丝丝能给予灵魂的抚慰和寄托。为此，只要我动了回故乡的念头，临行的前一夜，我总要失眠，有渴望、有激动、更有无法遏制的怀念……然而，现实的乡愁有时比心灵的乡愁更甚，竟成了我心头一阵又一阵隐隐的痛。

一

　　记得那是 1998 年的夏天，家乡遭遇百年不遇的特大洪水。早就摇摇欲坠、年久失修的村办小学变成了一片废墟，学生们只好寄住在学校附近的村民家上课。闻讯后，我对学校的重建表示了特别的关注。不久，我就收到了村委会寄给我有关学校重建的挂号信，信中附了一份建校的费用预算单，总造价要三十六万多元。当时，我第一感觉就是预算偏高，学校总共才两层楼，建筑面积也才一千多平方米，在老家那个地方怎么建，也是不需要那么多钱的。果然，下属公司工程部的工程师核算后告诉我，预算里的建材费和人工费等比广州都高。况且，那时我刚下海不久，积蓄也十分有限。于是我便沉默了一段时间。后来，村里在等不到外援的情况下还是赈款将学校建起来了，一结算总共才花去十七万多元。尽管后来我应承了全部的建校费用，并追加了一些加建学校篮球场、围墙等配套设施的钱，但村干部的所作所为多少还是给我的心里留下了一些阴影。

　　不久，我见村里几十位"五保户"和孤寡老人生活困难，于是每年春节时我都会给每家一些压岁钱。开始，我也是叫村里代发。因有建学校的经验，我便多了个心眼，在给钱时，特意多加了四份，并说明这四份是给四位村干部的辛苦钱。言下之意，是想叫干部们将助困款足额发放下去。后来父亲在给我的来信中反映，贫苦老人们说钱是收到了，但不知是谁给的。原来，村干部图轻松将我给的和上级政府的困难补助捆绑在一起下发了。如此，我也不好再说什么。只是，从此以后，再给压岁钱时，我总是叫读大学的侄儿按我开列的名单挨家挨户送到位。由此让我想起同样发生在家乡不远的一个村庄选举村长的故事。该村有位做了许多年的村长，因觉悟不高私心较重，村民总是怀疑他贪污了大伙的血汗钱。因为，当村民们还是户户家徒四壁，解决温饱尚有困难时，这位村长家却早已盖起了只有城里的富贵人家才住得起的三层小洋楼。于是，有些村民便不断地把对村长的意见反映到了乡政府。后来，换届选举时，政府干预将村长撤了下来。但当真的将村长拉下马时，大部分村民却不干了。他们说：我们好不容易勒紧裤带养肥了一个，你把他撤下来，我们岂不是又要重新催肥一个，这样受苦的岂不还是我们这些普通百姓？村民们也有他们的无奈和思维：我们控告村长，只是想叫政府批评和监督他；反正这种事在乡村见多了，与其重推，还不如维持现状更为合算。

世俗如此，我心依旧。前些年我见老家村里的道路坑洼不平，十分难行。于是，我就动员一直待在身边做企业的弟弟捐资三十多万元将村里的道路硬化起来。当时，我正出差在外，结果毫无经验的弟弟背着几大捆现金一次性交给了村干部。也许是机会难得，也许是私心难捺，反正干部们把本应由村民们参与出工出力，用有限的资金修更好更多道路的公益性工程，演变成了一次纯粹意义上的承包性工程。修路工程包给了村干部的亲戚，有预算，肯定就少不了利润。这样一来，村里的道路倒是修了一些，但却引发了不少矛盾。村民们不满意，弟弟不满意，干部们有委屈，工程队钱赚少了也恼火……后面还将"口舌官司"打到早已搬至县城安享晚年的我父母亲那里。事情过去了好久，连我偶尔回到家乡，村民一提到这事，还在牢骚满腹、喋喋不休。本来一件好事，结果弄得大伙都不开心。

同样，在都市的老乡偶聚一起也会聊些家乡的人和事。但每每总是说欢喜的少，谈忧伤的多；议高兴的少，发泄不满的多。一位在深圳做律师的黄姓朋友，这几年业务不错，买了房买了车，提前进入了小康。今年春节衣锦还乡，他先是花去几千元钱，杀了五头肥猪请全村一千多人吃饭。结果就有许多年纪与他相仿的村民在饭桌上窃窃私语，说他摆阔，还陈芝麻烂谷子地说起了他年少时在家乡的种种不是。更有甚者，就在黄律师宴请完村民返回的路上，几个青皮后生还在他的必经之路上挖了一个大坑，扬言不给钱就不让车过去云云。气得黄律师差点当场晕倒，且发誓再也不回故乡……

二

曾和我在同一公司工作过的老乡毛老板，十八岁离开老家，在广州修过公路，也建过房子，还开过皮衣厂。有钱也有广州户口的毛老板，几年来总是操一口辣椒普通话，热衷于喝酒鬼酒、抽芙蓉王烟、嚼胖哥槟榔、唱湖南花鼓戏，且常起归思。此举遭到曾有前车之鉴的黄律师的竭力反对，他认为，自从大伙背上行囊，离开故乡的那一刻起，便是大地的异乡者，踏上的是一条十足的不归之路。蜻蜓点水、锦衣夜行还马马虎虎，真要回乡投资兴业只能是自寻烦恼，乡愁更甚。

去年春天，毛老板经不起家乡亲友劝说，以及政府招商引资优惠条件的吸引，回乡参与政府投标，投资承接了一项"引水"工程的修建。工程开工不到半个月，毛老板就被"卡壳"了。一日，村里十几个老头、老太太拄着拐杖阻挡在施工的挖土机前面，不让施工，说筑路机器的轰鸣声导致了村里两条母牛下崽难产死了，要毛老板赔钱；又有一日，推土机操作失误，不慎翻倒在已收割完的稻田里，村民也找到毛老板要求赔款，理由是挖土机这种庞然大物轰然倒地，把"地胆"吓破了，来年难以长出好庄稼……几个月下来，当包工头的毛老板人瘦了，嗓子也哑了，整天气鼓鼓地在公路沿途的几个村庄跑上跑下，他说："我的一大半精力都用到处理施工纠纷上了！乡亲们，你们要钱就明说嘛，何必这么穷折腾呀?!"村民们则说："没有理由，找你要钱，你会给吗？待工程建好了，你赚了钱一溜烟跑了，我们找谁去呀？"

总之，都是公说公有理，婆说婆有道，工期耽误了，费用增加了，也不知毛老板承建的工程何时能够收场？后来，在老家每见毛老板一次，他就抱怨一次，后悔没听黄律师的话，回乡来投资搞建设。

三

不久前，我见父母在县城居住的房子采光不好，老人也没有一个自由活动的场所，加之自己思乡心切，也想多亲近一下故乡的山水，于是打算在县城的附近购买一块土地，建一个农家小院。修路时，挖掘机不小心将门前的供水管挖断了。结果泄漏的自来水将下坡一户居民的水井淹没了。按理，我们只要给灌满了废水的水井抽干消毒，赔几句不是即可。但得理的居民家却不依不饶，要死要活地提出：要给他家单独拉一根供水管，由我家出面找自来水公司给他家开户，改供自来水。

此事不由得让我想起十多年前，同样发生在邻居身上的一件事。那次是我从部队回乡带小弟出来当兵。当时，经我多方周旋，好不容易将小弟当兵的手续办好，结果临行的前一天晚上，一位平日里关系不错的邻居硬是连夜跑到乡政府以莫须有的罪名告了小弟一状，想让他政审不合格，坏他当兵的好事。后来派出所的民警在与邻居沟通时，才发现其实邻居的想法非常简单：我家日子过得不好，你家也别想好；你家好了，将来要欺负我家咋办？所以，与其我不好，还不如让大家都不好，以求心理平衡。还有一种心态就是：如今世道不公，无论是自己谋生，还是小孩入学，找工作等都要找公家人办事，看惯了白眼，受尽了委屈，如今好不容易让"脑壳大点的人家"有事找我，我不趁机敲一把，否则心里难平。说到底，还是狭隘的小农意识作怪，是其道义观、是非观等缺失的结果。久而久之，就演变成了难以遏制的恶性循环。这里，不由使我想起一位哲人说过的一段话：中国的农民富有非常明显的两重性，即：善良时非常善良，凶残时则非常凶残；纯真时纯真得可爱，狡猾时却狡猾得恼火；刚烈时宁折不弯，软弱时提都提不起……也许，这就是中国农村和农民心态的真实写照。你不了解这些，也许你就无法真正地理解和走近他们。

四

当然，现实中故乡的乡亲们主流还是好的。无论是我文章中提及的村干部也罢，邻居也罢，平日里大部分时候还是关爱有加，善良可陈。文章所列，有的只是些许片段，难免有些以点概面，断章取义，甚至有些"为赋新词强说愁"之感。对他们，还是应多些理解，多些换位思考。俗话说"仓廪实而知礼节"，乡民们的不足和缺失，多是与生存环境、与贫穷有关。理解了，走近他们，也许就会容易得多。

记得后来弟弟曾告诉我，就在村里公路竣工那天，同是那位曾在他当兵时告他政审不合格的邻居，却托人给他捎去了几只土鸡和一篮子土鸡蛋。弟弟在电话里告诉我，就为了这土鸡土蛋，待他有钱后，还承诺要把村里没修完的路接着修好。

英年早逝的美国作家托马斯·沃尔夫在他的讲演录《一部小

说的故事》里，就故乡的话题做过一段极为精彩的表述："我已经发现，认识自己故乡的办法是离开它，寻找到故乡的办法，是到自己心中……到一个异乡去找它。"

　　我从现实中寻找故乡，也曾尝试从梦中、从灵魂深处寻找故乡，真正的目的还是想全身心地将故乡拥入自己的怀中。

父亲

父亲和叔叔从小就是一对孤儿，他们兄弟俩是吃百家饭、穿百家衣长大的。

长大后的父亲却写得一手好字，尤其是自己的名字写得特别端正。父亲说，年少时的每日凌晨，他从荒郊野外捡完一担牛粪，砍满一筐柴草回家后，便会趴在村头私塾的窗外，旁听教书先生上课。春去冬来，父亲用树枝当笔、沙石当纸，竟自学完了启蒙的四书五经，也练就了一手好字。

因自小贫穷势弱，长大后的父亲天性极度敏感，最怕被别人瞧不起，也怕寂寞，怕子女少文化没出息，怕穷人受苦……

最为典型的是，每次父母亲来广州到我们兄弟家中小住，常不提要钱要物的事，总是用心将我们不太经意丢放在某个角落尘封了多年的立功喜报、获奖证书，甚至和一些稍微有些头脸人物的合影照片、子侄们的大学录取通知书等杂什一股脑背回老家，用心装裱悬挂在家中的客厅里。尽管后期家中的经济条件好转，我们把父母的家一会儿从农村搬到集镇，一会儿又从集镇搬到县城，但父亲家中的荣誉室却越搬越大，屡换屡新。来了亲朋好友，父亲带他们不是先看庭前花草树木，园内的膘牛肥羊，而是如数家珍般带领客人参观家中的荣誉室。此举，常常弄得我们这些偶尔回家的兄弟姊妹哭笑不得。

父亲是个老党员，在村里担任过很长一段时间的生产队长和大队干部。因根正苗红，临近一九四九年的那段时间，父亲就是村里的民兵队长了，还参加了"南下工作团"组织的退租减息、分田分地等建设工作。后来，当工作组要带着父亲继续南下革命的时候，他老人家却留恋"三十亩地一头牛，老婆孩子热炕头"的"小康"生活，"请假"留在了家乡。自此，父亲失去了他这辈子唯一一次当国家干部的机会。

父亲这辈子什么时候组织观念都非常强，凡是组织交代的事，无论正确与否执行起来均不打半点折扣。十多年前，乡政府培养他做"农村科技带头人"，组织上先是叫他带头养了一千多只良种鸭，因上面派来的技术员指导失误，结果一栏肥鸭死得只剩几只。不久，政府又动员他种植大面积的西红柿。后来西红柿倒是长势良好，硕果累累，但收获之后却因交通不便没有销路，成吨西红柿又全部倒回菜土里做了肥料。尽管如此，父亲仍然没有半点怨言。有一年，乡政府过年没钱发工资，父亲听说后，硬是把我们兄弟寄给家里过年的几千元钱，全部借给了政府。

父亲生性节俭，有钱没钱的时候，都恨不得把一分钱掰成两半花，渐渐形成了习惯。平日，父亲除了抽烟之外，就没有其他嗜好了。每次我们回家给他捎上的几条好烟，他却舍不得抽，总要叫母亲到邻居开的小烟店里，将一条好烟换成几条价值相等的差烟。后来，闲下来的父亲跟着几个老头老太学会了打一种家乡名叫"捉麻雀"的纸牌，半天输赢也就十来元钱。因刚学会打牌，手眼生疏，父亲总是输多赢少。三五次下来，父亲老是说有些划不来，输得几次够买好几斤猪肉呢，后来就干脆不打了。我们几个见父亲没有娱乐怕他健康受影响，便找来父亲的那几个牌友，每人发给几百元钱，叫他们打牌时有意让让父亲，让他老人家高兴一下。谁知没多久，秘密还是被父亲发现了，父亲把我们好一顿臭骂，从此就再也不摸牌了。

　　父亲自己节俭，却不愿看到别人过苦日子。每年春节临近，他总要动员我给老家村里的"五保户"和孤寡老人送些钱物过年。有几次因种种原因，我送出的钱物未能如数地分配到困难老人的手中。自那以后，父亲便亲自把关，将钱物分成若干份，亲手运送，并请老人们按上手印。每次望着父亲寄来的村里孤寡老人们按满鲜红手印的救济清单，我的心总会有阵莫名的感动，既为穷苦老人们的生活不易，也为父亲的细心周到。

　　后来，在父亲的极力提议和影响下，我和弟弟分别给老家的村里捐建了希望学校，将村里的泥沙路硬化成水泥路，建起了文明社区。当村干部提出要感谢父亲时，却遭到了父亲的婉言谢绝。

为此，乡亲们总感有些怠慢了父亲。后来，乡亲们根据父亲爱热闹的特点，硬是以父母的名义唱了一台花鼓戏。父亲被乡亲们众星捧月似的端坐在戏台前，笑得合不拢嘴，老人说那天是他最为幸福的时光。

找到了父亲的兴奋点，之后父母寿庆时，我们便一律改为请花鼓戏班子给老人家唱戏。每当这时，父亲总是嘱托家人不要收礼，要请乡村和社区六十岁以上的老人一起喝酒看戏。一次，弟弟请的花鼓戏班子与我请的重复了，退又不能退。于是，两台花鼓戏只好同时"开锣"，名曰唱"对台戏"。

两台戏同唱热闹好看，但很容易引起两个戏班之间的纠纷。开唱之前，父亲将两个戏班子的人叫到一起吃了一次"和气饭"，向双方提出了不许喝倒彩、不许闹事等具体的要求。当乡亲们笑说父亲何必如此麻烦时，父亲却总是笑笑说：我的想法非常简单，纯粹图个热闹。父亲的心思唯有我读得懂，他老人家正是在用现时的热闹去弥补年少的孤独呐。

也许是从小就失去了家庭温暖的缘故，父亲从小就个性强，遇上不顺心的时候，很容易发脾气。这时候，母亲却只有暗自流泪的份，哥哥姐姐一个个也像极了一只只温驯的小猫小狗，不敢吭声。小时候，因我在兄弟姊妹中最为顽皮，也最富有反抗精神，所以总爱跟父亲做坚决而又势力悬殊的"斗争"。虽然总少不了被父亲放在神龛上专门伺候我屁股的竹条抽得皮开肉绽，但每次却总是以我的胜利和父亲的妥协而告终。记得初中辍学在家时一次放牛，因看小说着了迷，牛吃掉邻居家一大片禾苗。父亲气得不但撕掉了我手中的小说，还把我书架上的书一股脑扔进了屋门前的鱼塘里。当时，我也不知道哪来的勇气，不但把父亲放在衣柜里的"致富能手""万元户"证书也丢到地上，还拿着一个空农药瓶子扬言要喝农药，以死相争。后来的结果，不但让父亲拿出了几十元钱让我去买书，而且还特许每半月给我放假一天，让我骑着自行车到集镇的书摊上购书、租书回家看。后来的我能靠读书学习走出乡村，有所出息的话，还真得感谢父亲对我特有的照顾和宽容。

记不清多少回，在祖屋的树荫下、饭桌上，特别是有客人在场的时候，父亲总爱跟我们讲起他过去如何操劳，如何把我们兄弟姊妹抚养成人，如何发家致富等"光荣历史"。年轻时，听父亲讲起这些，总有些嫌厌老人啰唆的感觉。等到自己长大成人的时候，我便发现自己的倾听多了许多平静、许多感怀，甚至还有许多期待。

一个人便是一部历史，哪怕其卑微得像一株枯荣岁岁的草芥。原野上的草芥虽微不足道，但在儿子的心中，父亲永远是一棵常青的大树。

霸蛮

湖湘文化是中国最为奇特的文化之一，既有江南的灵秀，又有北方的粗犷和硬朗。它繁殖和培育了复杂与巨大的能量，孤独、高傲、狂热，又蕴藏深深的智慧和谋略。湖南人喜欢说"霸蛮"二字，这正暗示了他们不怕苦、不怕死，不撞南墙不回头，见了棺材也不掉泪的性格特点。

不知道自小便在三乡四水间长大的我，是否有幸汲取了些许群山之灵气，经受了洞庭湖野性与灵秀的熏染，熟知我的朋友说我是头典型的"湖南犟骡子"，很犟、很倔，不达目的誓不罢休。从上初一开始，我便不安分守己，心比天高，萌发了两个执拗的念头：一是要走出农村，霸蛮改变面朝黄土、背负青天的命运；二是要霸蛮当作家，活得与众不同。

有一位哲人说过，穷人最缺的不是金钱，也不是权势，而是梦想。当然，有梦，同样还需要一种精神、一份恒心和一份毅力作为铺垫。有了这些，就算你条件差些，无非就是在时间上多做一些停留而已。一个不太偏离现实的梦想，条件好的，也许短时间便能实现。我的条件不如别人，那就得准备比别人多耗费更多的时间和精力。天再黑，总有微光照亮；路再难，还有目标在召唤。有理想的人生，你会越走越有滋味，越走越开心，也会越走越远。

然而，在贫穷的乡村，要走出去却只有两条路，一是读书考大学，二是当兵。第一条路对我来说已极不可能。乡村教学条件本来就差，自己三天打鱼两天晒网，加之想霸蛮当作家，只对文科课程感兴趣，一上数理化课，就躲在课桌后看小人书、看小说、涂鸦所谓的文学习作。为此，至今我仍对数字概念一塌糊涂。有事例为证：一是闲暇跟朋友"打拖拉机"和"三打哈"，我总记不住两副扑克牌有多少个"主"，即使知道个大概也不愿意去算去记；二是当老总多年，一看到财务部上报的月、季、年度的财务报表就头疼。只好叫会计每星期另报一张便笺单：这星期公司赚了多少钱，花了多少钱，账上还剩多少钱。三笔数据中，我自然又对最后一笔最感兴趣，当然也记得最牢。

有道是，皇天不负苦心人。一九八二年秋天，我辍学在家当了大半年的农民之后，便如愿以偿地以当兵的方式走出了乡村，来到了广东。

我是和一大帮刚入伍的新兵从县城乘坐拉牲畜的闷罐列车开往广东的。从小没见过什么世面，也没上过县城，火车带给了我巨大的新奇感。车厢里非常沉闷、脏臭，没有座位，没有厕所，只有一个用背包绳草草缠绕着的门洞。一节车厢里躺着三十多个和我一样穿着没有佩戴领章帽徽的肥大军装的新兵。谁要方便，只能是扯开裤子对着飞驰而过的万水千山、田畴牧野放声"高歌"。那种豪迈和粗野，至今回想起来仍历历在目，似乎还有些回味无穷。

火车喘着粗气，冒着浓烟，在苍茫的湘粤大地上走走停停，行进了两天两夜，直到第三日的凌晨才到达广东罗浮山的石龙车站。随着"哐啷"一声巨大的火车刹车声和一阵"嘟嘟嘟"的集合的哨声响起，闷罐车厢内的新兵们顿时乱成了一锅粥。我因晚上在昏暗的车顶灯光下看了大半夜的小说，睡意正浓，最后起来，才发现压在凉席底下的两根背包带不见了。下火车时，我成了一千多号新兵中唯一一个夹着背包集合的人。当时，我急得差点要哭起来。新兵连长却连忙安慰我。劝我不要着急，丢掉的背包带回到连队后再给我补发。当他看到我背包一角露出来许多文学书籍和练习本时，还不忘拍着我的肩膀幽默了一把："小子，当兵第一天你就不用打背包了，看来你是一个天生当干部的料呢。"祸福相依，此话我一直深信不疑。类似这样的事，在后期的南方生活中我还遇到过好几次。典型的一次是二十世纪九十年代中期，我调回广州机关任职时，连丢了好几辆自行车。丢到第四辆时，同事就开玩笑地说，你不用再买了，你小子将来肯定是坐小车的命。果不其然，不到半月，我便由机关挂职到军办企业工作，公司很快就给我配了小车。十多年过去，真的再也没骑过自行车上下班了。

罗浮山下四时春，芦橘杨梅次第新。当深秋的故乡已是湖水干涸，一片萧瑟和枯黄之时，地处岭南的军营却还到处是一片绿色。高大的马尾松、成片的香蕉林、被修剪整齐的冬青树……这满园的春色，正如我的理想之梦，永远年轻。

曾记得，入伍之初，当时已是家乡"种粮养鱼大户"和"万元户"的父亲叮嘱我，叫我到部队好好当兵，不行就回家一起跟他当"万元户"。我坚决而霸蛮地对父亲说："到部队一定好好当兵，不干出名堂，就决不回家！"自此，我把对故乡和家人的浓浓思念深埋心间，为自己的理想之梦不断努力和拼搏着。

新兵连阶段，尽管每天要练习站姿、列队、军体、投弹、五公里武装泅渡和越野，每天累得骨头都散了。我仍给自己规定，在搞好所有新兵训练的前提下，每天写一篇日记，每天给团广播室写一篇广播稿，每周看完电影后要将电影的故事梗概写下来，用以锻炼自己的记叙能力。对于写作，我当时便感觉没有什么捷径可走，唯有霸蛮多读多写。为这，在我老部队的官兵中至今还流传着关于我"一个初中肄业生和他发表的八十多万字的新闻、文学作品""军用蚊帐因点蜡烛看书被烧了十八个洞""不出成绩便八年不见江东父老"等许多霸蛮学习和成材的故事。

一九八四年二月，我被正式调到团报道组，成了一名专职新闻报道员。我脚蹬解放胶鞋，肩背黄挎包，深入到部队的营区、训练场和部队野营拉练的途中，白天采访，晚上写稿，几乎每星期都有我采写的新闻稿子见报。不知是我霸蛮的缘故，还是奋斗精神感动了造物主，从一九八四年开始我每年都会在《解放军报》

《战士报》《南方日报》等报刊独自发表累计百篇以上的新闻稿。不久，我就被任命为报道组长。

记得我第一次荣立三等功时，是时任团政治处的高书记利用出差的机会将奖章和喜报捎给我的。当时我正在广州的战士报社学习，为到招待所取回奖章，我借了编辑部一辆自行车，买了两包糖，五百米的距离，我激动得喜不择路，连摔三跤。

随着心灵视野的拓展，我的判断力得到加强，思想也似乎更趋深邃。我不停地采访、挑灯夜战，见报（刊）率几乎呈直线上升。从一九八五年开始，我便成为部队业余通讯报道骨干中有名的"获奖专业户"，每年都有十多篇文章获奖。

说起从事新闻报道工作，我还曾走过一段弯路。记得在连队当文书时，团政治处考察发现我会一些文字，在这方面又特有热情，就动议调我去团报道组，从事专门的新闻写作。我自己却有些犹豫不决，认为写报道离我想当作家的梦想还有一段距离。连队的指导员曾任过团机关的宣传干事，便开导我说，部队的各级领导都比较重视新闻报道工作，因为它能直接反映部队的工作和成绩。而文学创作不但来得慢，而且只有大军区一级才有文学创作员。他还细心地替我规划：当务之急是写好报道，干出成绩，力争提干。只有当了干部，才有更好的条件去实现你的作家梦。后来，我在指导员的指引下，便开始了我的"曲线救国"之旅。

三年之后，就在自己的路越走越顺，工作也是捷报频传的时候，我却开始有些"翘尾巴"了。一段时间我在给部队"报喜"

的同时，也开始给部队"报忧"——写了好几篇反映部队做表面文章，以及呼吁解决一些干部战士切身实际困难的批评报道。不久，部队分管政工的领导就把我叫到了他的办公室。领导说，部队年年给你立功受奖，给你提供差旅、写作等各种便利，是想让你"栽花"，而不是让你"栽刺"。部队工作有缺陷，你可以内部反映，不能动辄往上"捅"……领导后面还不忘提示，相信你能改好，不然就会直接影响你的进步！一想到进步受影响，当不了干部，离自己当作家的梦想就会越来越远，我只好选择了妥协。梦想可以造就一个人，也可以改变一个人哩。

打火石在，理想之火常燃。现在回想起来，自己初期追求的所谓理想，自然谈不上远大，更谈不上崇高，只不过是为改变自己农民身份的一种执着或者说执拗罢了。没有这种执着或执拗，很难说现今我的日子同任何一个普通的农民兄弟相比会有什么两样。所以，至今我仍然回味过去那段追求理想和坚守理想的美好时光。还有，依我不太成熟的人生经验，我总认为实现理想的力量，许多是从恨开始的。你的恨有多大，你克服困难的力量就有多大，你的出息就有多大。从小我就恨农村的艰苦、闭塞，恨农村的贫穷、落后，所以我一直都在竭尽全力改变自己的命运。

经过整整八年的努力和奋斗，有了新闻报道工作成绩作为铺垫，加之掌握了学习的方法，我又发挥自己的霸蛮精神通过自学，硬是考上了大学。提干不久，我终于坐上了县武装部的北京牌吉普车回到了阔别八年的故乡。为此，乡亲们无不夸我霸得蛮，才有如此出息。

若干年前，英国作家王尔德曾经无限感慨地说："人生有两大悲剧：一个是得不到想要的东西，另一个是得到了想要的东西。"如此这般，我也陷入了人生中最为苦闷的一段时光。这其中，我在大学毕业当上干部后，先是到基层连队任职，后调回机关，再后来经商，虽然物质条件有了很大的改善，但我的精神世界却极度空虚——因为我的作家梦想还未实现。直到这时，我对自己的性格也有了进一步的了解，我是那种需要不断用高度和刺激来调动情绪和思维的人。希望之果如果让我轻易采摘，便会顿感索然无味；反之，如果让我霸蛮跳跃起来，则会兴奋不已。

实践证明，霸蛮当作家远比霸蛮当个干部要艰辛许多。这其中除了要有先天悟性以及后天多方面的学习之外，还需要内心充满想象，精神和灵魂承载着巨大的苦痛。作家史铁生在理解法国作家罗兰·巴特的《写作的零度》这本书的含义时曾说："写作的零度即生命的起点，它向你要求生命的意义。"文学，它是一种心灵的对话，让人备感苦痛和煎熬，也将穷尽一个人生命的所有。但是，我既然选择了它，也唯有不屈不挠地硬着头皮，保持仰望的姿态，霸蛮地向前进发了。

经商几年后，我办起了宾馆、医院、学校，有了固定的收入，加之管理人员得力，员工通过教化也都能各司其职，我便开始了遥控管理，一头扎入了想当作家的夸父逐日当中。为了更好地夯实自己的写作基础，更多更好地方便自己积累和整理写作资料，在后期的企业经营管理工作中我还较为奢侈地给自己配了一名专职"读书秘书"，帮助自己整理三十多年积累下来的几十万张读书卡片和上百万字的生活工作日记，并在一些刊物和报纸上开设专栏，约束和激励自己勤于动脑动手，多写多练。这几年，我在繁忙的工作之余先后出版了四本散文集，其中《微雨独行》市场反应较好，先后重印三次。发表的散文还多次获得"冰心散文奖""孙犁散文奖""我心中的澳门散文奖"等奖项，每年都有散文收入《中国散文年选》《中国散文排行榜》等权威选本，许多文章还被选为大学、中学的语文选读教材及高考语文试题……自己因此而成为中国作家协会会员。二〇〇六年还被评为二级作家。二〇一一年十一月又被破格评定为一级作家。

对于生活，我感慨颇多，是困难和逆境激发了我的潜能和霸蛮的斗志；是理想让我有了奋斗的目标。一个人对金钱和物质的追逐似乎永远难有止境，只有追求人格和精神上的完美，找到心灵的安适之所，这样的人生才更有意义。文学对于我来说，就是我的至爱，她在不断地鞭策和救赎着我，让我的心胸日趋宽仁和悲悯。因为文学，能让我尽情地叙述和倾诉，她能让我超越时空超越自我，成为我精神的宗教，直至永远。

前不久，我在家乡的城乡结合部建成了一个"桃花源"式的庄园。我将之作为喧嚣城市生活背后的宁静处所，在那里读书写字思考，继续我的作家梦想，发扬"有条件要上，没有条件创造条件也要上"的霸蛮精神，努力完成做一个好作家，写一本好书的过程。

我读余光中

初识余光中是三年前，在我故乡举办的"中国岳阳（汨罗江）国际龙舟节"的开幕式上。那时，他在主席台的那头，我在观众席的这头。只见他挥舞着握拳的右手，率领着包括我在内的三十万观众一同朗诵《汨罗江神》："昔日你问天，今日我问河……回一回头吧，挥一挥手，在浪间等我们。"是年，余老已是七十七岁高龄。只见他腰身挺拔，精神矍铄。就在老人步履沉重，精神肃然地手捧鲜花，走进汨罗江畔屈子祠的那一刻，我竟将老人瘦小但却不失伟岸的身影与三闾大夫的塑像重叠。老人低吟："青史上你留下一分洁白，朝朝暮暮你行吟在楚泽。江鱼吞食了两千多年，吞不下你一根傲骨！……那浅浅的一弯汨罗江水，灌溉着天下诗人的骄傲！"难怪当陪同的官员提出要请你参观屈子祠的时候，您却一改往日的谦容，郑重地修正道：不是"参观"，是"参仰"！因为您一直坚定：汨罗江的上游，是蓝墨水的发源地，是中国诗歌的一个源头。

杏花。春雨。江南。再见余老是今年木棉花开的广州。这次，余老是为应邀参加"第六届华语文学传媒盛典"而来。白云机场喧嚣的接机大厅内，在出站口熙熙攘攘的人群中，我一眼便认出了余老。已是年过八旬的老人，精神依旧是那样矍铄，步履依然是那样稳健。还是系着那根经典式的鲜红色领带，满头银发连同那长长的卧眉，白得更加耀眼，更加光亮。雪白血红，让老人依旧瘦小的身影更显与众不同。余老推着行李车在那头，我挥着手在这头，走近的仿佛是那条相隔了半个多世纪的海峡。

也许是举办方有意细心的安排，余老居住在有山有水的鸣泉居酒店。且巧合的是，余老下榻的碧海楼边便是一个叫金钟湖的一弯碧绿。与湖相隔的是余老早中晚三次必去的碧波楼餐厅。好在相连的不是深不见底的海湾，而是一条曲径幽香的鹅卵石路。青山。绿水。冷雨。凄风……这些是否又勾起了老人的乡愁？开始我有些不得而知，反正入住的当晚，当我陪同老人在湖边散完步，他第一件事便是请我通知酒店总机马上开通他房间的国际长途。老人在这头，家人在那头。他要借这长长的银线，抚慰那无时不在的乡愁。老人跟我说："近二十年来，我曾陆续到了内地的许多地方，也包括重回故乡，但乡愁更甚。因为，小时候的故乡看不到了，到处都已焕然一新，与记忆也不同了。"老人还说："其实每个现代人都有乡愁，这不单是地理造成的，更是时间造成的，如果还包含文化和历史的变化，那么乡愁就更深刻了。"

难怪自二十世纪七十年代初，老人那首著名的《乡愁》发表后，他便以"望乡的牧神"自况。一些媒体甚至评论家干脆称他为"乡愁诗人"。老人似乎有太多的愁怀、悲思、灼痛……以至于老人深感单是以诗难以承载其"痛入骨髓"的乡愁，因为老人"钟整个大陆的爱在一只苦瓜"。于是在诗歌写了十年之后，老人又写起了散文。余老自谓是："右手为诗，左手为文。"还说，诗歌是他文学的"轻工业"，散文是"重工业"。二〇〇三年的"华语文学传媒盛典"，余老便是以一本散文集《左手的掌纹》而获得当年的年度散文家奖。老人说，它是诗歌《乡愁》的姐妹篇，是诗的延伸。

　　余老在广州的行程只有三天。作为老人的"全陪"，我近距离地变换着角度、变换着思维，也变换着姿势，细心品读着这位学贯中西，诗歌、散文、翻译、评论四栖的老人。余老谦和、平实，没有半点名人的架子，也没有平日我们见到的一些诗人所彰显出来的那份轻浮张狂和不修边幅。每晚在老人下榻的宾馆房间门口总是堆着一沓沓找他签名的诗作。老人不管多晚回来，总是先漱口净手，然后端坐在书桌前，一丝不苟地用他多年也不曾改变的中文硬笔，一笔一画地签好字，然后叫我交与会务组，送到每位求签字人的手中。每次我驾着车拉着老人参加活动，上下车前我总不忘叫老人等等，让我搀扶一下，但老人总是身手敏捷地行动在前。还不忘跟我开玩笑说："这算什么，别看我八十岁了，在台湾我还自己开车呢。"随着品读的深入，让我震撼的更是老人在其瘦小略显单薄的身躯内那颗充着泪、充着血、充着情和爱的滚烫的心。看他：平日语不高、貌不惊，循规蹈矩，宛若一位邻家太爷，但只要一提到文学，提到国恨乡愁，心腔中却有如埋下一颗能量巨大的原子弹，爆发起来惊天动地，铁石俱焚。听他："当我死时，葬我在长江与黄河之间，白发盖着黑土，在最美最母亲的国土。""这无边无尽的乡愁，这无边无尽的酒一样的长江水，这血一样的海棠红，这母亲一样的蜡梅香。""听听那冷雨……想这样子的台北凄凄切切完全是黑白片的味道……片头到片尾，一直是这样下着雨的！"个中意象遒劲豪迈，有如黄河之水天上来，奔流到海不复回。读他：其诗有永恒的美质，苦涩的意蕴，壮士的豪迈。其文冷峻睿智，既博古通今，又雍容华贵。

还是《乡愁》："小时候，乡愁是一枚小小的邮票，我在这头，母亲在那头。……"在内地一提余光中，必然要说到《乡愁》。但在广州活动期间，余老的谈话和访问每次却似乎有意要和大家"作对"："我知道你们都熟悉我的《乡愁》，不过这次不准备提它。"譬如在中山大学演讲时，老人讲的是《当中文遇上英文》。在"云山诗意文学沙龙"上老人说的是被他称作"重工业"的散文写作。但听者却也是似乎每次都要与老人"作对"：一到提问的阶段，问者最后又总会扯到《乡愁》上来。有人提问："假如让您续写《乡愁》，第五段您会写什么？"余老接过话头，似乎有些言不由衷地说道："那我就写'现在乡愁是一条长长的桥梁，你来这头，我去那头'。所以今天我就来广州了。"

这天的晚饭后，我和余老在金钟湖边散步时，老人跟我回忆起了七十年代初创作《乡愁》时的情景。老人时而低首沉思，时而抬头远眺，似乎又在感念着当时的忧伤氛围。他说，当时自己离开故乡已经二十多年，而且看不到任何能够沟通、探望的迹象。某天心弦触动，仅用二十分钟就写定了这首在胸中酝酿了几十年的诗作。那是当代所有中国人深广的乡愁，不仅属于他个人，而且属于全体中国人。有道是"国家不幸诗家幸"。老人如实地说："如果《乡愁》这诗，要放在今天来写，肯定难以写出当初的意境。所以，我续写的《乡愁》第五段，只能权当活跃一下当时的氛围，要正式收入到诗集里那可是万万不可的。"

相见时难别亦难。当余老在他的新作《余光中经典》的扉页上给我郑重地写下"清明时节喜逢君"的留言时，我知道与老人暂别的时光就要来临。余老走时是上午的飞机，先经香港，再转飞台湾。车上，当年少的司机有些无意而又缺少常识地提到"为什么不由广州直飞台湾"时，老人一声叹息，接着便是一阵长久的沉默，仿佛又勾起了他那绵绵不尽的乡愁。

送别的场景，依旧是我站在这头，老人走去那头。挥挥手，留给我的却是老人经典的诗章："九百年的雪泥，都化尽了。留下最美的鸿爪，令人低回。"

放
风
筝……

　　二十五岁前，我是不敢轻言爱情的。在这之前，我脚上的黄泥尚未洗净，草鞋也尚未换成皮鞋。穷人没有爱情，这句话一直如刀刻石凿般地烙在我记忆的深处，没有因岁月的流逝而淡化，而是随着年龄的增长愈发深刻。我是一个地地道道农民的儿子，因读书偏科，初中尚未毕业便辍学在家。爱情对于我来说，无疑是一个奢侈的话题。我自己知晓，如果不能走出农村，不能自己改变自己的命运，别说爱情，恐怕连找一个过日子的老婆都很难很难。

　　和妻子结婚之前，我曾谈过一次恋爱。但那称不上一份完整的爱情，充其量只是一颗豆粒那么小的一点点，还没等长出小小的绿芽，便被狠心地掐断了。在后来的学习和工作当中，我一直认为，农村孩子和城市孩子本质上是没有多少区别的。不同之处在于心理素质上存在着差异。贫穷、闭塞所造成的自卑与胆怯，就像一只蜗牛背负了一只沉重的硬壳，让人难以超越。这点，在我后来与女兵叶梅的交往中便得到了印证。尽管我不知道叶梅当时是怎么想，反正我自己总认为自身条件差，去追她老是有一种"癫蛤蟆想吃天鹅肉"的感觉。

那是二十多年前的一个春日，我作为野战部队的一名新闻报道骨干，经所在部队选送，来到了广州白云山下的军区文化补习学校。准备接受为期半年的集中学习，参加地方大学的招生考试。报到的那天正值一个周末的下午，我放下简单的行李，见时间尚早，便独自一人爬上了学校后面的一座不是很高的山峰。放眼望去，山下树影婆娑，山涧流水潺潺，一阵和煦的春风吹过，让人心旷神怡。这时一只蓝色的蝴蝶风筝跳入我的眼帘，顺着若隐若现的丝线，我找到了一张红扑扑的笑脸，一位穿着绿色军装的女兵。

女兵名叫叶梅，出身于一个军人家庭，母亲是位大学教师。她来自军区通信总站，也是和我一起来文化学校学习的。叶梅有着高挑的身材，操一口十分标准的普通话。鹅蛋形白皙的面颊上镶配着两条柳叶弯眉，一双清澈见底的眼睛，再配上得体的军装……常常把男同胞的眼睛拉得直直的。有人说，一个女孩如果穿上军装还不美的话，那肯定就与美无缘了。一位本身就很漂亮，身材和气质都很好的女孩，再配上一套得体的军装，那种刚柔相济的美感真无法用语言和文字来进行描述。

叶梅不但人长得美，气质优雅，她还爱好文学，诗歌和散文写得最好。当时,《战士文艺》上曾发表过她一篇《晨练》的散文。其中有一段我印象最深:"晨曦初露的清晨,突然响起了一阵紧急集合的哨声,像一把斧头用力地划破了天空的宁静……天亮了,女兵们列队准备收操,万绿丛中竟然亮出了一个个红彤彤的小太阳……"

补习班上,我是班长,叶梅是学习委员。我当班长一是因为兵龄老,二是因为当兵期间卧薪尝胆每年都能在部队的报纸杂志上刊登近百篇文章,小有影响,领导就指派我临时负责。叶梅是因为学习成绩好,听说当兵之前考大学只差三分。我高中都没上过,读初中时还严重偏科,补习数理化课一直令我头痛不已。叶梅总是不厌其烦地给我开小灶,还把一些要紧的公式和练习题做成小卡片,夹在还给我的文学书中,并利用课余时间一起放风筝的机会进行抽考,帮我加深印象。

看着在青山绿水间奔跑跳跃,且欢笑不止的叶梅;望着那只越飞越高,在蓝天白云间翩翩起舞的蝴蝶风筝,我时常走神发愣。这时的叶梅却总是有意或无意地拉拉我的手,说些"把线交给我呀……这飞翔的风筝好像你啊……"等话语。但我一想到叶梅长得那么漂亮,那么优秀,家庭条件那么好,自己家在农村,当兵这么久,仍是一个每月才拿几十元津贴费的大头兵等现实问题,内心深处的自卑便开始作祟,连叶梅伸过来的手都不敢去摸一下。

转眼就到了广州的梅雨季节,阴霾的云团像一个巨大的锅盖,罩在山下低矮的营房,连水泥地板都能冒出水来,抓一把空气手心都是湿漉漉的。没有阳光，也看不到亮色，像极了我当时的心境。

高考时，叶梅成绩很好。因我们那批学员属军队送往地方大学新闻系的定向培养生，部队的推荐意见很重要。录取时，先把上线的考生笼统确认，再按在报刊上发表的新闻作品成绩优先录取。因叶梅上稿率有限，又一次与她心仪的大学失之交臂。后来，我曾设想，如果我和叶梅同时被录取，随着交往的增多，也许那种朦胧的感情，肯定会有所结果。可生活就是生活，总是没有那么多如果可言。

离开文化学校的那几天，我和叶梅常常爬上曾在一起放过风筝的青山，坐在摊开的军用塑料布上，谈得最多的竟是文学。叶梅说她从小就喜爱读书，常常被电影、电视、小说里的故事情节和人物感动得泪流满面。一套被她翻看得卷起了毛边的《红楼梦》，常常被她的泪水浸湿得粘到一块。特别是当她看到黛玉葬花、宝玉出家等章节时，基本上是看一页，泪流一页。

叶梅一直认为葬于九嶷山舜帝的爱情故事非常凄美。舜帝两位如花似玉的娇妻娥皇和女英忽闻夫君崩于苍梧之野，她们望着水云弥漫的洞庭湖，路断波横，招魂无处，不禁肝肠寸断抱头哀哭，最后竟至双双哭死，连她们哭泣之处的竹子也长出了斑斑泪痕。叶梅说，每次她读到此处，总会泪湿衣衫。所以，叶梅在刚当兵不久从武汉坐火车到广州的出差途中，便一直记住了湖南郴州这个地方。她认为在京广线上，郴州离九嶷山最近，此处也一定很美很美。在火车路过郴州站停车的间隙，她走下火车想看看梦中的郴州。现实中的郴州显然没有叶梅想象中的美妙，凭栏远望那感怀的泪水仍然湿透了她的双眼……就在叶梅被开车的铃声催回车厢时，她放在茶几上托旅客照看的手提包却被火车外的小偷从窗外顺手抢跑了，也把她从理想的文学梦中惊醒。

有梦的女孩，有如一只在蓝天中翱翔起舞的风筝，缥缈而美丽……让人仰望、追奔，也让人产生无限的梦幻与憧憬。

不久，叶梅退伍回乡，在一家国有银行当上了一名兼职的团委书记。这期间，我们还保持了很长一段时间的联系。让我确定与叶梅分手的原因，是我接到了她的一个电话。那是在我大学临毕业不久的一天晚上，叶梅把电话打到了班里唯一一部架在电视机室里的公用电话上。因班里的同学叶梅大都认识，在我从宿舍过来之前，一帮同学早已争先恐后地与她聊上了。待我与之通话时，我感觉电视室的气氛就有了些微妙的变化。受此感染，通话间我有些不大自然，说话有些磕磕巴巴，本来就不标准的普通话，更有些不地道了。没心没肺的叶梅却在电话里哈哈大笑，称我说的话她有三分之一听不懂！

这种情况在我后期的工作和生活中曾多次发生过。我平常说话，无论是逻辑性还是口才，自我感觉都还不错。可只要一到比较正规的场合，稍一紧张，我的脑子就会一片空白，结巴、红脸、词不达意等等，什么都来了。女儿上小学时，我和妻子曾参加过她在班上的竞选班长和文艺会演的家长会。我发现，平时嘻嘻哈哈，说话常常颠三倒四的女儿，只要一站到台上，追光灯一亮，她便倍儿精神，不但台风像模像样，说话也特别顺畅。为此我曾装着不太经意的神态询问过女儿。小孩儿竟一边咬着冰激凌，一边满不在乎地说，这有什么，站在台上心里要忘掉自我，把台下的人看成是一瓶瓶大大的可乐……呵呵，大胆发挥就是。女儿从小就在优越的生活环境中长大，生活和学习特别自信，完全不像自己儿时的成长环境，贫穷、冷落、看不到光亮，几乎是我生活的主色调。卑怯、褊狭，乃至于仇恨等心理不健康的因子曾紧紧地伴随着我的童年，早就在荒芜的心田里生根发芽。更何况，小时候，我家的旁边有位患先天性结巴的邻居，没有娱乐的童年，我和一帮穿开裆裤的小伙伴常常以学结巴为乐。久而久之，自己说话不小心就会连贯不上。

一句"三分之一听不懂！"仿佛把我又拉到了有些自卑自怜的现实。记得那是我辍学在家的第一个端午节的凌晨，母亲把我从睡梦中拍醒，塞给我一张肉票和一叠卷起了毛边的钞票，叫我步行十多公里到集镇上去买猪肉。母亲还不忘嘱咐我，买猪肉时叫屠夫称一整块，不要砍碎，这样斤两会足些。缺肉少油的乡村生活，早已让我嘴里淡出鸟来。听说去砍肉，我一蹦跶就跳到了床下。太阳爬上茅草屋前樟树梢的时候，我有些气喘吁吁地把猪肉背了回来。我蹲在台阶上吃着冷早饭，母亲却忙着在门板上砍猪肉。老人用手当尺，比画着把整块猪肉用菜刀砍成了均匀的五份，并用草绳将一份份重新绑好。见我有些纳闷，母亲解释道：大哥今年刚订婚，这五份猪肉是要送到大哥未婚妻家去的。那时老家年轻人结婚有一个习俗：男方由媒婆出面说好对象后，一般是先订婚，男方要给女方送"三转一响"，即自行车、缝纫机、手表，再加一部叫得响的收录机。订婚后，还须有两到三年的"考察期"。这期间，女方家遇上农忙或要紧的事，男方就是再忙也得放下手头上的家事，先到女方家帮忙。至于过年过节，男方不但要给未来岳父岳母送礼，而且还要给女方的姑妈、姨妈、叔叔、伯伯、舅舅等至亲家同样送上一份。如果碰上女方亲戚多，真要有"七姑八姨""五叔六舅"，也就该男方家多"出血"了。

见母亲把猪肉分完，居然没留下一星点，我不知哪来的怨气，顺手将门板上的一块猪肉扫落到了地上。母亲急得差点掉下眼泪：一边拍落粘在猪肉上的泥土，一边狠狠地数落，骂我："你这小没良心的，以后也要找对象，看你送不送礼！"听后，我竟不加半点思索地随口反击道："我以后找老婆坚决不送礼，不结婚拉倒，宁愿打单身！"母亲气得拿着扫帚，把我赶去老远，老远。

十多年后，我穿着皮鞋带着新婚的妻子从都市回到老家看望父母时，母亲笑得合不拢嘴。当提及少年时我说过的"气话"，母亲竟然说早忘记了。母亲的话无疑让我有些失望。从那时开始，我便感觉自己的心理多少还存有不太健康的因素。年轻时的贫穷和自卑，演变成了后来过分的自我与自尊。

尽管我知道，自己大学毕业后，便能很快地穿上皮鞋，可我那无时不在的自卑心早已浸淫到了我的骨子里面，像极了一只长满尖刺的刺猬，虽然能暂时保护一下弱小的自我，但常常会刺痛那些接近我的人。叶梅不经意的一句玩笑话，无疑加重了我内心深处那无时不在的自卑感。想到这些，我虽有过犹豫，但还是下狠心慢慢地摁灭了这爱的星火。

我与叶梅恢复通信联系已是分别二十多年后的一个冬日。她给我发来一个短信：窗外好大的飞雪噢，我好想出去放风筝，拥抱这漫天飘洒的雪花呀。

其时，我却有些莫名其妙地给她回了七个字："三分之一听不懂！"……

远近周庄

古镇周庄有一个银子浜。它地处苏州的昆山，东接长江口，北近白蚬江，西连太湖，直到现在仍有"上海莱茵河"的美誉。六百多年过去，如今的银子浜上假山水榭，曲桥回廊，鸟语花香；古色古香的乌篷船影点缀其中，橹动波涌，犹如一匹巨大的绸锦上绣着无数朵淡雅的小花，一派迷人的景象。据说元末明初的江南巨富沈万三曾在此处藏过银子，银子浜因此而得名。

周庄的双桥架设在银子浜上。二十世纪九十年代旅美画家陈逸飞以此为蓝本所创作的油画《故乡的回忆》，被西方石油大王阿曼德·哈默收购，并且在一九八四年秋天访华时赠给邓小平先生，双桥因而声名大振。几乎所有来周庄旅游的人，都要在银子浜的双桥上摄影留念。

仲夏之日，我踏上了这片神奇的土地。望着银子浜岸边一棵棵粗壮而虬曲的柳树正吐着绿油油的枝条，远处粉墙黛瓦的农舍掩映在袅袅炊烟之中，我的思绪也随着炊烟飞得很远，很远……

沈万三先以躬耕起家，后利用"东走沪渎，南通浙境"水路交通发达的周庄，作为商品贸易和流通的基地，把江苏、浙江和安徽一带的丝绸、瓷器、粮食和手工艺品等运往海外，又将海外的珠宝、象牙、犀角、香料和药材运回银子浜，开始了他大胆的"竞以求富为务"的对外贸易活动，很快使他成为"资巨百万，田产遍天下"的江南第一富豪。说到沈万三的富裕，用"富可敌国"一词来形容一点也不为过。最典型的是，明朝开国皇帝朱元璋最需用钱的时候，沈万三不但答应负责皇家军队的给养钱粮，每年献给皇帝白金千锭、黄金百斤，还出巨资帮助朝廷修建了南京城三分之一的城墙，并主动提出要以私财犒赏三军。

此事惊动了朝野，也使政治上异常敏感和警惕的明太祖朱元璋勃然大怒，下令要砍沈万三的头。——沈万三拍马屁真的拍到马蹄子上了！后来，幸亏马皇后谏说求情，朱元璋才改旨把沈万三流放云南。沈氏一家此后祸事不断，家破人亡。据说，沈万三充军后，朱元璋还不放过周庄的百姓，扬言要把全镇人都杀掉。打这以后，周庄人无不惊恐度日，甚至还一度将原来居住的周庄改为"温吞斗"，强调内敛，不求富贵但愿平安。

其实，在沈氏兄弟中却有两位明白人，一位是沈万三的哥哥沈万二。一天，沈万二听到京城来人讲见闻，说朱皇帝写了一首诗："百僚未起朕先起，百僚已睡朕未睡。不如江南富贵人，日高五丈犹披被。"沈万二虽贵为商贾，却似乎很讲政治，非常敏感，一听完诗，马上浑身一激灵："不好，皇帝老爷觉得我们这些江南的商人太舒服了，我们如不加收敛，就会大难临头！"于是遣佣散银，将自己的产业交给了别人去经营，全家跑到乡下隐居，不做商人做农民。据说沈万二和沈万四两人是后来沈家遭到家破人亡妻离子散的横祸后，家族中仅有的平安到老，寿终正寝的人。说到沈万四，似乎比哥哥沈万三也要活得明白。当年，沈万四看到哥哥一心敛财，纵情挥霍时，曾经写过一首规劝诗：锦衣玉食非为福，檀伴金樽可罢休。何以子孙长久计，瓦盆盛酒木棉裘。弟弟的想法与哥哥有所不同。他赚了许多钱以后，不是只顾自己享受，而是济贫帮困，还特意捐资修缮了周庄的富安桥。富安桥按沈万四原来的职务取名叫总管桥，后来他却将桥改名富安，在桥名上寄托了自己富了以后祈求周庄人平安康宁的心愿。

此时的沈万三却还沉浸在自己的富贵温柔乡里，总感到哥哥和弟弟太敏感了，有些见风就是雨，"纠之不善，当不如之甚也"！结果，"富不思进"的沈万三一家不久就差点被翻手为云覆手为雨的朱皇帝赶尽杀绝，死无葬身之地。

捡了一条命被发配到云南的沈万三沉寂了一小段时间，又心痒痒，好了伤疤忘了痛，开始从浙江一带运来丝绸、瓷器、棉纱和手工艺品，又不断将滇西北的药材、茶叶、皮毛等商品运到内地去，年复一年地奔波于茶马古道。可是天不假年，他在云南边陲度过了一生中最艰难也是最可贵的岁月后，无奈地终老于偏僻的异乡。弥留之际，沈万三方才明白了些什么，不愿将自己的遗骨留在云南，而是让身边的亲人千里迢迢运回发迹地古镇周庄，葬于银子浜下。他知道，只有清澈见底的银子浜才能抚慰自己那一颗永不安宁的心。当然，已经遭受过皇权和政治沉重打击的沈万三这时似乎还想得更远，为了保全自己的尸骨，唯有彻底从权贵们的眼中消失。据说，他那金光闪闪的聚宝盆也一起随葬在银子浜下。

多少年过去了，河底的水冢始终保持着它的缄默，谁也无法证实传说的真伪。唯有河面上泛起的粼粼波光，酷似无数碎银在闪烁，永远笼罩着耐人寻味的色彩。

其实一个具有超前经济意识的巨富好出风头，或欲求"入仕"的迫切心态，是可以理解的。问题的"症结"在于惨淡经营的沈万三缺少清醒的政治头脑和敏锐的洞察力，不熟悉封建王朝"壁垒森严"的"等级门第"观念，不懂得攀龙附凤要靠钱，但又不能全靠钱。商人与政治的关系有如冬天里的一个火炉，离得太远难以取暖，离得太近则容易烫伤。商人和政治联姻，最后受伤的总是商人。这是历史已经证明，也还将证明的一条真理。沈万三竟敢以财富"收买"皇帝，能有好下场吗？因此，商场与官场一旦发生碰撞，沈万三就"土崩瓦解"了。

沈万三应好好向他的老乡陶朱公范蠡学习才是。这位才智过人的越国大臣，对勾践的为人洞若观火，成功之后，不愿再留在他的身边，选择了急流勇退。辞别越王，他与西施一起乘坐一叶扁舟，出三江、入五湖，谁也不知道到了何处。其实，范蠡并没有走远，先是去了齐国经商，接着又在太湖畔的蠡口养鱼——换了一种活法。

离开了政治舞台的范蠡，理智地趋避了一场"狡兔死，良犬烹；敌国灭，谋臣亡"的灾祸以后，他把自己的全部智慧，都倾注在养鱼经商中，很快在浩瀚的湖水间找到了实践人生价值的又一片空间。不久，他就拥有资财万千，"家累亿金"。并且，这位陶朱公还认真地总结了自己的养鱼体会，写出了一本《养鱼经》。连他自己都没有想到，这部养鱼专著会被后人称为"世界之最"——世界上第一部养鱼专著。范蠡以卓著的业绩，成为太湖水产养殖业的开山鼻祖，名垂青史。

在范蠡之后，逃离政治而与鱼结下不解之缘的文化人，当数同是周庄人的张翰。西晋时期，这位文学家、书法家在朝廷中担任大司马、东曹掾。他看到当时政治腐败，天下纷乱，觉得在这样的环境中，自己难免会遭受不测之祸。于是以秋风渐起，心中思念家乡的鲈鱼、莼菜为借口，果断地从洛阳辞官返乡，垂钓于江南水乡周庄的一隅。他说："人生贵得适志，何能羁官数千里，以要名爵乎？"又说："使吾有身后名，不如即时一杯酒。"从此，"莼鲈之思"成为当时人们思念家乡和故土之情的代名词。

张翰并不是不懂政治。正是因为脑子里太清醒了，才躲避了差一点儿将自己掀翻的政治风浪。这位西晋文人，居住在古镇周庄的南湖之滨，悠闲中倒是写出了不少脍炙人口的诗文。他的一句诗"黄花如散金"，在唐代还曾经被朝廷用来命题举士。他还有极好的书法功底，风格古雅朴实，一直被后人临摹和敬仰。

历史的车轮吱吱咯咯地走过了六百年，走得艰辛而又沉重。六百年在漫长的几千年文明史中并不短暂，时光的魔力让尘世间的一切都发生了很大的变化。该湮没的都湮没了，该凸现的依然在卷帙浩繁的史册中凸现。唯独钥匙桥（双桥）下的银子浜，六百多年来始终波光闪烁，固守着自己的神秘，静静地向前流淌。

然而，六百年过去，历史虽没有简单的重复，却有惊人的相似。六百年后的今天，在江南沿海的不远处，上演了一出与当年沈万三十分相似的人间戏剧。此剧的主人公名叫赖昌星。他原本是一名靠卖破烂起家的农民，在短短十年内，这个文化不高的农民把中国几千年沉淀下来的"厚黑学"活学活用，攀附上许多中国各级官员，利用这些关系大肆走私汽车、原油、电子产品以及原料，数额高达六百多亿元人民币，偷税漏税三百多亿元，从而成为拥有百亿元身家的大私枭，是中华人民共和国成立以来最大的走私主角。

赖昌星还不惜花费巨额资金，在大本营里建造了一栋"红楼"，安置了几十个风尘佳丽。这些女子是"红楼"的秘密武器，可谓弹无虚发，神通广大。在这里，红道与黑道，公仆与走私犯，同流合污，上演了一幕幕丑陋、肮脏的权钱交易、权色交易。赖昌星有句名言："不怕干部不下水，就怕领导没爱好。"此言一出，倘若长眠在银子浜下的沈万三能够听到，也一定会甘拜下风。

我在"红楼"前的遐想，在银子浜前的沉思：不知赖昌星是否到过周庄，是否听说过沈万三的历史和故事，如果他多些文化底蕴，哪怕是粗通历史，了解和思考过"小隐隐于野，中隐隐于市，大隐隐于朝"的范蠡和张翰，多明白些商人与政治，商人与道德，商人与文化的关系，知道一个人在获取大量的阳光下的利益之后，如何大德大隐……也许，他的出发点会有所改变，结局也会与现在截然不同，但是历史却总是没有"也许"……就像我现时脚下银子浜上的缤纷落英——落花有意，流水无情。

女儿高考

七月流火，女儿在高温、高烤、高压下完成了她梦魇般的高考。

网上查分已是半月之后，女儿时而一阵长长的深呼吸，时而站着，时而跪着，双手"噼里啪啦"地敲打着电脑键盘，突然间是一声用脚跺击木地板的巨响，紧接着是一阵惊呼："我中了，我中了！"情形像极了清代吴敬梓笔下中举的范进。

巨响惊散了妻子在楼下的一桌麻将。妻子后来悄悄告诉我，考试后她曾进入过女儿的博客，女儿和四位女同学约定：等高考成绩出来，考好了就去上海"世博会"，考砸了就去深圳"富士康"！晚饭前，我有些故作糊涂地询问女儿："仔仔，听说你曾想去富士康，干吗呀？"女儿仍旧是一副大大咧咧的神态："老爸，你装傻啊，去富士康，跳楼呀！"知女莫过父，女儿的回答我明知有些玩笑的成分，但女儿自高三到高考的一年时间来，所承受的巨大压力我是心知肚明的。这压力有社会的、学校的、老师的，也有来自家长的。虽然我深爱女儿胜过爱自己，每次总会像儿时一样拉着她的手给她宽心："仔仔，不要紧张，不要紧张，考不好不要紧哪，你尽力了就行。"可是我和妻子的一些行为，无疑也给女儿施加了无形的压力。比如，女儿自高三开始，我就让妻子买断工龄全程陪读；家里离学校虽只有半小时左右的车程，我还是选择了在女儿学校附近另租了一套公寓房；临近高考半年，每一科都给女儿请了一个家教……如此种种，女儿怎么会不感觉有压力呢？

其实自打女儿还未出生时起，我和妻子便有约定：生儿子，我当严父，妻当慈母；生女儿，我当慈父，妻当严母。所以，女儿大部分时间都是妻子负责，我也乐得当个"甩手掌柜"，每天回家放下公文包，就和女儿乐作一团，一起玩游戏，一起抢电视看、抢东西吃……可慢慢地，我和妻子就感觉到了一种无形的压力，楼上张家的女儿学钢琴了，楼下王家的儿子学绘画了……无奈之下，也只好给女儿报了钢琴班、绘画班、音乐班，初中时还有一阵子报了奥数班。从此，女儿就几乎没有完整的娱乐与自由时间了，三岁开始直至高考结束，整整十四年时间！十多年时间，女儿的眼睛近视了，脊背稍不注意就有些轻微的佝偻，书包也是渐渐地增重——两斤、五斤、十斤，重的时候我估摸有二十斤，开始是提着，后来是背着，到高考时重得只好买个拖行李的架子车拖着！

家长如此，社会如此，其实老师们更没有闲着。从高三开始，每个学校就会倾全校之力配齐配好老师，班主任老师还必须全天吃住在学校。春节时，许多中学的校长还亲自带队，到附近的寺庙祈福许愿。高考那天，所有亲临考场的老师一律着红色衣服，等在校门口给每一个鱼贯而入的考生击掌加油。校门周围更是人山人海，大多数是翘首企盼的家长大军，也有警察、城管、街道社区等维持校园秩序的公务人员；还有工地停工、车辆绕道……堪称中国一绝，也完全够资格申报吉尼斯世界大全！

女儿所在的中学学生众多，一个年级就有二十多个班，班次之间分有尖子班、先锋班、加强班、普通班。女儿告诉我，她一位初中同学所在的中学为了追求升学率（许多教育部门将升学率与学校升级、老师晋级直接挂钩），在高考的班级中还分有一个"清北班"（清者，清华也；北者，北大也）。临近高考一年，学生基本上要每月考一次，期中考、期末考、摸底考等等，像赶鸭子上架似的，考一次就完全等于筛一次，再重新编班，尖子班永远没有固定人选，直至高考结束。学生们见此忍不住诙谐幽默一把：他们把"先锋班"写成"先疯班"，把"清北班"则叫成"不清不白班"；更有甚者，把"非常班"直接叫成"非人班"！

女儿高考结束时，我便拉着女儿的手戏谑而又有些自嘲地说："仔仔，你考完了，剩下的就是考老爸了！"女儿高考的成绩虽然上了本科线，但也只是万里长征走完了第一步。——女儿选不到好的学校怎么办？选不到心仪的专业怎么办？学校同意了，当地考试院不投档怎么办？……整个脑海里呼的一下子挤进了许许多多个"怎么办"。这一段，我只好放下手头的一切工作，为女儿的录取工作而奔波。每当自己身心疲惫地回到家中，最害怕的莫过于看到女儿投过来的那双探询的目光了……可怜天下父母心啊！当时，我便和妻子商量，如果选不到好的学校和专业，就把孩子送出国。直到这时，我才想起网络上流传的一句话的深刻和无奈——"中国的崛起和经济的发展对世界最大的贡献，就是直接加大了对世界教育的投资。"据教育部门统计，现每年中国自费留学的人数已达到几十万（每年还以近30%的速度在递增），年年都有几十亿、上百亿美金的教育资金流向国外……

佛门一日

城市生活，忙时嘈杂，闲时慵懒，感觉眼是满的，耳是满的，腹是满的，脑是满的，心也是满的……难有片刻的空灵与静好。

又至南方流火的夏日，得知我有造访粤北丹霞山的计划，曾在一家尼姑庵当过居士的小郑夫妻很是热心，他俩几乎是异口同声地给我推荐了一个好的去处——锦石岩寺（又名"洗心寺"）。教我一定要静下心来，多走走，多看看，还说别忘到洗心池中去濯濯手洗洗心，吃一顿庵堂里的斋饭。临别，他俩还给我吟诵了两句如偈语般的楹联：丹山丹水丹青丹天丹霞，洗眼洗耳洗腹洗心洗脑。

一

甫进丹霞，在长老峰下抬眼一望，便见万丈悬崖的半腰处，佛幡飘忽，一古朴石窟寺庙的飞檐翘角如横空出世般绝世遗立。也许是佛缘将至，当我们从老山门沿上山栈道爬至半山亭处，便见三位身穿灰纳色素衣的比丘尼边细声细气地说着话儿，边低眉顺眼地从我们身边走过，在通往亭子左侧的一条林荫道间影子倏忽就隐去了……我们遂循其迹，在用小石子铺就的细径上移步。因我知晓，在丹霞山众多的寺庙之中，锦石岩寺是唯一的一座尼姑庵。

一路走去，小道两旁绿树野花丛生，蓬勃生长的翠竹交错而长，把小道上空愣是织成了一个绿色的天然棚顶，尽管外面阳光普照，但道间却是竹影婆娑，葱绿静谧，且湿风徐徐，沁人心脾。行进二十来分钟的光景，只见竹光树影间静立着一座汉白玉牌坊，上书"锦石岩寺"四个鎏金大字，不远处门楼的两侧则是赵朴初先生的手笔：翠竹森森峰回路转疑无径，丹崖隐隐柳暗花明别有天。

锦石岩寺原为丹霞山长老峰万丈悬崖间一天生洞穴，因周围石壁赤、橙、黄、绿、青、蓝、紫七色间错，四时不同而得名。该寺住持法贤大师告诉我，锦石岩寺建庵距今有近千年的历史，现有比丘尼二十多人。早在北宋崇宁年间，一位名叫法云的僧人来到这里，见此处风景清幽，红尘不到，便在洞穴的石殿间打坐斋戒三天三夜，一觉醒来，仿佛洗尽了尘世的万千烦恼，继而不禁感叹，"半生在梦里过了，今日始觉清虚"，遂留此建庵隐居。

进得寺内，一排呈S形的石窟，依次分布着斋堂、僧僚，以及七佛殿、弥勒殿、大雄宝殿，其中以观音殿为最大，可容千人事佛念经。每个佛殿内都有一两位盘坐在金黄色的蒲垫上，默念佛经的比丘尼。只见她们微眯双眸，神情肃然地左手捻着胸前的佛珠，右手轻敲木鱼，嘴唇轻微地张合着，念佛之声和着石壁间放送的梵呗之音，幽远而又空灵，让人杂念全无，顿生顶礼膜拜之感。

仰看窟顶，一条"锦龙"紧贴石壁，活灵活现。锦龙身宽若一米，长约几十米，呈蜂窝状，绿色中夹杂点淡黄，极像一条多爪真龙穿插缠绕于石洞中。锦龙乃蓝藻类生物，在这充满着宁静与禅意的自然环境中，历经长时间的禅乐及梵音的浸润……它会随着寺内气温、湿度的变化，甚或佛音的高低起伏而改变颜色……与洞中绿龙的龙身相对应的是佛庵外临空而建的一条绿色长廊。长廊由花圃和菜地组成，里面种有荫如华盖的菩提树，以及茉莉花、金樱子、迎春花等花草；还有被誉为"丹霞三宝"的达摩兰、还魂草、相思豆；菜地里的豆角、黄瓜、茄子等蔬菜正值开花时节，到处蜜蜂嗡嗡，葱绿一片……法贤大师说，这些都是寺庵里的尼师们闲暇自栽自种的，收获的蔬菜也完全能自给自足。问及佛庵中的蔬菜和花草的花蕊为何开得如此旺盛？大师说，顺其自然，守住宁静，花就开了，花开即见佛哩。

行于寺庵之外，一帘由长老峰千仞峭壁间飞泻而下的瀑布从寺庵大雄宝殿的石岩边临空而降，似千万条马尾临空飞逸；与飞泉同舞的还有一群群飞剪着瀑布的岩燕；向下俯瞰，只见锦江环绕长老峰从寺庵前缓缓交汇向前流去；玉女拦江、群象过江两个丹霞山的著名景点尽收眼底……在感叹佛庵风景无限，宁静致远的同时，一个问号也在我等心底初现：为何锦石岩寺能据守这么一片风景如画的山水？法贤大师缓缓而释："锦石岩建寺至今，曾遭无数的天灾、兵燹、人祸，但僧尼们总会毁了再修，灭了再建，不曾停顿；都说自古名山僧占多，归其缘由，则均是僧尼们能挡得住红尘，经得起磨难，能坚守信仰和宁静的缘故。"大师的轻言细语，仿若佛庵的梵音，绕梁三日，让人顿生彻悟。

二

"嘀嗒，嘀嗒"的时钟很快指向十一点，这个时段正是佛庵里的尼师们吃斋的时间。见我们有与尼师同吃斋饭的请求，法贤大师微微颔首以示默许。不一会，一位年轻的女居士便引领我们来到斋堂。斋堂也是一间呈梯形的石窟，面积有近百平方米。整个斋堂有如佛堂一般窗明几净，一条条长方形的斋桌上摆放着整齐洁净的碗筷。在斋堂右侧的厨房里，只见几口大铁锅下面正熊熊燃烧着一堆干柴，煮饭烧汤的饮用水也是从山上直接引下来的山泉。转眼就到了正式斋饭的时间，僧尼们先是神情肃然地念经诵咒一番，然后安座。我们也学着僧尼的样子，净手净心，自觉地收起相机，把手机关闭或调为静音，将双手并排放在斋桌上，正襟危坐着……渐渐地，我们的心胸也缓缓地平静起来，少了杂念，少了嗔痴，多了一份宁静与庄重。

斋饭间，几位居士抱着装有各色斋菜的铝盆，依次从我们面前走过。如果想吃某样菜肴，只需稍稍举手示意，居士便会停下满上。需要多少，便给你盛上多少。如果不慎掉下菜叶及饭粒，我们也会学着尼师们的样子，小心翼翼地拈起放入饭碗。那日斋餐提供的是红焖南瓜、素炒蘑菇、水煮通菜、清蒸豆腐，还有菜干黄花菜汤及大米饭。整个吃斋时间，除却斋堂正面桌上的电视机里传来阵阵轻微的讲经声外，每个人吃得都很是安静，也未见有任何浪费，大家吃完还自觉地学着尼师们的举动，拿起自己用过的碗筷到水池里洗净放好。

吃完斋饭，在寺外绿色长廊的菩提树下，法贤大师又跟我们闲聊起了有关吃斋与吃素有何不同的话题来。大师一言概之，说吃素是吃素，未必有吃斋，吃斋则一定有吃素。原来，吃素和吃斋外延一致，但内涵则不一样。两者外延通常均指不吃众生肉，不食葱蒜韭等五辛；而内涵上，吃斋是指斋戒，佛经说"过午不食为斋"，要求受持者以一种清净的身心去修行，也是一种重视心灵的虔诚与纯洁的仪式。

听此，大伙纷纷感言，有的说作为常人吃素可成就我们的慈悲心，吃素不会与众生结恶果；还有的说吃素会清肠胃少疾病，吃素会戒杀生少恩怨……总之，似乎有些道尽了吃素的好处。由此，也不由让我想起一句经典的广告词：没有买卖，便无杀害。还有，我等感觉，平常之人不一定非要像僧尼们一样天天持斋吃素，但偶尔吃吃素，清清胃肠，静静心绪，多一些庄重，多一些淡定与宁静……又何尝不是件好事呢？

<h1 style="text-align:center">三</h1>

　　见佛庵中晚课还有一小段时间，法贤大师便指派两位尼师给我们引路，到位于锦石岩寺右侧"马尾飞泉"边的"洗心泉"看看。登上"丹梯铁索"的半道，便见梯下一窝山泉在绿树野花中静卧，山涧泉水潺潺畅流池中，泉水上方的石壁上刻有"洗心泉"三字，旁侧有联：濯手濯足美仪表，洗面洗心清灵魂。见池边有老人搀着小孩，男子扶着女士，争相浇洗，随行的两尼师也微笑着对我们说，你们也洗洗吧，洗了此泉就能心宁神安，少邪多正呢……远在广州的小郑夫妇从短信中得知我正在洗心池濯手洗心，竟不知从哪里找来两句楹联：登丹梯，到池边洗心，洗去邪恶观念，回头是岸；出幽洞，观马尾拂尘，拂除不正风气，立地是佛。

　　从洗心泉下来，回到锦石岩寺，正赶上寺内的尼众们晚课。课诵在宽大空旷的观音殿举行，尼师们神情肃穆，满脸虔诚地先是唱诵《南无阿弥陀佛》，接诵《礼佛大忏文》及《礼佛小忏文》……此时自然界的风声，泉水的叮咚声，尼众们课诵的梵呗之声相互交融，宛如天乐鸣空，给佛殿笼上了一层神圣的气场。此情此景，也让我等备感法海慈航，把心生的仁慈、觉悟、庄严、友善、悲悯之心等全部撩拨出来了，双腿不由自主地盘坐到了大殿边的蒲团上……我们微眯双眼，双手合十，心与脑先是一片空白，继而空旷神怡，大有不争不怒不怨，继而大悲大彻大悟之感。佛言：心不净，去哪里都会有烦恼与生死，心净去哪里都是天堂。

也许是见证了我们一天来对佛的虔诚和皈依，晚课后，法贤大师又留下跟我们与有一面之缘的释印持与释灯莲两位尼师闲聊了一会。我们的询问不外乎是"僧尼生活与普通大众有什么不同？""怎样才能立地成佛？""当比丘尼有什么要求？"等普通的问题。释灯莲尼师回应：她们僧尼，除了独身和素食外，其余均和常人一样。法贤大师接过话题则说，除此之外，她们更讲究修身养性、慈悲为怀。时有一颗"不忍众生苦，不忍佛教衰，不为自己求安乐，只愿众生得离苦的大菩萨心"。至于问到当比丘尼有什么要求？释印持尼师的回答十分简洁，她概括为"四不"：即不反国主、不犯国法、不当国贼，不偷国税。

见我们不停地频频颔首，个个若有所思的样子，法贤大师最后总结说，作为尔等普通大众，倒无必要人人成佛，你们成佛有许多戒律，要吃许多苦，还要讲究佛缘……所谓青灯黄卷，古寺孤僧是也；但你们身在红尘，只要修得一颗慈悲的佛心即可。听此，我便在想：倘若我们人人都有一颗佛心，这个世界该会有多么和谐，多么宁静啊。

也许见我们都是一些文化人的缘故，大师又细语轻言地引申道：作为文化人，不一定要学弘一法师李叔同，但可学儒学大师梁濑溟。弘一法师曾集诗词、书画、篆刻、音乐、戏剧、文学于一身，后到杭州虎跑寺剃度为僧。赵朴初先生评价为："无尽奇珍供过眼，一轮圆月耀天心。"梁漱溟先生一生虽未剃度为僧，但平生超然物外，淡泊名利，用"无我"的精神为国家民族效力。由于他常年茹素，且不蓄发，被人称为"不穿袈裟的和尚"。一天下来，见证了法贤大师及尼师们的广闻博识与佛心仁厚，无不让人大有"有缘此寺逢僧语，偷得浮生半日闲"之感。

此时；一轮红日从长老峰顶慢慢落下，天边的霞光将锦石岩寺染成一片金黄，见守更的尼师身倚寺门，手推铁栅……我们知晓，暂别锦岩庵的时候马上就要到了。我等边走边退，挥挥手，步履明显比初进佛庵时轻盈了许多……

纸上富贵

父母亲从小就教育我们：天上不会掉馅饼，这个世界没有无缘无故的早餐。也许是受传统教育至深的缘故，我对炒股一直存有偏见，总认为炒股如同博彩，不同于种瓜得瓜春种秋收的农民，也不同于朝八晚六挥汗如雨的工人，是一种功利性很强的投机行为。面对它，我时常是隔岸观火，不为所动。

俗话说，树欲静而风不止。微风徐徐，首先来自一位跟我一块出道的商业朋友。此君曾有千万身家，过去曾得过我的帮助，但因投资不慎，一夜回到了"解放前"。后来他改行做房地产中介，也仅仅混个温饱而已。一年多不见，前两天，这位朋友却突然衣着光鲜地带着位漂亮的女秘书来到我的办公室，见面就说要请我到高档酒楼吃糖心鲍鱼和大鲨翅。还说，要请我牵线，购买我单位旁边的一所民营大学……

我顿时瞪大了眼睛：你小子抢银行了？朋友连忙解释说，是最近炒股赚了大钱。原来，他在做房产中介时，借朋友的十个门面做抵押，贷款三百万元用于炒短线股票，一年多净赚好几千万。接着，朋友便不停地怂恿和蛊惑我跟他一道"下海"。他说，现在是全民炒股，是一个千载难逢的"捡钱"机会。甚至还说，你手上有一百万、一千万，如果不到股市去翻一番，就等于白白失去了成百上千万，云云。

我感觉到我的心微微跳动了一下。紧接着，我又问："都说股市风险大，你就保证不会亏？"朋友对我的提问似乎早就胸有成竹。他说，目前有两只强大的手掌在烘托着股市。一是居民储蓄、实业、外资、借贷资金大量涌入，给股市不断"抬轿"；二是股市关乎国计民生，奥运举办在即，政策只会合理引导，绝不会强硬打压。加之宏观经济向好，上市公司业绩颇佳、人民币预期升值；物价指数又居高不下、房地产与基础产业降温、投资渠道受限、银行利息少得可怜……如此这般，正是"下海淘金"的绝好时机。

朋友的一席话，似乎有些抽直了我先前一直存于脑海中的疑问号。乃至于，就在朋友跨上新款宝马车绝尘而去的那一刻，我脑海里重现的却是他一年多前外出搭乘"摩的"的狼狈相。当然，也有一种愕然、羡慕，想赶、想超等复杂的情感。

人是社会关系的总和。毕竟，我乃凡人一个。当你的身边许多亲戚朋友、同事领导，还有小商小贩都在谈股论金，甚至打开当日报纸杂志和电视广播也均是连篇累牍地大谈热议股票、基金行情的时候……置身其中，耳濡目染，不受诱惑也难。

于是，我有些按捺不住，开始了一场与"股票美女"浪漫而又艰辛的约会。就是这时，我的手机飘进来一位股市朋友的短信："起来，还没有开户的人们，把你们的资金全部投入诱人的股市，无产阶级到了最发财的时刻，每个人都激情地发出买入的吼声：快涨快涨快涨！我们万众一心，冒着被套的风险，钱进、钱进、钱进进！"

财富的芬芳，股票的诱惑，正有如一位先贤所说，人之趋利如水之走下，四方无择也。

一

我是二〇〇七年四月犹豫再三后才"扑通"一下跳到股海里的。

初涉股市，我如同一头初生牛犊，按"长线、中线、短线"的"三三制"配置，选了三只股票，一口气各买了十多万股。当时，第一个感觉就是痛快，几百万资金，网上交易，只敲了三次键盘，前后不到10分钟！

交易结束，体会最深的就是，如果真要让我背着半麻袋血汗钱，一张张往股海里数，也许绝对不会那么爽快和过瘾。赚钱无疑是快乐的，但大把大把地将钱花出去，我感觉也有一种快乐。当然，赚了固然快乐，但亏了，那种痛苦也是刻骨铭心的。将"痛并快乐着"这句话用到炒股中来，也许再恰当不过了。

然而，兴奋还不到一日，第二天，上证指数出现了上下 265 点的大幅震荡，单日跌幅达 4.52%。可怜，我日前进去的三只股票，几小时不到便缩水二十多万。望着昨日还"红旗飘飘"，今日却一片"绿草茵茵"的电脑屏幕，我对"翻手为云，覆手为雨"这句成语有了惊心动魄的认识。

　　想不到，过去形容别人"背时"，涉及股票的几句经典话语，也有些印证在我的身上。记得这句话有两个版本：其一，跳舞跳成老公，买房买成房东，炒股炒成股东；其二，情人被撬，小金库被盗，股票被套，生个小孩像领导。

　　面对"股票美女"的当头"棒喝"，我唯有静心等候了。好在"下海"之前就做好了两手准备，所以在当日股市降到最低点时，我还无知无畏地倾其所有，狠狠地"抄底"了一次。难怪股神巴菲特对继承者的要求是：能够独立思考，情绪稳定，对人类和机构的行为有着敏锐的理解力。由此看来，炒股其实重要的一点，就是炒心态。

　　还有，股市成功的口诀中就有："一看、二捂、三联想"之说。所谓的"捂"，就是在股票被套牢时，要有耐心等待。谁能等待，谁就能赚大钱。股市由二〇〇五年的 1000 多点，发展到二〇〇七度突破了 6000 点就是最好的例证。但事物的发展总会显示其两面性，今天的经验，也许就是明天的教训。其中，除了有一部分运气成分之外，主要的还是考你的心智。

　　果然，股市仅仅过了一天的震荡，第二天就开始强劲反弹，让我收复了大部分失地。然而，与"股票美女"初夜的交合，我竟然感觉恐惧远大于兴奋。当时的情景，我就像一只突然误入人群的猩猩，欲跑不能，想逃无路，只能听天由命。股票那么复杂，而我却仅只学会了简单的买进和卖出。什么K线图、成交量、交易均线等统统看不懂。为了在实践中学习，在风雨中成长，我决意仍按"三三制"进行实践摸索。具体就是：用三分之一的钱买进一些长线股"捂住"不动；用三分之一的钱买进一些有题材的中线股，间或炒动一下；再用三分之一的钱跟风操作，用钱来买教训，也许更能刻骨铭心，受益非凡。

失败乃成功之母。短暂的炒股经历，却让我深深地感到：炒股其实也是一项非常辛苦的创造性劳动，它既考智商还考情商；它须眼观六路、耳听八方，既考分析能力还考判断能力……总之，它将调动你所有的智慧和才华，是一个人综合素质和能力的集中体现。其间，还有等待、有煎熬，有播种、有收获，有欢笑，更有泪水。股市还是中国乃至世界经济发展的晴雨表，它强迫你去观察、去学习。让你既恨又爱，不能自已。

开弓没有回头箭，我唯有边交学费边摸索着向前迈进了。

二

"炒股好，炒股妙，炒股如同在火炉上跳。"这是我自编的一段有关炒股体会的顺口溜，它似乎真实而形象地反映了最近我初涉股市的真实感受。

多年的商场打拼，在完成原始积累后，我便"知足知止"，愈发有些懒散和慵倦了。每日上午睡到自然醒后，基本上是办公室、球场、家里"三点成一线"。晚上，要么跟朋友喝喝茶、斗斗"地主"、打打"拖拉机"消遣一番，要么静下心来看看闲书、写点小说、散文什么的……如此循环往复，虽波澜不惊，倒也乐得逍遥。朋友们笑我是："每天睡到自然醒，数钱数到手抽筋。"当然是数十元五元、或一元一张的，如果是数百元一张的，显然太过夸张。这样的日子，我足足过了近十年。

但自从开始炒股后，我以前有序的生活就开始乱套，似乎活生生地被股票上了一个发条。早晨我再也不能睡到自然醒了，必须赶在八点钟左右起床，九点半要准时赶到办公室打开电脑看盘，一直要持续至下午三点股市收盘为止。不知不觉，成了"九三学社"的成员（股市上午九点多开盘，下午三点收市）。中间也想强迫自己看看书、翻翻报纸，但看一会书，眼睛总会不由自主地往电脑桌面上瞟。看看"自选"的个股是升了还是降了。睡了几十年的午觉，也须改到下午三点半后，打球也只能相应地往后推。打完球又要接着急赶朋友们的饭局，好在一起"谈股论金"，交流"心得体会"。

每晚不管多晚回到家里，都要打开书房的电脑看上一两个小时的股票，分析大盘当日的走势，搜集网上的各种股评和财经新闻。节假日则会到书店逛逛，购买和搜寻有关股票操作的书籍。半年多来，我阅读和浏览的专业股票书籍不下几十本。而且，每星期不管多忙，都要定期给《羊城晚报》写两篇"股海沉浮"专栏文章。

一次周末，女儿从住宿学校回家，突闯我书房，结果让她看到了惊奇的一幕：她见我桌上的电脑打开的是股票走势图，旁边的手提电脑也是股票行情，书桌前方的电视节目播放的是中央电视台财经频道的"证券时间"专栏，MP3锁定的是股票访谈频率，连我正在摆弄的两部手机也是"掌上证券"条目……结果，女儿悄悄退出书房后，便跟她妈妈耳语，说老爸现在成了十足的"股神"——股票神经。

其中，最为郁闷的是，要打许多电话，找多年不太联系的朋友和领导了解有关股票上市和操作的信息。其间，还会遭到朋友们一阵善言的调侃："怎么你也炒股呀？""你现在的生活状态不是很好吗？""赚那么多钱做什么？"云云。那种欲言又止，顾左右而言他的感觉，还真有些不好受。

至于心态更是浮躁得不行。炒股时，炒多炒少，虽然开始时自己就给自己确定了一条经济底线，但在实际操作时却总是想突破"股金防线"，看到所谓的好股，总恨不得倾其所有，炒个痛快。看到涨一点，似乎永远没有满足，恨不得天天都是涨停板，时时都是"飘红"一片。遇上跌停，或刚出完"货"，被卖掉的股票却一路攀升时，则时常会后悔得不行。当时的心态真有些与赌徒无异。

如此这般，生活中像我一样被股票所炒的人肯定还大有人在。与其说人在炒股，还不如说股在炒人更为合适。所以，无论赢也罢输也罢，赚也罢亏也罢，总之被动的感觉总归是不好。直到现在，我才仿佛理解朋友们在得知我炒股后，给我的许多善意提醒。其中，我还收到了一位刚认识不久，在证券公司做经理的朋友的来信。他是在报刊上看到我的一系列文章，知道我是一位兼职作家之后，才给我写信的。他在信中说：但愿您不要在炒股这方面花太多的时间。我不愿一个作家的心境被股市所扰乱。

三

应该说，这是我参加工作二十多年来第三次如此钟情于一项工作。第一次，是当兵到上学，后来提干的六年，为了改变自己的处境，我也曾如此努力和着魔过。记得当初自己爱好文学，而部队却重视新闻报道工作。新兵训练结束，在自己成为团部的专业新闻报道员后，便痛下决心，发誓要通过手中的笔来改变自己的人生和命运。于是，我每日上午下连队采访，下午专门研究和分析各种报纸，晚上常常通宵达旦地写稿。六年时间我写出了上百万字的各种题材的新闻稿件，硬是将右手握笔的食指磨出了一层厚厚的老茧。第二次是1996年下海经商创业，前后也有六年时间。印象中，最辛苦的是与第一军医大学合作办学那阵，当时合同是三月份签的，九月份就要开学，前后只有半年时间，而我却要在一片荒地上建起一所占地近三十万平方米的专业军事学校。每天，我早晨六点钟到工地，凌晨两点钟离开，中午小睡一会，一天睡眠不足四个小时。半年后，学校建好，自己却瘦了整整十斤。第三次就是迷恋股票了。

但踏入股市后，我便发现，无论是从身体的锤炼，还是精神的磨砺，这次都远超当兵和创业的时候。用一句古话说，那就是：劳其筋骨，饿其体肤，空乏其身，行拂乱其所为……在股市，容不得你半点松懈和懒惰，如果哪日你有所遗漏和疏忽，立马就会遭到股票市场无情的"经济惩罚"。为此，行内有位资深的股友提醒我：股海泛舟，你只能把股票当成情人，千万不要和股票"结婚"。不然，你这辈子就不得安宁！

实践证明，你抱着闲时、闲心、闲钱的心态和条件玩玩股票未尝不可，但要专情于股票，特别是想成为股市的常胜将军，你必须穷尽你生命的所有！因为股票没有学校，谁也别想从股市学校毕业；因为股票每天都是新的，你永远不能用老的经验和眼光去操纵它；因为股票战争常常烽烟四起，拼杀无常，你必须时刻处于一级战备的临战状态。一本《股票高手》就曾记载了几十位职业炒股手的血泪史和食不甘味、夜不能寐的辛酸史。加之，我本文科出身，读书时就严重偏科，数理化学不好一直是我的心病，即使后来经商，一看到数字我也仍是头疼，看到 K 线图上来来回回织成的"蜘蛛网"，脑袋更是一片空白。尽管如此，我仍集中精力和心智与"股票美女"捉迷藏、打游击，不断地打虎开道、滚石上山。

然而，就在我初入股市“看山是山，看水是水”的第一境界，进入到“看山不是山，看水不是水”的第二境界时，开始有些犹豫，有些惶惑，有些停滞不前了。我开始怀疑自己当初义无反顾地进入股市的选择，甚至后悔与股市结交——因为，我曾十分满意进入股市前的生活状态；因为我不想股市太多地影响我淡定的生活和与世无争的心态。我常想，如果时光倒流二十年，我尚是一文不名的穷小子的时候，也许会克服一切困难，穷尽我生命的所有。然而，就目前的处境，我是作为朋友眼中的“成功人士”进入股市的，所以我才犹豫、惶惑、举棋不定……人生的意义，不在于官位的高低、金钱的多寡，而在于满足了作为一个正常人基本的物质生活要求后，能去做自己想做的事，能找到心灵安适的地方。诚然，和“股票美女”的缠绵，也一度是我想做的事，但她让人太苦太累，一辈子就这样钱来钱去，显然不是我的初衷；至于说到有意义，那就差得更远了。雁过留声，人过留名。当一个人百年之后，留下的仅是一堆金钱，也许那也称不上是一段完美的人生。

四

现实中，真正让我的思想产生改变的，是去年国庆前游历了佛教名山五台山之后。我的五台山之旅，最后一站到的是离五台山台怀镇3.6公里处的镇海寺。该寺院坐西朝东，背靠蜿蜒起伏的金阁岭，面临奔流不息的清水河。相传，康熙的父亲顺治皇帝就是在镇海寺出家的。望着寺僧们低回的念诵，山溪水涓涓的流淌，天际间鸦雀的呢喃，还有绕梁三日不绝的《大悲咒》音符……那种幽静，那种空灵，勾人神魂，让人顿生无限的感怀。——一个拥有"普天之土莫非皇土，普天之民莫非皇臣"的皇帝一夜之间都能六根清净，皈依佛门，我等凡夫俗子，又何必为了股市的方寸之得失扰得心烦意乱呢？

因为悟道，所以慈悲；因为有感，所以恒定。

于是我开始醒悟，开始反思。我渴望回到以前向往乃至已经拥有的生活状态——过自己想过的生活，做自己想做的事情，岂不快哉！我想起了一位十分敬重的外国同行——出生于俄罗斯的文学大师陀思妥耶夫斯基的一段人生经历。一段时间，这位大师也许是"是男人都有三分赌性"在作祟，也许是清贫苦涩的生活压抑太久想追逐瞬间即得的"纸上富贵"，也许还有别的什么……反正，有一天陀思妥耶夫斯基在途经瑞士的一个赌场时狂赌了一夜，赌输了所有的钱。天亮时，这位大师跪在妻子和上帝面前，无限痛心与忏悔……之后，他便回到书房，沐浴焚香，潜心写作，最终创作出了伟大的作品，成了一代杰出的文学大师。

此时此刻，我也想在上帝的面前虔诚地跪下，不再想做一个念动咒语喊一声"芝麻开门"，便能富贵的"阿里巴巴"。还是想回到我以前自然的生活状态，追寻一片心灵安适的归宿。

调整好心态，当我以淡定的心态再观股市时，我似乎顿生一双慧眼，看出了中国股市在发展过程中种种不尽如人意的缺陷和弊端。其中，有证券监管部门的反应迟钝，有制度的缺失与滞后，有上市公司的短期行为，有机构的贪婪，更有散户股民的无奈与血泪。譬如，上证指数从 2007 年的 10 月 16 日见顶 6124 点后，股市就一路直泻，仅半年多时间，曾一度跌破 3000 点。尽管后来政府宣布降低印花税，股票开始了拉升，但政府应怎样扶持中国股市健康稳定地发展，如何防止股市中上市公司的恶意圈钱，如何有效地保护中小投资者的利益等问题上，并没有拿出几个像样子的"红头文件"。尽管管理层一再声明，要让中国股市摆脱"政策市"的味道，但事实上"政策市"的烙印却越来越深。

对此，有位财经作家在他的一篇题为《有"半夜鸡叫"就该有"雄鸡报晓"》的文章结尾曾十分沉重地写道："同志们，醒醒吧，你们已沉睡得太久了，人民真的很生气了。"令人心酸的是，降低印花税后的股市并没有反弹多久，仅一个来月时间，上证指数又跌回到了 2800 多点。

虽然随着中国经济的持续发展，也包括我在内的亿万股民朋友在乐此不疲地追求证券市场的"纸上富贵"，但现时的证券市场似乎被产业资本所主导，形成了一种从没有过的新的生态圈。上亿中小股民是草，机构是羊，产业资本是狼。所谓的产业资本，就是指能够再造两个中国股市的"大小非"。他们一方面在二级市场大规模高价减持，一方面对自己利益相关人定向低价增发，或者高价公开增发，牟取暴利。

教师出身的黄先生最近应聘到一个私募基金公司做操盘手。因新来乍到，他每天的工作就是按照经理的吩咐挂单。他说，自己的工作虽然简单乏味，但却要心狠手辣，还要泯灭良心。开始时，他们会找一些交投清淡的股票，然后暗暗吃货。吃到一定阶段的时候，经理则会拿出一个从电脑中搜集到购买此股的股东名册给他们，然后吩咐他们要把这些人清理出局。于是他们就开始不停地挂上卖出的大单，当然目的不是卖出股票，而是造成恐慌性抛盘，让技术指标走坏，让散户抛掉股票。当技术形态完全坏死，散户基本跑掉后，他们才开始拉升，并迅速修正技术形态。只要在盘中花点资金拉出几个快速上攻，马上就有众多的散户追捧，然后再顺水推舟一番，股票基本就涨停了。整个过程，机构均不需要花费太多时间和资金。

至于谈到机构怎样出货，黄先生说，因为现在的散户风险意识比较强，一有风吹草动则马上出逃。这个时候他们往往会改变手法，在大盘调整的时候顺势调整，等到大盘企稳的时候，把形态修复得很完美，请分析师发表几篇推荐文章，上几次电视，让散户认为即刻要展开二次拉升，继而疯狂进货。这个时候，机构正好在暗暗地派发盈利丰厚的筹码，把成捆的钞票装进自己的口袋。

那段时间，股市不断地在成交的地量中震荡低位运行，大多数股民已将前段的盈利赔了个精光。我的手机在这一段时间也连续收到几位股市朋友发来的同一内容的短信："近期不要进入股市，否则宝马进去自行车出来；西装进去三点式出来；老板进去打工仔出来；博士进去痴呆出来；姚明进去潘长江出来；鳄鱼进去壁虎出来；蟒蛇进去蚯蚓出来；牵狗的进去被狗牵出来！……"

天空中没有翅膀的痕迹，我已飞过。

五

洞中方七日，世上已千年。

从二〇〇八年我从股市慢慢淡出之后，一晃又是四年。四年时间股市在政府"拉动内需"的推波助澜之下，曾从最低谷的1600多点拉回到了3000多点，后又因打击房地产虚高、抑制通货膨胀等"宏观调控"之下，股票又像温水煮青蛙似的，慢慢地慢慢地回到了2000点关口。——中国股市的圆点，伴随着改革开放脚步画了一个悲欣交集的圆圈后，似乎又回到了起点。也印证了坊间一句俗语：改革开放三十年，一夜回到解放前。

因对股票有过钟情和迷恋，心虽放下，但间或还是会看看、听听……报纸说：今年上半年股市销户已达20万，还有百分之四十的股票账户成了"僵尸户"，基本不动了。精明的散户说：炒股我从不管大势，只要看到跌得厉害后，股市有所回暖，技术图形有所好转，便快进快出狠炒一把，有如三天打鱼，两天晒网；风评家说：我不看图形，也不看股评，只关注国内的经济形势，大势稳定了，则进到股市炒一把，形势不行了则赶紧出来。反正这么多年来宏观经济基本上是一放就收不住，一踩刹车就跑下坡路，总是如此这般三五年一轮回，循环往复走圆圈；常把苦脸当笑脸的调侃者则又发来短信：半年销户二十万，股民逃离让人叹。行情熊熊割肉痛，亏损累累守仓难。股市绞肉好凄惨，几枝独秀百花残。大盘筑底何时日，否极泰来可期盼？

尽管如此，可梦想等到股市反弹、等待手中的股票解套、等待纸上富贵的人们，仍旧心存幻想、仍想屡败屡战，乐此不疲地在拼杀和博弈。

股海无边，唯有心平是岸。

购房记

毛老板是我一起同来广州的老乡。

他从二十世纪八十年代初带着新婚妻子南下广州打工，迄今已整整三十年了。

三十年，他目睹了这座南方都市所发生的巨大变化，其中最为刻骨铭心的是商品房价格一直在成几何倍数飙升，开始是每平方米一千多、两千多、三千多，一万多、两万多……贵的已达四万五万，甚至更多了。要知道，许多房子还是毛老板带领他的施工队亲手建造的呐。他之所以那么关注房价，是因为毛老板做梦都在设想，要在南方栖身的城市里拥有一套属于自己的商品房。

毛老板心灵手巧，常常把抹灰刀拿在手上玩得飞转，砍砖、上砂浆、砌砖、抹灰一气呵成。当别的师傅一分钟只能砌好二十来块砖的时候，毛老板却能砌到五十多块，且砖缝笔直、抹浆均匀、质量过硬。几年时间，毛老板由五人的小组长、十人的小班长干起，一直做到了统领一百多号人的建筑施工队队长。

毛老板的大名叫毛霞光，据说是其降生时正值东方霞光万道，父亲便以此命名。老婆荷花与毛老板青梅竹马一起长大，皮肤白皙，身材苗条，一笑双颊便露出两个甜甜的酒窝，是大伙公认的村里一枝花。当时，毛老板母亲早逝，家中兄弟姊妹众多，是村里有名的贫困青年。毛老板与荷花恋爱，遭到了女方家里众人的反对，说是一朵鲜花插到了牛粪上。

当初决意南下，毛老板多少有些负气，他曾发誓，一定要在南方混出个人样，要在都市安家生子，让荷花过上幸福日子。

南下的毛老板让妻子给工人们做饭，自己凭借过硬的建筑技术不分白天黑夜地忙碌在建筑工地，当别人只拿一份工钱的时候，他却是别人的好几倍。建筑工地开工时，他和妻子就住在用石棉瓦搭成的临时工棚里，待房子建得有些模样了，他便利用自己当队长的特权带着妻子住进空门空窗的毛坯房内。两房一厅、三房一厅、五房两厅的新房，还有单栋的、联体的别墅……毛老板夫妇都曾住过。每住一套新房，只读到小学五年级的毛老板总会选择在一个霞光初照的早晨，用白石灰在客厅的砖墙上歪歪斜斜地刷上九个水桶粗的大字：湖南毛霞光到此一住。写完还不忘用力捺住用旧布条扎成的大刷子拖上一个，有时是两个三个，甚至更多的大大的感叹号。

住在永远是别人新房里的毛老板除了刷标语，就是每个月月底"开粮"（发工资）的时候，夫妇俩躲在被窝里数钱，让妻子摁亮手电筒照看存折上的存款数字。第一个三年时，毛老板夫妇省吃俭用存了两万多元。毛老板掰着手指头计算着，当时每平方一千多元的房价，可买二十平方米左右。毛老板兴奋地跟老婆说："咱们有希望了，三年买一个厕所，六年买一个房间，如此速度，我们奋斗二十年左右，就可以在这座大城市里购买一套属于我们自己的两房一厅了！"

当第二个三年的霞光照进毛老板夫妇俩住在建筑工地的"新房"时，他和荷花存折上的存款已有六万多了。这时，毛老板发现，城市的房价已涨至三千多。毛老板又掰着手指头算了一下，按当时的房价，还是只能买二十平方米左右，还是一个厕所的面积。尽管如此，毛老板仍旧乐观地认为，房价高到这个份上应该是见顶的时候了。

他感觉有希望的日子，就像自己手中的抹灰刀，一抹就是一年，一抹就是一年，时间在希望中过得飞快。第三个三年、第四个三年、第五个三年……直至第十个三年很快就来到了，毛老板和荷花的存款也由开始的两万、六万、十二万、十八万……整整存到了六十万。就在毛老板和荷花反复想象，如果把存款全部取出来，可装满多少个蛇皮袋的时候，他睁大眼睛十分惊讶地发现，自己的存款增加速度远不及房价的上涨速度，存了三十年的血汗钱，如果买贵一点的房子，永远还是只能购买一个属于自己的厕所！

三十年过去，毛老板的腰身佝偻了，头发稀少了，嗓子变得沙哑了，一双像铁耙子样的双手早被抹灰刀砍得伤痕累累，每个指头都缠满了由白色变成黑色的医用胶布。眼看一个上高中、一个读初中的儿子见风就长，个头已超父亲，而自己在南方城市的安居计划却久久不能实现，毛老板急得嘴角都长满了水疱。他寻思，既然在广州这样的大城市实现不了自己的梦想，何不把目光投向远在湖南老家的县城呢？

毛老板老家的县城坐落在南洞庭湖的湘江边上，这几年内地大力发展交通，县城不但通了高速公路，高铁火车站也近在咫尺，连长沙城区的城际铁路也修到了县城边上。毛老板逢人便说："自己奋斗了三十年，没本事在大城市安家，回到县城买两套房子，也算是圆梦了。"

毛老板清楚地记得，当年他南下广州存第一个三年期两万多元存款的时候，老家县城的商品房每平方米只有四五百元，四五年前每平方米也只有七八百元。

当时县城的房价低，是因为内地建筑材料和人工相对便宜，政府不加收土地征收款，更没有人蓄意炒作拍卖。私人建一幢房子，除了建房的成本价外，其余土地购置和上交费用只占房子成本价的百分之二十左右。基本程序是：先按政府的挂牌价购买一块土地，将设计方案上报建设规划部门批准，再正常交纳一些税费，把房子建好就可以了。

那年年底，毛老板携妻带子将存折换成银行卡，兴冲冲地回到了老家。一打听县城房子的价格，又让毛老板惊讶得张大了嘴巴。

县城几个正在开盘的开发商告诉毛老板，现在县城房价也是见风就长，三年翻了三倍多，一般的商品房每平方米要三千多，临江观湖带电梯的商品房也接近五千了……

毛老板遇到不可思议的事情时，总爱说一句口头禅："怪咯、怪咯——公狗下出一个蛋来了！"见到县城的房价也涨这么快，毛老板嘶哑着喉咙连着说了三遍"公狗下蛋"的口头禅。

毛老板在广州打工平日里极少见到领导，三个月、半年能见一个村长、镇长、街道办主任什么的就算开了眼界，见了大官了。回到县城，因是客商，加之不明就里刻意恭维吹捧的朋友介绍，毛老板转眼就成了从南方回来投资的千万富翁。这样一来，毛老板在茶楼酒肆活动，常常会有好几个局长围着陪着，有几回还被招商局长领着与县领导喝了两次酒。

中国的县城虽小，可功能齐全，用县长的话说，他统管的县里除了外交部没有，其他所有的部门都可以与中央对接，所以国际国内一切有关政治、经济、文化等方面的形势在县城都会有所体现，一些普遍性的问题都会在县城有所反映，也更容易找出解释的答案。壮着酒兴，遇事总爱打破砂锅——问（纹）到底的毛老板，向县领导们道出了心中的疑惑。

县领导手握酒杯，哈哈一笑，说道："这几年政府为扩大和增加财政收入，冻结了县城的私人建房，所有土地都公开进行招拍挂。这一拍不要紧，让土地价格翻了好几番，政府的财政收入也是见风就长，过去每年总在两三个亿的数字中间徘徊，现在每年已超出十个亿了。县城的土地已拍到了一两百万一亩，将来可能还会涨到三四百万一亩呐！欢迎毛老板等寓外乡友都回家乡来投资啊！"

坐在旁边，陪毛老板一起回来的禹老板嘟噜道："你们把土地全都拍卖完了，将来吃什么呀？"坐在近处，耳朵灵敏的几个局领导也是哈哈一笑，接言道："这有什么好担心的，我们发出的房产证上写的是'房屋使用期七十年，商铺是五十年'。期限一到，后面的人又可以'吃'一遍哩！"

听完，毛老板又差点说出"公狗下蛋"的口头禅来……无奈之下只是扯扯禹老板的衣角，不停地敬酒喝酒，不一会就烂醉如泥。

第二天，酒醒后的毛老板拿着老婆荷花的手不无伤感地说："老婆，真对不住你啊，我们现在真是无家可归呀，你想想，如果我们现在就在县城购房，房款加装修费肯定会把存款用完，将来两个儿子的继续教育就会成问题；我们都老了，赚钱也有限了，可总得留点钱让儿子们读书成家吧……看来摆在我们面前的只有两条路可走了，一条是回南方继续打工，一条是仍旧回到乡下去住。"

如此这般，毛老板夫妇就像一只画图的圆规：当初从圆周起点出发，三十年转了一大圈，最终又回到了起点。

几天后，毛老板和妻子只好又悻悻地回到了广州的建筑工地……

只是在新的一天，当满天霞光再次照进他俩无门无窗的新房时，毛老板再也没有心思往新墙上去刷他的大字标语了。

黑河印象

　　到黑河的第一天我便感冒了，脸上还长出了一些红色的小痘痘……究其原因是盛夏的黑河气温太凉爽了，晚上入住酒店虽没开空调却忘了盖被子……至于脸上重冒"青春痘"，同行的作家朋友替我分析，说是因为我在工业与经济相对有些发达的大城市待的时间太长，习惯了被污染的空气，一下来到有"天然氧吧"之称的黑河，空气"太补"了，建议我多到汽车的排气管后面待待云云……他们姑妄说之，我也就姑妄听之。不过，初到黑河，我看见久违了的蓝天白云却是真的。——儿时常常哼唱的"蓝蓝的天上白云飘，白云下面马儿跑"的场景，在我短暂而又深刻的黑河行中不断重现。

　　坐在高高的旅行车上，沿哈尔滨往黑河的高速公路一路北行，映入眼帘的几乎全是成片成片齐腰深的玉米，以及点缀着紫白色小花的大豆，满枝的宽叶碧绿得与底下的黑土，还有仿佛就飘逸在车前的蓝天白云融为一体……活脱脱的一番庄稼与土地一体、绿叶共蓝天一色的壮丽景色哩。

平心而论，对于长年生活和工作在南方的我来说，以前对黑河的印象仅那么零星几点，只知道它位于祖国的最北端，离俄罗斯很近，仅一江之隔；还有，从初中的历史课本中知晓，中国最不平等的《瑷珲条约》便是在黑河签订的，从那时起的中国便有六十三万平方公里的国土沦丧他人之手……黑龙江本是中国的内河，至此便变成了中俄两国之间的一条界河！记得当时我们对数字概念都较为模糊，举手询问老师，老师说："一次性割让出去的国土面积，比两个英国还要大！"听此，满课堂回应全是"哇哇——哇哇——"的一阵阵惊叫……

记得那是我们"中国作家黑河行"一群人刚到黑河的第一天，黑河市委宣传部副部长苏世杰先生便给我们每人发了一张绿色的自行车卡，并声言，有了此卡，我们就可以像一个真正的黑河市民一样，免费自由存取车辆，悠然自由地行走了。骑车转悠在黑河城区的大街小巷，感觉城市有长期被水洗过的清新，街道两旁的绿树和路边盆栽里的红花红绿相间，一片生机，车辆行驶疾缓有序，少有拥堵；行走的市民，步履大都不紧不慢，一副安然自得的神态；一到傍晚，临黑龙江边非常宽阔的绿色休闲带上，几乎全是散步、跳舞、做健身操的市民……其间大小不一的广场上，有的是专跳现代舞的年轻人，有的是专跳交谊舞的中年人，有的则是专扭秧歌和跳二人转的老年人，间或还踵趾相接着许多一家家一群群黄头发、蓝眼睛的俄罗斯人的身影……据悉，每天往返于中国与俄罗斯之间，来黑河休闲和购物的俄罗斯人就有近五千人哩。

在蓝得有些碧绿的黑龙江边，成群结队地集聚着许多游泳爱好者，他们在江中时而蛙泳，时而仰泳，时而踩水……像一群群野鸭般随波逐流，乐不知倦；一到周末，在江边垂钓和亲水的市民更多，只见他们一群群或一家家在江边沙滩的太阳伞下，用自带的小型燃气炉具将江水烧开，再把垂钓来的鲜鱼直接丢在锅里烹煮……江水煮江鱼，山人乐山水的场景……至今还深深地印在我的脑海，常常让人回味和感念。

黑河城区的建筑鲜见高楼大厦，大都只有六七层高的样子，尖尖的红色屋顶，淡黄色或淡绿色的墙体，再配上半方或半圆雕砌而成的露台……风格朴实自然，颇具欧美意味。其间，我还有一个十分惊讶的发现：偌大的一个黑河市城区，居然没发现有一家居民装有防盗网的！——依我个人的见识，防盗网虽小，它涵盖的意蕴却是十分广阔。它说明黑河整体社会治安状况良好，人们安居乐业；也由此反映出黑河人的人文及道德水平高，没有人人自危，也无须人人设防……我从南方的都市来，三年前，我自己的家中就有遭入室小偷"光顾"的经历，可以说是见多了偷扒抢盗……以至于坊间有笑言称："家中没被盗、外出没被抢，就不算×
×地方人"。从十多年前开始，我所居住的城市和我旅行过的许多内地城市，四五楼以下住户的门窗几乎全都安装上了坚固的防盗网，就连专司治安的公安局和派出所也不例外。长年住在被钢筋铁管包围了的"鸽子笼"内，就算生活再富有，其幸福指数也是要大打折扣的啊。

还有，在黑河吃饭，几乎所有的餐馆对青菜的制作都是十分简单，从不烹炒。每次服务员端上来的都是一大盘一大盘绿油油生切的黄瓜、萝卜、辣椒、蒜苗、野葱，以及整棵整棵的青菜和一些叫不上名字的野菜，让人蘸上本地特制的豆瓣酱，用整张焦黄焦黄，也是本地特产的干豆腐裹着生吃。开始，我们只是看着，不敢贸然下箸，害怕生吃的东西不干净，吃坏了肚子。后在当地朋友反复的言传身教下，试着吃了几次，一看没事，继而便大快朵颐，口齿留香了。由此可以看出，黑河的土，黑河的水，黑河的空气……都是没被污染的，青菜也是可以放心生吃的。——这些，本应是人类生活的常规常理常识，但在当下大的社会背景下，却让我们备感弥足珍贵！难怪，凡来过黑河的朋友，大都乐不思归……同行的一位作家朋友还手举一大棵青菜，一边叫我拍照，一边有些摇头晃脑般地吟诵起修改了的苏东坡诗句："日啖青菜两三棵，不辞长作黑河人。"

几天的行走，我发现黑河的地理位置非常优越，左边的嫩江与右岸的黑龙江两边对应，相互冲击，使"两江夹一岸"的黑河的土地更加肥沃膏腴；它还处在大小兴安岭生态功能区的中间地带，因而四季分明、气候宜人，使得山青、水绿、天蓝、地黑、雪白成了黑河的常态。走访中，黑河瑷珲镇产粮大户赵大爷兴奋而又自豪地告诉我们："咱黑河这地方'种啥长啥，长啥啥好吃'。"还说："咱这地方是'旱年头丰收，涝年头也丰收，不旱不涝大丰收'……"俗话说，不怕贼忘记就怕贼惦记，也许是因为黑河这块土地太过美丽和富饶，所以总遭强盗们的觊觎和垂涎……以至于翻开黑河的近代史，几乎尽被"红色"所染。

参仰和走访中，我看见黑河的《红灯记》故事发生地是红色，日军侵华罪证陈列馆是红色，旅俄华侨纪念馆是红色，王肃烈士纪念馆是红色，还有瑷珲历史陈列馆内更是红色遍地，其中有俄国侵略者大肆烧杀掠抢的腾腾烈焰，更有上万名受难同胞血染黑龙江，流淌着一片一片的血红……我十分敬佩红色纪念馆工作人员的敬业，他们通过声、光、电、影等现代元素精心打造，竟将发生在黑河这块土地上的诸多反击、反抗及屈辱、沦陷等历史，记录和描绘得那么形象逼真，使人震撼，也常常让人陷入痛心疾首般的凝思和警醒之中……雪白血红，碧血丹青，黑河在我脑海中烙下的印记愈发深刻。

白面浓眉、身材修长的瑷珲历史陈列馆馆长陈会学先生常年致力于黑河近代史的研究，他不但研究发生在黑河这块土地上所有的侵略战争，签订的不平等条约以及黑河人民反击侵略的英勇历程，就连苏联红军在进驻黑河，会同当地军民一起打跑日本人的同时，对同盟国的同胞同样抢掠与奸淫等种种劣行也是烂熟于心……陈馆长研究得出的结论便是：弱国无外交，落后就挨打！他甚至建言，我们有那么多节日，唯独没有一个"耻辱日"……知耻而后勇，生于忧患死于安乐……这些常理平时听了倒感觉不到更多，但在那种特定的环境中听来，却让人备感有理、有力！

肖岐老人是我第一天走进黑河，在瑷珲历史陈列馆门口见到的第一位黑河民众。老人个头不高，黑脸庞、厚嘴唇、大眼睛，加之敦敦实实的身躯……活像一个在黑河这块黑土地上土生土长，有些绿皮红心的老玉米。其时，肖岐老人正手捧几本自己撰写的黑河史料，站在纪念馆的大门口义务替游人当向导。闲聊中得知，肖岐老人已年近七十了，上过山、下过乡、当过工人，十多年前从农村信用社主任的岗位上病退后，便开始了对黑河及瑷珲历史的收集、整理。老人曾自带干粮，骑着一辆旧自行车，历时两年，完成了对"江东六十四屯"往西对应的二十多个村屯的走访，并和女儿肖丽莉一起自费整理出版了《让历史扮靓瑷珲》及《瑷珲往事》两本历史书籍。

肖岐老伯说，越往里研究，越是看清楚了侵略者的本质，越是深感自己的国家曾经许多方面的欠缺和不足……老人还说，虽然他身处边境，经常参与中俄贸易往来，但从不使用俄罗斯最大面值，即5000卢布的钞票。因为其钞票上印着的便是强迫清政府签订《瑷珲条约》的穆沙维约夫的图像。老人一直坚定地认为，各国的钞票上都藏着国家密码。美国重创造，其最大面额的100美元钞票上印的便是科学家和发明家富兰克林的头像；俄罗斯重武力，所以他们把穆沙维约夫的图像印在了最大面额的卢布上。见我等若有所思状，老人还不忘提示说，俄罗斯国徽的图像也是一只老鹰，同样也是注重武力的表现！肖老伯接着说，俄罗斯人的优点和缺点都十分明显，多的就不说了……但其中有一点很是值得我们学习：他们人少地方大，却把自己的国家守护得很好。我们同样地方大人却更多，没有理由不守护好自己的家园啊！……此等话语竟出自一位普通的黑河民众之口，竟让我们集体陷入了一阵长时间的沉默……离开时，我抱着肖老伯的双肩，在纪念馆大门口边的"见证松"下，留下了一张珍贵的合影照。

一周的行程结束，转眼就到了要离开黑河的日子。临行前的清晨，我躺在酒店的床铺上，又照例被各种鸟鸣声吵醒，推开临江的窗户也又是满眼的碧绿与鲜红。碧绿的是波光粼粼，不舍昼夜，汩汩东流的黑龙江水，鲜红的则是从东面的江边冉冉升起的一轮红日……我一步一回首，留下的是两句唐代诗人白居易的诗句："日出江花红胜火……半江瑟瑟半江红"。

挥挥手，我好想带走黑河的一片云彩！

跋：清明复清明

肖建国

李清明很喜欢说一句湖南土话：我这人做什么事都霸得蛮。他出生的地方是湖南的北边，洞庭湖边上。湖南人身上大都有一股蛮劲，狠劲，做什么都要做出一个名堂。李清明就是这样一个人。他在读中学的时候，立下两个宏愿：一是要改变命运，走出农村；二是要当作家，活得与众不同。每个人在睁开眼睛看世界的时候，都会产生很多想法和愿望，壮志勃发，挥斥方遒；可是到了暮年，回首往事，检点前尘，很多人都会留下太多太多的遗憾。

李清明的愿望，都做到了。

李清明是个极其聪敏，极其努力的人。他过人之处在于，别人能想到做到的，他能想到做到；别人不能想到做到的，他也能想到做到。他对自己，对自己要做的事情，对这个社会，都很明白，很清楚。当然李清明也是幸运的。他早年因故辍学，却在参军的年龄应征入伍，辗转到了广州。十几年的部队生涯，把李清明这块顽铁淬炼成了一块好钢。提干不久，又恰逢其时地去主管了一个部队的企业。二十世纪九十年代中叶，工程已经不好做，但部队企业自有部队的优势，当然还靠着李清明过人的坚毅和智慧，他把手下的那份工程做得十分出色。几年下来，他为企业创下了利润，也为自己积累了经验，积累了人脉。于是，他下海了，自己创业。李清明办了学校、医院、宾馆，还建起了一个休闲庄园。一出马就是大手笔，让人刮目相看。

他一下子成了很多人眼里的成功人士。

那时候他还只有三十多岁呐。按照他那时候的势头，再努一把力，再上几个项目，前途真是不可限量的。可是他见好就收，止步了。他在一篇《心安是福》的文章里写道："生命苦短，有舍有得。为此，我曾坦言，生意做到一定程度，就不要总是把它抱在怀里，而应适时放下。游离于生意之外，像灵魂一样站在高处看自己，看自己如何有所为有所不为，看自己如何清心寡欲，知进知退，知足知止。"说得好啊！这个人真是太清楚太明白了。我们成为朋友以后，好多次扯起这个话题。我想，李清明骨子里流淌着的是中国农民传统文化的血液，他很明白，每个人在世界上能赚多少钱都是有定数的。因此，他把自己赚到的钱，很多都用到了回报社会上去。

李清明是个很讲良心，很重亲情的人。他这一生，走过很多地方，可是无论在天涯，在海角，在任何地方，他都记得洞庭湖畔的买马村。他就是在那个偏远贫穷的村子里出生，长大的。那是他的根。因此，他听到家乡小学被洪水冲成危房的消息，立即捐款二十万元，让家乡重新修建校舍。这真是一桩莫大公德的壮举。他使我想起另一个湖南老乡曾国藩（还有他的弟弟曾国荃们），他们在攻陷南京城后，将大批的银两用船运到湖南的湘中老家，用于办校兴学。他们的壮举，为中国的近现代史做出了间接的贡献。李清明富起来后，也曾想给家在农村的哥哥姐姐们一笔钱，让他们做点生意什么的。可他考察后发现，哥哥姐姐文化水平有限，难以背着财富上路。李清明对财富也有很清醒的认识。他认为，一个人如果没有良好的心理和文化素质，即使突然间得到一笔财富，不但难以守住，还有可能深受其害。于是李清明改变主意，决定倾心培养哥哥姐姐妹妹们的子女。二〇〇三年八月，李清明把兄弟姐妹的五个孩子都接到广州上学。买房办户口，专门安顿他们。他让一个妹妹当孩子们的总管，按月给妹妹开工资。他把子侄们的生活安排得很周到，很优裕，可是学习上要求很严。李清明除了经常督促检查他们的学习情况之外，每周每个小孩还要定期给他写一份详尽的学习思想汇报。平常他自己在报刊上看好的学习文章，也是复印给每个小孩学习，限时上交学习体会。到了寒暑假，他拿钱让他们出去旅游，或是到自己属下的公司实习锻炼。他对孩子们唯一要求是：读好书，做好人，考上大学。如今五个孩子，已有三个考上了大学，一个考上了军校。李清明的努力没有白费。早年间，我曾在李清明家乡一带行走，门庭间随处可见被风雨剥蚀旧了的春联："晴耕雨读，钟鼓乐之""诗书传家久，勤俭继世长""修其孝悌忠信，文以礼乐诗书"……李清明从小受着传统文化的浸染，深知人贵在读书、知识改变命运的道理。

李清明很热爱他的家乡。他的《洞庭景赋》《故乡的悲悯》和一系列散文，都是写家乡的故人往事，文章中充满着情深意重的牵挂。他多次和我说起下湖采莲的情景：驾一叶小舟，穿行在一望无际的莲叶莲花中间，荷叶上托着水珠，天边的火烧云红得像火。让人无限神往。（他私下说，如果船头坐个小妹子，小妹子在用嘴咬开莲蓬，那情景就更美妙了。）他在一篇文章开头第一句说道："我对故乡一直心怀敬畏。"请注意，李清明在对故乡的这句话里，用的是"敬畏"而非其他，这里面包含了十分复杂的情绪。故乡养育了他，给了他强健的体魄和坚韧的意志，还给了他酱缸一样的文化背景。他的根是在买马村。他热爱买马村，牵挂买马村。他常常拿出钱物，接济家乡的父老。家乡的人有了事情求到他的名下，他总会尽力相助。每年过年，他都要回家乡，给父老乡亲拜年。他会给村里的每位老人奉上一个大利是。可是，家乡人做出的一些事情，常常令他十分伤感——甚至，很伤心。他跟我说过几件事，我也觉得有点离谱，很不近人情。但是事过之后，他又表示了理解和谅解。毕竟他是从家乡走出来的人，深深知道几千年的传统，贫穷的生活，在一些人身上种下的痼疾。他只能用宽厚的胸怀去容纳这一切。他相信宽厚和善良总是会改变一些东西的。

李清明经商十几年，身上却没有多少商人的气息。他长得粗粗壮壮，孔武有力，宽脸细目，鼻准厚重，一站起来，腰板永远是挺直的。单从外表看，绝不像个商人，也不像个文人，还是个标准的军人。他不唱歌，不跳舞，也极少抽烟喝酒，只是偶尔打打牌。他打"三弓"，打"诈金花"，打"三打哈"。他打牌都是被动的，茶余饭后，有朋友叫他，他就去了。他打牌很投入，但是很放松，赢输皆不会形于色，总是哈哈喧天，遣兴而已。我想，他打牌也无非是为了印证湖南的那句老话：是男人都有三分赌性。他在各方面都要证明自己是个真男人。他每天必做两件事：读书，打球。他的车厢后座上，常年放着球衣、球裤和球鞋，以及充气很足的篮球。他的公司隔壁，是一个部队的疗养院，他投资三万元，帮他们把篮球场好好整修过。给他的条件是可以随时过去打球。我同他打过球，他的球技却实在不敢恭维。他投篮的时候，膀子是直的，手腕是硬的，是用双手持球在胸前直推出去（但他在罚球线上的定点投篮居然很准，十投能中六七个）；他运球的时候，手板心把球拍得啪啪响；他进攻是一条直线，勇往直前，防守则把两手像大鸟的翅膀一样张开，还忽上忽下不停地晃动。如果你晃过了他，他就会从后面一把扯住你的裤子，让你动弹不得，哭笑不得。可是他打球非常投入，比任何人都投入，满场跑，满场追，直到累得迈不动腿了，汗水湿透衣服了，才罢休。他在球场上总能得到莫大的乐趣。

李清明倾注了最多心血的事情还是读书。读书，是他与生俱来的一个嗜好。他家里，办公室里，触目最抢眼的是大书柜。他的标明董事长身份的巨大办公室里，办公桌上见不到几份报表文件，却乱七八糟地摊满了书。早年，他还刚刚识得几十个字，就迷上了读课外书。小小年纪，就把《水浒传》《三国演义》《七侠五义》《说唐全传》……这类书通读过了。十六岁中断学业，在家务农，他只跟父亲提了一个要求：让他晚上点灯看一阵书。农村的劳作是十分艰苦的，每天吃过晚饭，父母亲就洗脚上床休息了。李清明坐在小板凳上，就着一盏飘忽暗淡的废柴油灯（那时他们连煤油灯都用不起）读书。他读得很痴迷，很入心，常常把油熬尽了，才意犹未尽地倒头睡觉。后来年事渐长，他参了军，提了干，搞起了企业，由一个地道的乡里伢子变成了阔绰的城里老板，对读书的浓厚兴趣却一直没有改变。李清明读书有一个习惯，喜欢在卡片上随手记下一些东西，天长日久，三十多年时间，竟累积了几十万张读书卡片。我没有看到过他的这些宝贝，但我能想象得到，一个书痴是如何呕心沥血的。

清明是个对生活很有热情，又很细心的人。半生经历，见过的人和事多矣，他却都能记得住，能够一下子很准确地抓住一个人或一件事的本质，这对他在社会上的安身立命和写文章，都是极为有利的。他又是个极勤奋的人，每有所得，皆能成文。

李清明已经出版了好几本书，算起来有近百万字，都是散文、随笔，大多是三五千字一篇。他的作品给人一个突出的感觉是，朴实、厚实、扎实，都是有感而发，没有无病呻吟或空发议论。正是这个原因，他的书受到了市场的青睐，一版再版，发行超过了几万套，受到了一些业内名家的好评。李清明却并不止于此。他知道世上的钱是赚不尽的，所以见好就收；他更知道文学这份事业是没有止境的，需要穷尽毕生精力努力之。他还有很长的路要走。

代后记：永远的乡愁

《羊城晚报》：在您的散文集《牛铃叮当》中，大部分文章写的都是您的老家洞庭湖，"走出"老家已经很多年月了，为什么您如此钟情于书写故乡？故乡如何滋养了您的写作？

李清明：我从小生活在洞庭湖水乡，十七岁离开故乡，在驻广东的部队工作了近二十年，接着在广州工作和生活，一晃有三十多年了。人到中年，总爱回忆过去，怀念自然淳朴、无忧无虑的童年生活。其间偶尔回到故乡，我发现，过去自然、古朴、祥和、温馨的乡村不见了，视觉上却有一种误入陌路之感：河浅了，湖小了，水浑了，古树没了，唯见杂树野草疯长；过去满湖满沟的各种鱼儿也基本绝迹了，野生的少了，饲养的多了；自然的少了，污染的多了……放眼望去，整个故乡几乎皆是民风不再淳朴，人心早已不古，继而世道中落，江河日下……从而引发一种浓烈的乡愁。《牛铃叮当》散文集里的"水乡系列散文"五十多篇散文，便是在这种背景下写的，这些文章，大多是追忆及回味过去自然古朴的乡村田园牧歌般的生活，呼唤乡村优秀文化与优秀文明的回归。

至于说到故乡如何滋养了我的写作，则有些说来话长了。二十世纪六七十年代的洞庭湖农村经济还比较落后，虽然我的出生地是"鱼米之乡"，但也仅是"解决温饱"。那时，乡村生活单调枯燥，除了有几个钦定的样板戏轮番上演之外，几乎没有别的什么文化娱乐活动了，能接触和看到的文学书籍也是少之又少。当时，我最大的娱乐便是跑到村头的涂叔叔家，听他说书、听他讲故事。涂叔叔是位回乡知识青年，他会倒背许多毛主席诗词，会写对联会算账，会闭着眼睛讲《封神榜》《三国演义》《隋唐演义》《红楼梦》……无疑，涂叔口头的中国古典文学给我开启了一个全新的世界，也让我明白了文学的魅力之所在——既可娱己，还可娱人哩。

不久，我便到了上初中的年龄，记得教我语文的是位名叫李杰的老师，他当过兵，会写散文，当兵的时候曾在部队的报纸上发表过文章。听老师念叨得多了，至今我仍记得李老师发表的第一篇文章的题目叫《车过长江桥》。在班里，李老师特别喜欢我写的作文，除了手把手地教我之外，还送给我一本厚厚的《四角号码新词典》，至今，我仍珍藏在我的书柜里。记忆中，在初中阶段，全中学近千名学生，我写的作文最好，几乎每篇都是班级和学校的范文。李老师布置作文，要求每篇写五六百字，我却常常一写就是上千字，甚至更多。以至于每个学期，我都要写完好几个作文簿。当时，我们班上有位从北方城市转来读书的女同学，她吃的是"国家粮"，长得也非常漂亮，我的每次作文都是这位女同学在课堂上用普通话朗诵的。每当长得白净白净的女同学用卷了舌头的普通话朗诵我的作文的时候，课室窗户边的走道上总会挤满不同班级的"听热闹"的男女学生……那一刻，我的成就感与庄重感就会油然而生。

前不久，我回乡小住，在县城碰到一位教过我英语的刘老师，她还说起我初中时喜欢写作文的故事。刘老师说，上初一时我便给数、理、化老师各写了一封信，说我只上文科课，其他理科课得允许我看小说、写小说云云。此事，我真无半点记忆了，但我却记得一上数、理、化课，我就会和坐在教室后排的同学换位置，躲在教室的最后面看小说、抄词典，涂鸦所谓的小说、诗歌、散文等等。最后的结果是，初中阶段我严重偏科，以至于到初三下半期眼看考高中无望，只好自己主动提前辍学。此举让我在通向"成功"的道路上多走了许多弯路，这也是我在女儿开始上初中时提醒和唠叨得最多的一个话题。

大约在十六岁的时候，我便立下两个宏愿：一是要走出农村，改变自己"面朝黄土，背负青天"的命运；二是要当个作家，用我手写我心，活得与众不同。第一个愿望，我用了八年时间将"草鞋"换成了"皮鞋"，实现了吃"皇粮"的梦想；为了当好一个作家，我则苦修了近三十年……为理想奋斗的过程虽然艰苦曲折，但却常感充实与欣慰。

《羊城晚报》：与其说您在写故乡，倒不如说您是在抒发乡愁。中国现当代作家中，也有相当多人在书写自己的乡愁，比如沈从文写湘西，莫言写高密，老舍写北平；从这个脉络上来说，您所理解的乡愁是怎样的？故乡在您的散文写作中，又是怎样的地位？能不能说，童年经验对作家而言有着关键性的作用？

李清明：其实，每个作家既有自己独特的故乡，独特的乡愁；也有共性的故乡，共性的乡愁。我们不妨再来看看鲁迅先生的《故乡》："深蓝的天空中挂着一轮金黄的圆月，下面是海边的沙地，都种着一望无际的碧绿的西瓜，其间有一个十一二岁的少年，项戴银圈，手提一柄钢叉，向一匹猹尽力刺去，那猹将身一晃，反而从他胯下逃走了。这个少年便是闰土。"无疑，先生笔下的故乡是优美古朴的，其中也不乏悲凉与凄美。

再读《故乡》，觉得自己的故乡就在眼前。由于社会进程的快速发展，工具主义的无往而不胜，放眼望去整个家园几乎皆是一片萧然与颓废……周国平先生在《乡愁的解析》一文中说道："乡愁在现代社会被改造得面目全非，现实生活是物质的战场，没有硝烟的金钱与道义的较量，是渐渐容不下乡愁的避难所。"从这个意义上说，我个人的乡愁，既是所有现代作家的乡愁，也是全体国人的乡愁，更是文化的乡愁。故乡，是一个人的根，也是一个人的心灵归宿；更是一个民族的根，一个民族的精神家园，追寻便成了一个作家永恒的主题。

综观自己在《牛铃叮当》这本书中集结的一系列散文，的确是抨击多于表扬，批评多于赞美。诚如有人形容鲁迅的文章是匕首、是投枪，但无可否认的是，先生心中一直是蕴含着对国家对民族的大爱的。我虽不敢与大师相比，但在我内心的深处，也是因为爱故乡爱得太深，故因有些爱之深、恨之切，大有"哀其不幸，怒其不争"之意味。记得，我在这本书的《买马村记》一文的结尾中这样写道：乡亲们啊，原谅我没能在买马村的小传中展示你们的诸多美好，反而是挖疮揭疤般道尽了你们的苦痛、乃至于丑陋……这些都是因为，我爱你们爱得太深……杜鹃昼夜悲鸣，啼至血出乃止，常以形容哀痛至极；还有杜鹃是布谷鸟，其声"胡不归"，为什么不归，田园将芜，不得而归啊。同时，此鸟又成了思乡思家的一个象征。乡亲们啊，我就是村头枯枝上那只啼血的杜鹃鸟哩。——我们爱着，我们就已回到故乡。

提及童年经验对作家的影响，我之理解，一个作家回到童年便是回到了真正意义的家乡，是接通了地气。俗话说，天气下降，地气上腾，天地和同，万物萌动。地气是日月之精华，是大地母亲呼出的气息。无疑，一个人只要接通了地气，便会力量无穷，无往不胜。

《羊城晚报》：散文看似是相对容易上手的文体，但真正要写出好散文却并不简单，您心目中的好散文应该是怎样的？您有自己推崇的作家吗，或者是从哪些前辈身上受到过影响吗？

李清明：散文的确易写难工，是一种非常见心性、见功夫的文字。在散文的写作过程中，我一直坚持抑或坚守这么几点：首先是在散文的立意取材上，我学习周作人先生所说的，要么有意义，要么有意思。这里说的"有意思"，强调是文章的趣味性和可读性；而"有意义"更多则是说明文章思想性的重要。俄国诗人普希金曾说，散文需要的是思想——舍此任你妙笔生花也毫无用处。由此看来，一篇好的散文是否"有意义"是非常重要的。一篇文章对前者能两取其一，也属不错；如果能既有意义又有意思，那书写出来的肯定是一篇上乘之作了。

闲暇，我曾对莫言、贾平凹、沈从文、汪曾祺几位文学大师们的经典篇章的语言文字做过一些专门研究，发现其每一句话、甚至每一个章节，想在里面加进一个字或减掉一个字都非常困难。虽然初看他们的文字都很平实、质朴，但整体读起来却是越读越有味道，越读越有意境，让人欲罢不能。这些都是他们在语言的运用上，注重准确、精练，乃至于平和、恬美而富有张力的结果。贾平凹先生曾说，作家要有自己的语言风格，要多用动词少用形容词，多用描写少用概述，要学哮喘病人说话多用短句少用长句，要少用公众语言少用成语。他还举例说，如果要用"万紫千红"，切忌照搬，要生动地描写出一千朵花是怎样红的，一万朵花是如何紫的。汪曾祺大师一直坚持说自己是一个文体家，强调的就是对语言文字艺术的运用和追求。

依我自己不太成熟的文学阅读和学习写作的经验体会看来，在近代许多作家和作品当中，唯有以上几位文学大师和前辈的作品，是可以蒙住名字，便可以阅读出特点，阅读出气息的……这也是我在长期的写作学习和实践中一直坚持读经典、学经典的原因之所在。

《羊城晚报》：写作散文多年，您最深的感悟是什么？有哪些创作原则是您一直坚持的吗，还是说您更认同文无定法，会不断做出新的尝试？

李清明：在散文写作的态度上，我一直注意坚持"在场"和"写实"，强调自己在书写过程中其内心和身体都在现场，拒绝道听途说，无病呻吟；力争"求真相、寻真理、说真话"，写出生活的真实感和原生态，言之有物、言之有情。

还有，就是十分注重语言的运用。应该说，大凡受到基本教育的人，都会写些诸如日记、游记、心得体会、工作总结之类的文字与文章。如果不经细心地推敲和反复练习，大多数人写出来的文字总会干巴巴的，就事论事，为叙述而叙述，公众语言多大话套话多，文字拖背臃肿，仅仅停留在"文通字顺"的水平上，缺少现场感，当然也就更谈不上生动和意境了。所以说，文字语言是一篇文章、一篇散文的门面，也是一块一开始就能打动读者，让其欲罢不能往下深读的敲门砖。中国文化源远流长，博大精深，大到一部作品、一篇文章，小到一个词语、一句话，好不好的秘密，其实就在怎样运用语言。一个人、一件事，可以这样写，也可以那样写，但其中肯定有一种最佳、最精准的叙述方式。写作就是一种探寻，探寻最好的表达。有时，语言的魅力就是思想本身的魅力。

再有，就是注重散文细节的选用和描写。散文是一种情感的真实流露，要求文字精练，篇幅也不宜过长，其细节的描写和运用有时比小说还重要。学习中，但凡那些写得感人的散文，首先得力于它有精彩、独特的细节描写。基于此，在长时间的积累和准备过程中，我逐渐养成了善于观察和捕捉生活细节的习惯。我发现，上帝造人的时候，大体上都没有多少差异，不同的地方只有一小点，就因为这一小点的不同，则成就了一个人的个性。写作实践中，我特别注意寻找每个人、每个事物发生发展的不同之点，从这个人的故事，到每一个细节，直到这个人说话的口气，站立的姿势，以至于外在的模样，脸上的表情，我都很注意留心和观察。尔后，再把观察所得，细心认真地运用到文章中。还有，我喜欢每天写一篇日记，并坚持做资料卡片，记下报刊上和生活中许多人物精彩的事例和言论。写作时，再把直接或间接的材料加以灵活运用。作家所写的不一定全是自己经历过的，但一定是自己熟知的，或被感动过的东西。

至于说到在散文结构的安排，细节和场景及语言的运用上，我很欣赏也非常喜好于生活及做人做事方面的"悖论"：纠缠、放荡、暧昧、喜新厌旧等等，即围绕文章的主题，不断地纠缠，不断地直抵或抨击读者的心底深处；挑选的材料和细节故事要选新颖的、鲜活的、毛茸茸的；文字的运用尽量弃舍呆滞、古板、陈腐，让其放荡、炫彩、跳跃，让其鬼魂附体，充满灵气、鬼气、仙气、狐气……正所谓，文章千古事，得失寸心知。正因为如此，中国文化与文学源远流长，博大精深，完全够我等一辈子用心去学习与体会，有鉴于此，目前我的写作尚无做新尝试的想法。

《羊城晚报》：您从商多年，但少见您写商海生涯，为什么？您如何平衡工作与写作之间的关系？

李清明：我是一九九六年穿着军装下海的，迄今已有近二十年了。开始做的是铺设通信光缆工程，不久手底下就有通信工程分公司、建筑工程分公司、公路工程分公司、电力工程分公司等等。二〇〇〇年以后，又办了学校、医院、宾馆，现在还兼管着一家房地产公司。开始做企业时，我是白手起家，从广州远奔贵州便开始了创业生涯。做企业没有压力，那是假的，既有生存的压力与辛劳，还有发展的苦闷和忧愁。

印象最深的有两次。一次是一九九七年夏天，我公司参与安徽黄山至浙江杭州高速公路的投标。当时我正在贵州与四川、云南三省交界的乌蒙山区进行通信光缆施工。上午接到通知，必须要于第二天上午九点之前赶至黄山参与投标会议。我马上驱车从贵州的六盘水往距离最近的云南昆明赶，中午到达昆明机场，一查昆明没有飞往黄山方向的飞机，于是只好改飞广州，到达广州已是晚上七点多了。当时，广州已无飞往黄山的航班，我只好在地图上寻找与黄山距离最近的城市，一查杭州与黄山最近，且当晚十一点钟飞杭州的航班还有票。虽然杭州与黄山距离近，但也有三四个小时的车程，要等第二天早上从杭州飞黄山的飞机是不可能的了。于是，我便马上联系黄山的朋友，连夜开车来杭州机场接我，无论多晚都必须在当天晚上赶至黄山，不能耽误第二天上午九点的投标会议。结果是一路劳顿，终于在凌晨四点多赶到了黄山。还有一次是二〇〇〇年公司与第一军医大学合作办学的那阵，当时因种种原因，合作合同直到当年的三月份才敲定。九月份就要开学，前后只有半年时间，而我却要在一片荒地上建起一所占地近三十亩，建筑面积近三万平方米的专业军事学校。每天，我早晨六点钟到工地，凌晨两点钟离开，中午在车上打一会儿盹，一天睡眠不足四个小时。半年后，学校建好，自己却瘦了整整四斤。

商海沉浮有心得也有感悟，人生的许多东西需要岁月的浸淫和沉淀，只有发酵久了，灵感到了，才会有创作的灵感与冲动……商海的东西今后我肯定会写，但总感目前的时机尚未成熟。

说到如何平衡管理企业与文学创作的关系，真正要互不影响其实很难。依我不成熟的经验，主要不外乎以下三点：一是有心，二是有计划，三是还要有取舍。有心，说到底就是热爱。我的文学梦是从少年时代便开始萌芽的，中间读书学的又是新闻，虽没有到废寝忘餐的地步，但也称得上痴迷。我从上初中便开始记日记，做资料卡片，一直坚持到现在，从未间断过。先后积累了几十万张读书卡片和上百万字的生活工作日记。在部队从事新闻工作时，我集结出版了一本新闻作品集和一本报告文学集。经商的前八年，我则利用工作之余，边读边写，出版了一本文学随笔集《微雨独行》；二〇〇七年工作之余边学炒股，边在《羊城晚报》花地副刊开设"股海沉浮"专栏，用文学语言撰写炒股心得。一年多后，又集结出版了一本《股海无边》的散文集；后来，管理企业相对轻松了，我又先后出版了散文集《寥廓江天》及文学评论集《清明复清明》等等。

提到有计划，这是因为在开始下海经商之前，我便想企业做多久，赚多少钱才够等一系列问题。说到底，我是想通过经营企业来增加对社会的了解对生活的积累；通过赚钱，完成原始积累，在满足基本物质生活的前提下，来做自己想做的事、喜欢做的事。无疑，我的最爱便是文学了。我一直朴素地认为，在当下社会如果经济不能独立，做一个"纯文人"是非常清苦的，也容易被物所驭。因此，在经营企业的计划与安排上，一开始我便选择从投资少，见效快的工程企业开始。工程赚钱了，我却坚持不购置中大型的工程机械设备，即使企业必需，我也多是租借，不然的话，企业的利润就几乎会被添置昂贵的专业机械设备所占用。加之，工程企业难有连续性，基本上是要吃在碗里的、盯到盘里的，还要想到锅里的，竞争和发展的压力特别大。后来，企业利润有一定的积累了，我便马上掉转船头，进行办学、办医、办宾馆等实业的投资。当时我想，实体性企业投资了便是固定资产，不但可以保值，还能增值；自己不想经营，还可以放手请别人承包经营。这样，我便可以腾出更多的时间来与我爱恨交加的"文学美女"

约会了哈。

至于说到取舍，无非就是在时间与经营利益上的调整了。当一个人经济上相对能够独立，不再为"稻粱谋"，加之又有心灵与精神的感召时，做出以上的取舍就不是十分困难了。大约在十年前，我便几乎把实体性企业全都承包经营出去了，只留下一个较小的物业管理公司，代我行使企业的管理权责。久而久之，我便把管理企业当成了副业，把文学创作当成主业了。

《羊城晚报》：您一直如此热爱文学，是自幼而发的吗？是否有某个契机让您爱上写作？写作在今天您的生活当中，又有着怎样的地位呢？今后您会尝试写小说吗？有什么新的写作打算吗？

李清明：回首前尘，虽文学一直是我的至爱，但为了"稻粱谋"，抑或是被眼前这个变化万千的时代洪流所裹挟，我经历过许多，也尝试着换过许多的工作，比如当过兵、从过政、经过商等等，但无论在哪种工作状态的环境，我都感有种空落的感觉，唯有走进书房、走近文学方使我有种宁静心安的感觉。

还有我出生在湖湘，骨子里面有许多的匪气、霸气，这点在我散文《霸蛮》和《乡野童趣》中均有较为详尽的描述；加之，我读书偏科，文化及文学的基础都不是很牢固，是文学让我不断地改变改造自我，让我不断寻找和追寻人性及人生的宽仁、善良、悲悯等诸多美好。为此我在《乡野童趣》一文的结尾处曾引用过一个"藏獒渡魂"的故事。传说藏獒是天上一位战神，因噬杀成性触犯天条而被贬到人间，所以藏獒性情暴戾残忍，身上有一股沉重的杀气，必须在其出生满四十九天时，将其与一只还在吃奶的羊羔同栏圈养。羊是温柔娴静平和顺从的动物，让这个时期的藏獒与羊羔共同生活，温婉的羊性就会慢慢地冲淡藏獒身上那太过血腥的兽性。文学于我，就是那只温顺娴静的羊羔，长期滴水穿石般的超度和影响，使我如凤凰涅槃般地获得重生。

同时，也是文学逼迫着我不断学习与思考。著名作家沈从文先生说，写文章要行万里路，读万卷书。还说，读书不是受影响，而是受启发，而启发的前提，就是你必须有生活、有经历……我之理解，学习、影响、启发、思索之后，看人、看事物、看问题就会通达。所谓通达，即是通天地之气，通万物之气。通达了，你的创作灵感便会飘然而至，常常会有许多神来之笔，如天马行空，越写越好。当然，通达的前提是要多写多练。平常，我们说话为什么张口能来，写文章却常常难以要把想说的、想写的写出来？那是因为说话，我们天天在说在练，所以熟能生巧。写作也是如此，如果你能做到天天写天天练，保准也能想说什么就能写出什么。画画的老师告诉我，什么时候练得感觉到手中的画笔成了身体的一部分——心动笔动，心美笔美……你就可以出师了。

说到通达，其实就是学习和思考的结果。这么多年来，我既坚持读好有字之书，也坚持读好社会这本无字之书。在这点上，我非常欣赏和认可诗人朋友雷平阳的话，他说文学是课堂也是教堂。我之理解和体会是，说文学是课堂，强调的多是学习；说文学是教堂，则是将其变成自我的一种宗教，一种信仰，在温暖别人的同时，更是温暖着自己。

　　长期的散文写作，由于受体裁及散文真实性的要求，我感觉自己的抒写与倾诉总是受到许多的局限和制约，所以自去年下半年开始，我便在做写作长篇的学习和准备，预计在未来的一到两年时间内，写出自己的第一部长篇小说，期待关心我的老师和朋友们一如既往的支持与鼓励。

2017.12.1修改于清和园

名家点评

李清明身在商海，心怀哲思，对人生社会，均有独到感情，其文中许多警句妙语，可以大书高悬为座右铭。

——著名作家　莫　言

读书，明理，行事，为商，著文，谈心，文友李清明都有可观的建树，谨向他致以最好的祝愿。

——著名作家　王　蒙

读清明先生的散文，发现他不但生活经验丰富，是成功的企业家，他还是一个成熟的散文家。他的文章抒发的大半是切身的经验与省悟，所以言之有物，而非空泛抒情。此外，文笔流利清畅，读来娓娓动人。笔下能有如此格局，堪称"儒商"。

——著名诗人　余光中

一条汨罗江把李清明与我联系在一起——他是从那一片家园走出来的，我是朝那一块家园走进去的。我从他的文字里读出了熟悉而又陌生的一切，关于河湾，关于柳林，关于鸡鸣狗吠，关于炊烟下苍老的乡亲，关于从那里走向现代都市的新一代人……读得心动之时，我真是很想结识他笔下的那些乡亲和战友，很想同他们乐在一起，忧在一起，甚至无聊胡闹在一起，把往日再过上一遍。我们的生活是沉重的，但又让人牵肠挂肚难舍难分；我们的生命是短促的，但又让人长忆延绵和悲怀无际。所谓文学，所谓文学之魂，就萌生在这难以平静的一刻吧。谢谢清明先生给我的感动。

——著名作家　韩少功

李清明从军、经商、作文，都做得风生水起，他是心气高的人，做什么，都想着要把事情做到最好。……他像一个理想主义者，在自己认定的价值道路上竭力往前，把丑陋和污浊忘在身后。他的文字，也强调着美好和希望的力量。他说的道理很朴素，可是一结合他的人生经验，用他朴实的语言说出来，感觉就能入心，能被说动。写作有时就是重复人心世界里那些恒常的道理，重复得多了，道理就深入人心了。有理，道才不空虚啊。写作是说话，也未尝不是说道。

李清明是个写作之人，说道之人，他的方式，安妥了自己，启发着别人，也给我留下了颇深的印象。

——著名作家　贾平凹

一个艺术家能够给人提供什么呢？他不是老师因而不能给人什么教导。他不是领袖所以未必能给人指引一条光明或安全的道路。他其实也不是灵魂工程师做不来别人以至自己脱胎换骨的事。他们是以正规角度看这世界而看腻了的人，并且天真地以为别人可能也不太耐烦，所以为公为私就去找些新鲜的角度看这世界。

我想，李清明的文字也在寻找这样的角度。

——著名作家　史铁生